달이 이끄는 이세계여행 10

아즈미 케이

목차

랜서
소피아와 함께 행동하는 상위 용 랜서, 다른 이름은 「어검(御劍)」. 수많은 검을 다루는 능력이 있다.
루토
「만색(万色)」이라 불리는 최상위의 용. 모험가 길드의 마스터, 펄스라는 신분도 가지고 있다.
소피아 부르거
용 살해자라는 칭호를 가지고 있는 여성 모험가. 상위 용의 힘을 얻어서 랜서와 함께 루토를 노린다.

주요 등장인물
시키
본래는 「리치」라고 불리는 언데드 몬스터. 마코토와 계약함으로써 사람의 모습이 되었다. 임기응변의 판단력이 특기.
토모에
본래는 「신(蜃)」이라고 불리는 용. 마코토와 계약함으로써 사람의 모습을 지니게 됐다. 일본주 만들기에 열심이다.
미스미 마코토
본작의 주인공. 부모 관련의 사연으로 이세계에 소환되어버린 비운의 고등학생. 어느 틈인가 항간에서 「마인」이라고 불리는 수수께끼의 존재 취급을 받고 있었다.
미오
본래는 거대한 거미. 마코토와 계약해서 사람의 모습이 됐다. 요리 연구에 대한 정열이 뜨겁다.

마족령
스텔라 요새
왕도 우르
제도 루이나스
리미아 왕국
그리토니아 제국
아이온 왕국
학원 도시 롯츠갈드
로빈
보즈다
로렐 연방
츠이게
황금가도
나오이
끝의 황야
달이 이끄는 이세계 여행
세계지도

프롤로그

◇◆◇◆◇

널찍한 방 중앙에 천개가 딸린 호화로운 침대가 하나.

이슥한 밤인지라 실내는 몹시 고요했다.

그러나 갑작스럽게 정적을 깨부수며 버둥버둥 무엇인가를 두드리는 소리와 높고 날카로운 웃음이 실내를 가득 채웠다.

"후, 후후후후……. 굉장해, 굉장하네!! 이게 이세계인이구나. 이게 인간이라는 녀석이야! 이래서 저 녀석들한테 관심을 못 거둔다니까. 생각도 못 하는 터무니없는 일을 태연하게 저질러버려!"

모험가 길드의 마스터 펄스, 즉 루토는 잔뜩 들떠 있었다.

마치 어린아이처럼 다리를 버둥거리며 침대 위에서 이리저리 막 굴러다녔다.

평소의— 어떤 일에도 동요하지 않고 온화한 미소를 짓는 루토를 아는 사람이 지금 상황을 목격하면 틀림없이 말을 잇지 못할 것이다.

이곳은 루토의 침실 중 하나.

모험가 길드의 안쪽, 평소에는 아무도 접근하지 못하도록 명령해 둔 구역의 안에 있는 곳이다.

침실에는 철저한 방음 처리가 이루어져 있기 때문에 이 추태가 바깥으로 새어 나갈 우려는 없다.

지금 루토의 눈앞에는 희미하게 빛나는 사각형이 떠올라 있다.

그것은 물질이 아닌 영상이었다. 그것이 루토를 흥분하게 만든 연원이다.

"마코토 군은 엄밀하게는 인간이 아니라 분명 휴만일 텐데 말이야. 원초의 세계에서 저 녀석들과 똑같이 생활하면 다들 저렇게 되는 걸까?! 아아, 어떻게든 꼭 시험해보고 싶어. 저 녀석의 아이를, 가능성을, 내가 내 몸으로 과연 잉태할 수 있을지!!"

공중에 떠오른 빛의 사각형 안쪽에서는 어지럽게 거듭 영상이 전환되고 있다.

최악의 카메라 워크라고 단언할 수 있을 만큼 엉망인 영상이다.

상하좌우, 무질서하게 움직이며 마구 흔들리는 판국이라 차마 가만히 볼 수가 없었다.

다만 한 가지, 아무리 엉망진창으로 영상이 움직여도 중앙에는 거의 항상 오렌지색을 띤 「사람형의 무엇인가」가 비치고 있다.

이 영상은 저것을 중심 삼아서 고속으로 움직이고 있는 누군가의 시야다, 그런 느낌이었다.

루토는 어지러운 영상에 한 마디 불평도 꺼내지 않은 채 단지 즐거워하며 눈으로 움직임을 좇고 있다.

만약 이 영상으로 상황을 파악할 수 있다면 무시무시한 동체 시력이다. 그 뛰어난 능력에는 눈이 휘둥그레질 만하다.

"용 살해자 소피아인가……. 별 볼 일 없는 이레귤러라고 생각했던 녀석이 제법 괜찮은 활약을 해주는구나. 만약 이 상황을 벗어날 수 있다면 포상으로 한 번 정도는 만나줘도 괜찮겠어. 저 여자 덕분에 마코토 군의 힘을 내 눈으로 목격할 수 있었으니까."

만나게 될 가능성은 없음을 냉정하게 분석하면서 루토는 마음에도 없는 말을 꺼냈다.

영상의 무대는 리미아 왕국의 왕도, 우르.

그러나 세계에 널리 알려져 있는 웅장하며 화려한 거리의 풍경은 흔적도 없다. 파괴의 폭풍에 유린당했기에 이미 도시의 기능은 잃어버렸다고 여겨지는 참상이다.

"왕도는 이제 끝이네. 그렇지만 여신이 개입한 보람이 있어 용사는 목숨을 부지했고, 마족 장군은 일찌감치 퇴장했어. 뒤섞여 있는 힘 때문에 토모에와 미오가 어디에서 무얼 하는지는 잘 모르겠지만, 마코토 군과 시키를 볼 수 있는 것만으로도 충분하지. 개막부터 폭소가 나오는 방어구로 빈틈없이 웃음을 준 다음에 거하게 난동, 그리고 진정한 능력 발동! 너를 구경하는 게 질리기는커녕 날이 갈수록 더 재밌어져. 알려줄래? 어떻게 해야…… 어떤 사고로 무엇을 하면 그런 힘에 도달할 수 있는 거야?"

루토는 영상의 중앙에 있는 사람형의 무엇인가를 두른 인물―미스미 마코토에게 묻는다.

오렌지색의 사람형…… 단적으로 말하면 마력 덩어리에 불과하다.

다만 단순한 마력은 아니었다.

물리 간섭― 달리 말하자면 물질화를 가능케 한 마력 본연의 활용법.

너무나 비효율적이기에 휴만도 마족도 이미 내팽개쳐서 아주 옛날에 죽은 연구의 끝에 나왔던 방법이다.

마코토가 이 능력을 드러냈을 때 루토의 얼굴에서 일순간 모든 감정이 사라졌다. 곧이어 루토는 잡아먹을 듯이 그 모습을 바라봤다.

그리고 갑자기 목욕 가운을 벗고 침대에 뛰어들더니 심야라는 시간도 아랑곳 않고 전라로 마구 소란을 부리기 시작했던 것이다.

"연금술의 오의 중 하나, 현자의 돌 생성……. 만약 불순물이 없다면 진짜 제대로 된 「만능 매개체(엘릭서)」야."

루토는 불현듯 어떠한 말을 떠올렸다.

현자의 돌— 그것은 연금술사여도 상당히 연구를 진행한 부류밖에 이해하지 못하는 고도의 이론과 기술, 즉 오의에 의해 생성되는 고급 촉매다.

방금 언급한 대로 만약 완전한 물건이라면 그 효과는 그야말로 만능의 촉매가 되며, 가늠할 수 없는 가치를 가진다. 물론 완전한 현자의 돌을 휴만이 만들어 낸 사례는 루토가 아는 범위에서 한 번도 없었다.

"연금술사들에게는 현자의 돌에 도달하는 게 지고의 목적이 될 수 있어. 그러니까 언제부턴가 꼭 연금술사뿐 아니라 연구자는 자기 생애의 목표를 현자의 돌이라고 부르게 됐지. ……그래도 말이야."

본인이 한 말의 선택에 루토는 저절로 입가에 미소가 피어난다.

마코토가 감행한 「마력의 물질화」는 연금술에서는 장절하게 길을 벗어났음에도 터무니없는 성과를 만들어 냈다. 그렇기에 루토의 뇌리에서 연금술 용어와 연결이 된 셈이다.

이전에 마코토는 루토에게 이런 상담을 했다.

한 번에 운용 가능한 마력의 양을 늘리고 싶다. 보유한 마력에 어울리는 많은 방출량을 원한다고.

정도의 차이는 있을지언정 이것은 마술사에게 흔한 고민이다.

물론 루토는 몇 가지 방법을 소개했었다. 마코토에게 호의를 품었던 까닭에 우러나왔던 약간의 서비스다.

다만 분명하게 말해서 마코토에게는 별 소질이 없었다.

따라서 루토가 제시했던 가장 효율적이며 고된 수련을 지속했더라도 평균적인 휴만의 일부 미미한 성과밖에 기대할 수 없었다. 가엾지만 여름 방학의 한 달 남짓으로 눈에 보이는 성과가 나올 만한 과제는 아니라는 것이 루토의 생각이었다.

당연히 마코토에게도 사정을 설명했다.

그럼에도 마코토는 학원의 여름 방학 기간 중 어딘가에 틀어박힌 채 수련을 거듭했던 것 같다.

설령 즉효성은 없다 하여도 꾸준함은 힘이며 노력하는 것 자체는 시간 낭비가 아니다. 마코토가 자신을 돌아보며 단련한다면 오히려 바람직한 일이라는 생각이 들어 루토는 딱히 이의를 제기하지 않았다.

그렇다 해도.

마코토가 이번에 목표로 했던 것은 분명히 한 번에 술법에 담아내는 마력량을 눈에 보이게 늘리는 데 있었다.

그런데 웬걸…….

"엉망진창이야. 마력을 몸 바깥에서 구현화한 다음 붙잡아 두고, 필요에 따라 사용한다니……. 저 사람 모양을 구성하는 마력은 술식을 전개에서 걸음을 남긴 채 임계에 가까운 상태로 유지되고 있어. 분명 마력이 물질에 대한 간섭력을 가장 잘 발휘하는 것은 저 순간이 맞긴 맞지만, 연비가 너무 나빠서 보통은 차마 써먹을 수가 없지. 나라도 과연 10분이나 버틸 수 있을까.”

마코토가 선택한 것은 한없이 비효율적인 해결 수단이다.

도대체 얼마나 많은 마력을 보유했기에 저런 생각을 떠올릴 수 있는가.

루토는 마코토의 마력을 「상한 없음」으로 재평가했다.

물론 한계가 아예 없지는 않으리라.

다만 계산 및 수치화를 시도해도 제로를 쭉 붙여서 적다가 먼저 지쳐버리겠다고 판단했다.

루토도 「대강 비슷한 형태」를 딱 소량만 구축하면 어느 정도는 가능하다. 그러나 마코토가 소피아를 상대로 감행했듯이 실전에서 저만한 양을 쭉 사용하는 것은 도저히 가능할 거란 생각이 안 든다. 그토록 많은 마력을 소비할 바에야 아예 주위 일대를 한꺼번에 크레이터로 만드는 것이 훨씬 빠르고도 간편하니까.

그야말로 마코토밖에 할 수 없고 떠올리지 못하는 온리 원의 능력이었다.

“임계 직전의 다양하게 변질될 수 있는 마력. 그것을 구현화해서 자유롭게 공방에 활용하는 건가. 완전하기는커녕 흔해 빠진 현자의 돌을 목표로 하던 인물이 단숨에 혼돈(카오스)을 만들어 낸 격이야. 그런데 너는 해내버렸어. 터무니없는 바보짓이고 터무니없는 위업이야. 대단해.”

영상이 갑자기 까맣게 물든다.

루토가 눈을 뗀 일순간의 틈에 소피아가 땅에 떨어진 것 같다.

이 영상은 곧 소피아의 시야다.

흔들리거나 부예지는 등 얼굴에 소형 카메라를 달아 놓은 듯한 영상인 까닭은 이 때문이다.

따라서 소피아의 시야가 막히면 당연히 영상도 블랙아웃이 된다.

설마 줄곧 찾아다녔던 「만색(万色)의 용」에게 카메라 대용품으로 사용되고 있었다는 것을 소피아는 상상도 못했을 테지.

소피아가 무엇 때문에 다운되었는지, 루토는 파악하지 못했지만 별로 유감스러워하는 기색은 없었다. 애당초 소피아가 건투할 수 있을 것이란 기대조차 하지 않았으니까.

몇몇 상위 용의 힘을 획득한 것에 불과한 저 여자가 감당할 만한 상대가 아님을 마코토가 능력을 발동했을 때부터 루토는 뻔히 알고 있었다.

동시에 용 살해자라는 칭호를 보유한 모험가에게 연민을 느낀다.

자기 분수를 알았더라면.

랜서와 못된 계획을 꾸미거나 상위 용을 사냥하자는 생각을 안 했더라면.

하필 자신(루토)에게 도전만 하지 않았더라면.

그저 평범한 모험가로 쭉 활동했다면 소피아는 루토의 힘이라는 혜택을 누리며 한평생을 성공한 사람으로 끝낼 수 있었을 텐데, 안타까움을 느낀다.

지금 와서는 더 이상 전부 의미가 없는 소리다만.

"마력판 「제1원질(마테리아 프리마)」이라고 표현하면 되려나. ……혹시 저 능력에 아직 이름이 없다면 직접 제안해봐야겠어. 아마도 너는 저 말의 의미도 알지 못하겠지만. 네가 뒤로 미루며 도망쳤던 마술에 의한 창조 이론. 지금 넌 사실상 그런 경지에 우격다짐으로 도달한 거야. 아직껏 일절의 이치도 깨닫지 못했는데 말이야. 마코토 군. 너는 그야말로 나의 이상적인 휴만이야. 내가 구상하면서 언젠가 실현시키자고 갈망했던 존재가 이미 있었어. 게다가 눈앞에! 아아……. 몸이 뼛속까지 간질거리네. 녹아내려서……. 정신이 나가버릴 것 같아."

루토는 혼돈의 다른 이름이라고 표현해야 할 법한 이름을 마코토의 능력에 덧붙였다.

단어의 진짜 의미는 말하지 않고, 단지 말과 함께 쏟아지는 열기만이 실내에 가득 차오른다.

다시 영상은 하늘에서 내려다보는 시점으로 바뀌었다.

무수히 많은 붉은빛이 마코토가 두른 사람형을 향해 발사된다.

전혀 다른 장소에서 날아드는데도 착탄점은 놀랍도록 정확하다.

곡사처럼 궤도를 바꿔 사람형이 있는 일점에 집중하여 틀어박힌다.

극히 뛰어난 기술과 집중력, 또한 발군의 센스가 이루어 내는 솜씨다.

그럼에도…… 열기에 달뜬 루토의 눈동자가 바라보는 것은 사람형에 둘러싸여 있는 마코토뿐.

어느 사이인가 루토는 제 모습을 여자로 바꿔서 몸을 떨고 있었다.

비록 수습되고 있는 상황이라지만 자신의 근거지이기도 한 롯츠갈드에서 일어난 대사건, 변이체의 습격 따위는 아예 다 잊어버린 것처럼.

루토는 잠들지 못하는 밤을 보낸다.

1

"……드래곤이든 뭐든 대단할 게 없군. 쿠즈노하의 누님들이 더 위압감이 있다고."

이제야 불길이 수그러들고 있는 리미아의 성 주변.

휴만 모험가가 거대한 그림자를 향해 불평을 내뱉었다.

다만 남자는 간신히 자기 다리로 서 있을지언정 상당히 부상을 당한 상태다. 저 말이 허세에 불과하다는 것은 남자의 표정을 보면 명백했다.

지금도 왕도의 곳곳에서 연기가 피어오른다만, 얼마 전부터 전투의 소리는 뚝 멎었다.

마족과 휴만의 전투는 완전하게 정지된 듯싶었다.

마족 장군 로나에게서 철수 명령이 떨어졌던 영향도 있겠지만, 직전에 대량의 광검이 내리쏟아진 사건에 따른 파괴의 영향이 가장 컸을 것이다.

'동감이군.'

모험가 남자가 쥐어짜 낸 말을 그들과 조금 떨어져 있는 잔해의 산에 선 인영이 긍정했다.

다만 동의의 말에 허세는 한 조각도 들어 있지 않았다.

오로지 말 그대로의 의미다.

광택이 있는 검은 옷감에다가 금사로 티 나지 않게 색채를 더한 로브를 둘러 입은 마술사풍의 실루엣. 다만 저자의 모습은 사람의 형체가 아닌 명백하게 이질적이다.

머리 부분을 덮은 후드가 뒤로 넘어가면서 노출된 얼굴은 완전한 해골이었다.

눈구멍에서 붉은빛이 눈동자처럼 희미하게 빛을 발하고 있다.

알현장에서 용 살해자 소피아와 싸우고 있는 「마인」의 종자, 시키다. 마코토와 계약해서 사람의 모습을 얻었지만, 지금은 용사와 일행들에게 정체를 들키지 않기 위하여 과거의 리치처럼 모습을 위장한 뒤 랄바라는 이름을 쓰고 있다.

왕도에서 살육을 벌인 마족의 병력을 막기 위해서 뛰쳐나왔던 리미아의 용사— 오토나시 히비키의 뒤를 쫓아서 성 바깥으로 나온 시키는 하늘에서 내리쏟아지던 광검을 버텨 냈었다.

그 직후, 그들의 앞에 거대한 그림자가 내려섰다.

"수고는 덜었다만……."

곁눈질로 용사 일행을 힐끔 쳐다보고 중얼거렸다.

불평을 내뱉었던 모험가는 피로를 짙게 드러내고 있고, 마찬가지로 기사 벨더도 검을 지팡이 대신 의지해서 간신히 서 있다.

거대한 그림자를 경계하는 히비키의 뒤쪽에서 죽기 살기로 회복마술을 전개하고 있는 것은 로렐의 무녀, 치야다.

그리고…….

개중에서도 시키가 주목했던 대상은 마지막 한 사람……. 바닥에 엎어져 있는 마술사, 우디였다.

방어에 실패했는지 혹은 유탄에 적중당했는지 그의 복부에는 딱하게도 큰 구멍이 뚫려 있었다.

히비키가 너무 폭주한다면 동료를 몇 사람 반죽음으로 만들어서 움직임을 봉하자는 생각을 했던 시키의 입장에서 용사 일행이 동료의 치유 때문에 움직이지 못하고 있는 지금 상황은 바라 마지않은 결과였다.

그야말로 수고를 덜은 셈이다.

용사 일행의 현 상황을 확인한 뒤 시키의 시선은 다시 막 내려섰던 대상에게로 향하여 이번에는 딱 고정되었다.

그의 관심이 어디로 향하는지는 명백하다.

감시탑보다도 더욱 거대한 그림자는…… 용이었다.

두 개의 다리로 선 백은색 용.

비늘이 갑옷처럼 변질되어 마치 무장을 한 것처럼 보인다. 어느 부분은 예리한 칼날, 아울러 또 어느 부분은 미끄러운 원형 방패를 연상케 했다.

이질적인 모습을 갖고 있었다.

그러한 용이 하등한 짐승과는 다른 의사와 지성이 깃든 눈동자로 시키를 내려다본다.

"리치인가……. 마족에게 가담한 녀석 같지는 않다만……. 뭐, 눈감아주마. 떠나라."

입을 열어서 나온 첫 번째 말이 시키에게 날아들었다.

"상위 용 랜서. 「어검(御劍)」……. 설마 만날 수 있을 거라 생각하진 않았어."

마주 선 시키는 위압당하지도 않고 가만히 중얼거렸다.

시키는 저 용이 상위의 용임을 알면서도 공포를 느끼지는 않는 것 같았다.

오히려 방금 발언으로 흘러나오는 기세에서 희색을 읽을 수 있다.

빈사의 중상을 당한 궁정 마도사의 이름을 외치는 용사와 일행들의 목소리가 울려 퍼져도 시키는 아무 감정도 드러내지 않은 채 랜서를 주시할 뿐.

이윽고 그는 이렇다 할 장식이 없어 언뜻 평범한 막대기로 보이기까지 하는 검은 지팡이의 끝부분을 손을 움직여 용의 거구를 목표로 가만히 겨눠 자세를 갖췄다.

"……그 자세는 무슨 의도이지?"

"나의 이름은 랄바. 마인의 종자. 이렇게 소개하면 의도를 알 수 있겠지?"

"마인이라고? 그놈, 부하가 있었나."

랜서가 지긋지긋하다는 듯이 쏘아붙였다. 그와 동시에 랜서에게서 아룡의 포효와 버금가는 위압감이 새어 나왔다.

상위 용은 단지 전투를 의식하기만 해도 이러한 압박감을 주위에 퍼뜨린다.

그러나 시키는 몸을 속박당하지도 않은 채 태연한 표정으로 검은 지팡이를 내밀고 있을 뿐이다.

"대화는 끝이다. 슬슬 시작해볼까."

성인의 하반신을 가릴 정도로 안개가 내려앉아 폐허와 같은 왕도에서 단지 고위의 언데드에 불과한 리치와 상위 용 랜서의 성립할 수 없는「전투」가 시작됐다.

◇◆◇◆◇

“네 녀석은 틀림없이 마인의 종자가 맞군. 거참, 리치라는 이름을 벗어나는 존재여. 휴만의 거죽을 뒤집어쓴 녀석과 아주 닮았어.”

서로가 본 실력이 아님을 아는 공격으로 응수를 주고받은 뒤 랜서가 먼저 제 손을 멈췄다.

아직 어느 쪽에도 부상은 없다.

“큭큭큭…….”

“그러나 유감이군. 만나는 게 너무 늦었다. 네 녀석이 아무리 건투한들 지금 난 단순한 상위 용이 아니다. 그건 그렇고……. 상위의 용과 나란히 설 만한 힘을 보유한 종자가 있을 줄이야. 역시나 마인, 라이도우는 위험하구나.”

“…….”

“랄바라고 했던가. 놀이는 끝이다. 나는 소피아와 합류를 서둘러야 해서 말이지……. 아니, 솔직히 말하자면 나의 손으로 마인을 죽이고 싶단 말이다. ……비록 잠시나마 놈에게 다리를 빼앗겼던 빚이 있거든.”

침묵을 지키는 시키에게 더욱 말을 건네더니 랜서는 제 모습을 변용시켰다.

순식간에 용의 형체가 줄어들면서 사람의 모습이 된다.

그러나 제도에서 그가 보여줬던 어린아이의 모습은 아니었다.

시키의 눈앞에는 소피아와 대강 비슷한 나이로 여겨지는 20대 초반의 얼굴 갸름한 청년이 서 있었다.

희미하게 발광하는 문신 같은 무늬가 하얀 피부에 떠올라 몸을 은은하게 비춰주면서 환상적인 분위기를 자아내고 있었다.

"죽이고 싶다? 그야말로 내가 할 대사다, 랜서여."

"웬 같잖은 소릴—."

랜서가 말을 내뱉은 직후, 시키를 둘러싸듯 출현했던 몇몇의 광검이 일제히 덮쳐들었다.

즉각 반응한 시키가 몇 자루의 검을 술법으로 파괴해서 빠져나갈 길을 확보한다. 그러나 빛의 검이 폭발했을 때 발생한 충격에서는 벗어나지 못하고 바람에 흩날리는 나뭇잎 같은 가벼움으로 휙 날려 갔다.

그럼에도 능숙하게 공중에서 자세를 가다듬은 뒤 용사의 곁에 착지했다.

"랄바 공, 이 안개를 해제해줘! 그러면 우리도 싸울 수 있어. 당신이 저 용을 처단할 때 거들어줄 수 있어."

히비키가 외친다.

"후, 후후, 리미아의 용사여. 너는 아무래도 상황을 제대로 보지 못하는 듯하군. 나는 딱히 고전을 하는 게 아니다."

"……어디가. 아무리 민망해도 허세가 너무 지나치잖아. 방금 전 공격, 제대로 피하지도 못했으면서."

제대로 직격당하지는 않았을 뿐 여러 차례 랜서의 공격에 노출되었던 시키의 로브는 상당한 손상을 받아 너덜너덜해진 상태다.

한편 상대를 한 랜서는……. 더욱 강대해진 힘을 작아진 사람 형태의 몸에 가득 담아내면서 여유 만만하게 서 있었다.

누가 보아도 시키가 곤경에 처한 구도이다.

"마스터의 허가가 떨어졌다. 놈의 여유는 머지않아 사라지리라."

시키는 히비키를 돌아보지도 않은 채 대답했다.

"마스터……. 그 하얀 사람? 랄바 공, 본심을 말해줄게. 이곳 왕도를 이렇게까지 파괴하고 수많은 백성을 죽인 저 용을 같이 처단하고 싶어."

"히비키, 그 요구는 무리다. 이제부터 내게는 너희를 신경 써줄 여유가 전혀 없어서 말이다. 지금 너희가 서 있는 이 장소를 결계로 지켜주는 도움조차 도로 거둬야 할 테지."

"안 돼요! 지금 이걸 해제하면 우디 씨가 못 견딘다고요! 죽어버려요!"

동료의 죽음을 의미하는 발언에 치야가 비통한 절규를 외친다.

"로렐의 무녀여, 그 걱정은 필요 없다. 이 안개도 머지않아 사라진다. 그게 전부가 아니야. 한 가지, 너희에게 한 가지 매력적인 제안을 해주마."

"매력적인 제안?"

히비키는 의아해하며 해골 얼굴을, 표정을 살필 수 없는 빛나는 눈을 들여다보고자 했다.

이미 더불어 싸우자는 제안은 일축당했다.

그뿐 아니라 시키는 대화 나누는 동안에도 히비키와 다른 동료들을 힐끔 쳐다보지도 않은 채 오로지 랜서를 주시할 뿐이다.

저 말을 곧이곧대로 받아들여도 되는가.

히비키의 고민은 물론 지당했다.

"그렇다. 너희가 얌전하게 오직 수비에 전념해주면……. 그 술사를, 전투 후 살려주겠다. 물론 무녀가 회복 마술을 쭉 사용한다는 전제를 두고 말이다만."

"—아?! 당신이 살려준다고요?! 언데드인 당신이, 산 사람인 우디 씨를?!"

치야가 엉겁결에 놀라움이 담긴 소리를 내질렀다.

보통 언데드는 회복술을 사용하지 못한다.

극히 일부의 고위 언데드라면 드물게 가능한 부류도 존재한다만, 애당초 대전제로서 **죽은 자**(언데드)는 산 자를 증오한다.

자신은 이미 잃었기에 두 번 다시 되찾을 수 없는 생명의 광채를 부러워하고 증오하기 때문에.

적극적으로 산 자의 생명을 구원하는 행동에 나설 리 없다.

따라서 히비키와 다른 동료들에게 시키의 제안은 기묘하게 들렸다.

치야뿐 아니라 다들 놀라는 표정을 짓는 까닭은 이 때문이다.

이것은 극히 상식적인 반응이었다.

"이런 상태의 우디를 확실하게 구할 수 있다고?"

반신반의의 태도로나마 히비키는 시키의 제안에 기대를 드러냈다.

"당연하다. 휴먼의 배에 주먹 크기의 구멍이 뚫린 정도야 어떻게든 된다. 애당초 나와 너희는 치유 분야에서 생사의 경계선도 판단의 기준도 다르니까. 오히려 똑같다고 생각한다면 기분이 썩 좋지가 않겠지. 자, 어떤가? 이 제안을 위해 내가 너희의 곁까지 물러났다만?"

"……그 제안, 믿을게."

"히비키!"

벨더가 즉각 결단하는 히비키에게 비난의 뜻을 담아서 이름 부른다.

아까 전부터 빈말로도 호의적이라고 평할 수 없는 태도를 쭉 고수했던 이 리치에게 동료의 생명을 내맡긴다는 말이니까 제정신인가 의심한들 무리는 아니겠다.

다만 이때까지 방관했던 모험가 남자가 벨더의 옆에 다가와서 냉정하게 항의를 중단시켰다.

"아니, 저러는 게 정답이야. 저 용도 보통은 아니지만, 호각으로 싸우고 있는 저 녀석도 여간내기는 아니라고. 게다가 방금 전부터 저 리치가 퍼뜨리는 기세는 그 사람들과 비슷하거든. 일단 한다고 말한 이상은 해내는 그런 녀석들의 분위기와 똑같아."

"그래도……!"

"랄바 공. 약속 지켜줘."

히비키는 다시 한 번 시키에게 다짐을 놓고 물러났다.

"교섭 성립이군. 「안개의(니플헤임) 신전」 해제. 그럼 스스로의 몸 정도는 스스로 지켜 보이도록 해라."

"……알았어."

시키의 손가락에서 반지가 하나 사라졌다.

동시에 주위를 감싸고 있던 안개가 급속도로 사라져 간다.

"끈질기군. 하지만 이 기회에 용사도 같이 처리하면 되는가. 나의 진정한 검 앞에서 사멸하여라."

랜서는 공중에 띄운 열 자루의 검을 시키에게 날리— 아니, 각각을 엉뚱한 방향으로 날렸다.

"아마도 놈은 진짜 실력을 발휘할 준비가 끝났나 보군. 용사와 그 동료들이여. 전력으로 몸을 지켜라. 죽고 싶지 않다면 말이지."

시키는 랜서가 한 행동의 의도를 알아차리고 경고의 말을 꺼냈다.

곧이어 곳곳에서 비명이 터져 나왔다.

"윽?!"

"뭐냐!"

"도대체, 무슨……?!"

히비키와 다른 동료들도 잇따라 당황해서 입을 연다.

"큭큭큭큭. 원망하려면 나의 앞에 선 어리석은 것들을 원망하거라. 도구가 될 검에 죽어버리면 좋았을 것을 구태여 살아남아버린 어중간한 강자들을 말이다."

랜서의 말에 반응하여 막 사출되었던 빛의 검 열 자루가 다시 하늘로 날아올랐다.

아니, 빛의 검이 아니었다.

적, 흑, 은, 백……. 다양하게 형태를 갖춰 실체화된 진짜 검이 주위에 떠올라 있었다.

"……인룡(刃竜) 랜서. 칼날의 용이자 사람의 용. 두 개의 생명을 가진 별종인가. 그래, 알겠군. 루토 공의 말은 참으로 옳아. 용이면서 사람의 모습을 취하기에 지니는 힘이 더욱 증대되다니 말이다."

"루토라고?! 네 녀석, 어째서 그 이름을!"

시키의 혼잣말을 들은 랜서가 민감하게 반응했다.

차마 흘려들을 수 없는 단어를 인지했기 때문이었다.

"수많은 명검을 주위에 두고 「어검」이라 불리는 상위 용. 그 검의 정체는 네게 도전했던 강자들의 말로인가. 마치 사람의 힘을 거두어들이는 듯 보이기도 하군."

랜서의 말을 무시한 채 담담히 말하는 시키.

"도저히 살려 둘 수가 없구나. 네 녀석은 너무나 많이 알았다."

"흥, 자신에게 도전하는 인물, 눈여겨본 강자. 그들을 격퇴해서 자기 컬렉션을 늘려온 것이 비결인가. 비교적 사람의 영역과 가까운 곳에 거처를 꾸린 까닭도 이해되는군. 일석이조였을 테지."

"랄바, 더 이상 떠들지 마라. 용사와 함께 내 힘의 하나로 만들어주마!!"

랜서의 말을 신호로 검이 시키와 사람들에게 쇄도했다.

"「나는 이 몸에 원념을 감당하리라」, 그로스 시어. 「일렁이는 은의 우리는 화살을 물리친다」, 마루기리."

시키는 방어를 위해 후퇴하는 대신에 반대로 한 걸음 내디뎠다.

평소 특기로 쓰는 언령의 영창을 발한 뒤 술식을 전개하면서 랜서를 향해 고속으로 들이닥친다.

극히 짧은 영창으로 시키의 몸에 검붉은 무엇인가가 둘러졌고, 그 표면에서 몇몇 파문이 발생했다.

열 자루의 검 가운데 일곱 개의 검이 시키를 표적으로 날아든다.

그러나 시키는 멈추지 않았다.

전방, 그리고 측면, 더욱이 등 뒤에서 들이닥치는 검을 무시한 채 시키는 랜서에게 지팡이를 들이댔다.

"네놈!"

다섯 개의 검이 시키에게 적중되기 직전, 파문이 검의 궤도를 방해했다.

직선적인 궤도가 대폭 비틀리면서 검은 엉뚱한 방향으로 빗나갔다.

나머지 두 개의 검은 시키가 둘러친 검붉은 옷에 접촉하자마자 부슬부슬 모조리 썩어 바닥에 떨어졌다.

거의 동시에 후방에서 큰 섬광이 번쩍이며 시키와 랜서에게도 충격이 전해졌다.

히비키와 일행을 덮친 세 개의 검이리라.

"……나는 정말로 운이 좋아. 이렇게 바라 마지않은 상황이 찾아와줄 리 없다고 생각했었는데, 뜻밖에도 실현되었군. 용 살해자 소피아와 상위 용 랜서. 그분께 상처를 입힌 것들 중 한 놈을 토모에 님이나 미오 님께 거리낄 것 없이 죽일 수 있다니. 진정 행운이야."

"나를 죽인다? 진정한 검을 고작 한 차례 버텼다고 아주 기세가 등등하구나!"

시키가 들이대는 지팡이는 바로 랜서에 대한 선전 포고였다.

그 지팡이를 일단 내린 뒤 혼잣말처럼 행운을 기뻐했다.

"그리고 너는 운이 나쁘다. 나는 너를 조사했다. 용의 수장인 루토 님의 협력을 얻어서 말이다. 나는 너에 관하여 아주 잘 안다."

"역시 루토인가. 놈과 관련이 있는 리치였다니. 그렇다면 마인도……."

마인과 루토. 랜서도 차마 무시할 수 없는 두 존재이다.

양자와 관련이 있는 시키의 존재가 랜서의 전의까지 드높인다.

그 압력과 마주하고도 시키는 끝내 태연한 태도를 무너뜨리지 않았다.

"사람이 보유하고 있는 최고의 무기는 지혜라는 것이 내 생각이다. 나는 사람 **출신**에 불과하다만……. 용을 토벌함으로써 이 생각이 올바르다는 것을 증명하마."

"이곳은 전장이다. 마족의 정예 및 츠이게의 모험가도 꽤 죽어나갔지. 나의 힘이 될 강자에 속한 인물이 아직껏 많고도 많다. 그 여유를 금세 짓눌러주겠다!"

랜서가 움직이기 전에 시키의 영장이 시작된다.

"「제6의 나에게 어울리는」"

"—윽!"

"「검집을 떨치고 칼이 되어라」, 와라……. 아스칼론."

영창에 맞춰 시키가 대검을 쥐듯 두 손으로 지팡이를 잡았다.

장식이 적은 검은 지팡이가 붉은 달과 비슷한 빛과 함께 형태를 변화시키며 장대한 대검이 된다.

클레이모어.

게다가 상당히 큰 사이즈다.

"네놈, 술사가……."

"그래, 술사다마다. 그 인식을 올바르다. 이것은 독과 저주가 가듯 묻어난 검, 아스칼론. 언젠가 네 녀석을 사냥할 때가 오리라는 기대를 담아 한 자루의 드래곤 슬레이어에서 이름을 따 붙였다만, 미안하게도 썩 기분이 좋은 이름은 아니겠군."

"분명 독과 저주의 덩어리군. 명검의 광채는 티끌만큼도 없어. 요기만을 발하는 검인가."

"그러면 된다. 내가 사용해야 하니까. 명검 따위는 어울리지 않아."

비스듬하게 내린 칼끝을 땅에 대면서 두 손으로 아스칼론을 쥐는 시키.

만약 완력을 자랑하는 검사였다면 역대각선으로 참격을 선사할 수도 있는 자세다.

"어쨌든 간에 술사가 사용할 만한 검은 아니다. 그것을 무기로 쓰겠다니 네놈은 선택을 잘못했구나."

"제6 계제, 「프레이」 해방. 「검제 빙의(소드 스피리템)」."

"끝까지 검을 쓸 작정인가! 술사가 내게 검을 들고서 도전한다니, 우롱하는 건가!!"

랜서가 분노를 쏟아 내면서 단숨에 휙 뛰어 물러났다.

거리를 벌린 뒤 시키를 해치우기 위해서다.

동시에 빛의 검을 무질서하게 날려서 힘을 보유한 자를 꿰뚫고 거두어들여 검을 실체화시킨다.

"그쪽이야말로 어중이떠중이의 목숨으로 만든 검 따위로 정말 아스칼론과 프레이를 상대할 작정인가. 우습지도 않아. 마음껏 맛보도록 해라, 공포를 말이지. 그러니 어서 네 녀석이 자랑하는 컬렉션을 꺼내 놓아라."

시키가 두른 오라에 호응하듯이 온몸에서 더 진하게 검붉은 힘이 용솟음친다.

그 힘이 장대하고도 날카로운 아스칼론의 칼끝까지 뻗어 다다랐을 때.

기세가 일변하더니 시키는 본인답지 않은 전사의 움직임을 발휘하며 랜서와의 거리를 일순간 만에 좁혔다.

항상 다루어 숙달되지 않았다면 마땅히 알 수가 없는 대검의 간격을 정확하게 파악해서 두 해골 손으로 아스칼론을 번쩍 치켜들었다가 랜서의 목에 쏘아 보낸다.

몇 자루 랜서의 검이 자동 방어처럼 사나운 칼과 주인의 사이에 끼어들었지만 아스칼론의 칼날 앞에서 잇따라 깨져 나가서 임무를 완수하지 못했다.

"크윽!!"

랜서 본인도 간신히 반응해서 뒤로 후퇴하는 것이 고작이었다.

짤막한 신음은 단지 자신의 반응에 대한 짜증 때문에 새어 나온 것은 아니었다.

오른손에서 피가 맺혀서 떨어지고 있었다.

"분명 네 녀석들은 나의 주인의 손가락을 쳐 날렸던 적이 있었지. 어떤가, 아픈가?"

랜서가 손가락을 셋 잃어버렸음을 알아차린 시키는 사납게 물음을 던졌다.

"네, 놈……. 용서 못 한다!!"

랜서의 수려한 얼굴이 분노로 일그러졌다.

"훗. 서로 어긋나는 대화만 주고받다가 이제야 마음이 통하게 되었군."

이번에는 상단에서 아스칼론으로 랜서를 공격한다.

접촉의 순간, 강한 빛이 발생했다.

"이것은 또 약간 성질이 다른 검이군. ……그래, 알겠어. 너의 컬렉션인가. 게다가 일급품이야. 과거의 영웅들을 「쓴」 검이었어. 대충 영웅검이라고 불러주면 되겠나?"

"그게 전부가 아니다!!"

랜서가 입을 커다랗게 벌리자 일순간에 붉은빛이 집중되더니 지근거리에 있는 시키를 목표로 발사됐다.

그것은 마코토와 대결했을 때 소피아가 자주 사용했던 공격과 몹시 비슷한 형태였다.

"아니……?!"

그러나 경악에 찬 목소리는 시키가 아닌 랜서에게서 새어 나왔다.

"뭘 놀라는 거지. 난 술사인데, 장벽 정도야 당연히 펼칠 수 있지."

시키를 싹 불살라야 했을 붉은 섬광은 장벽에 휘어져서 하늘로 사라졌다.

술사잡지 않은 대검(무기), 검사답지 않은 견고하고 능숙한 장벽(술법).

손가락의 부상을 푸른빛으로 치유하면서도 랜서는 확실하게 혼란에 빠져들고 있다.

"자, 계속하자."

랜서를 더한 혼란으로 이끌기 위해 시키의 공세가 한층 격해졌다.

시키의 텅 빈 눈구멍에서 빛나는 붉은 눈빛이 강하게 번뜩였다.

상단, 중단, 하단.

이따금 공수도의 돌려 차기처럼 기발한 참격까지 선보이며 시키는 꽤나 묵직한 클레이모어를 능수능란하게 다뤄서 빈틈없는 검무를 전개한다.

거기에 끼어들려고 하면 광검도 실체화된 검도 탁류에 휩쓸리는 나뭇잎처럼 무참하게 튕겨서 깨져 나간다.

랜서의 주위에 소환되어 있는 특제의 검 다수가 필사적으로 시키의 맹공으로부터 주인을 지키고 있다.

"「꿰뚫는 것은 활력의 광채」, 스티어새럿."

시키가 만들어 낸 암야보다 짙은 어둠이 랜서에게 휘감겨 붙는다.

"네놈, 이렇게 검을 휘두르는 중간에 술식의 영창까지?!"

랜서의 움직임이 둔해졌다.

옆에서 보면 썩 대단한 변화는 아니었지만, 당사자에게는 절대 경시할 수 없는 효과였다.

"「검은 자신에게 돌아가거라」, 로트 카운터."

자신에게 적중되기 직전의 검을 일부러 쳐내지 않고 다시금 술식을 펼친다.

검은 시키를 감싼 오라의 옷은 갈랐지만, 신체에 상처를 내기 전에 날카로운 소리를 내며 산산이 부서졌다.

마치 스스로를 베어버린 것처럼.

"영웅의 검을 부서뜨리다니?!"

조바심과 놀라움으로 가득 찬 랜서의 목소리.

"네가 사멸할 때까지 과연 몇 개나 부수게 될까. 숫자를 셀 여유

따위는 주지 않겠다만."

시키의 발언에서는 고양감이 느껴졌지만, 몸의 움직임은 여전히 완전하게 냉정함을 유지되고 있었다.

랜서의 입장에서 분명 눈앞의 리치는 몹시 부자연스러운 존재로 보였을 것이다.

말과 몸놀림의 언밸런스가 전부는 아니다.

극도로 집중하지 않는 한 불가능한 전법을 둘 동시에 수행하고 있지 않은가.

검과 술법.

그 이상성은 유일한 관객으로 있던 용사 파티에도 충분히 전해졌다.

조금 떨어진 위치에서 지켜만 봐도 시키가 랜서를, 상위 용을 압도한다는 것은 일목요연했다.

다들 긴장이 풀려서 넋을 놓아버리게 될 만큼 격렬하며 높은 수준의 대결을 결계 안에서 주시하고 있다.

결계를 펼치며 우디를 치유하고 있는— 그것만으로도 이미 다른 사안에는 미처 주의를 쏟을 수 없는 치야의 상황과 비교한다면 저 검무 안쪽에서 둘 이상의 술법을 나란히 전개하는 시키가 얼마나 이질적인지를 잘 알 수 있겠다.

마치 「몸과 정신이 따로따로 활동하고 있는」 듯이 느껴질 만큼 무엇인가를 초월한 움직임이다.

상위 용이라 불리는 세계 고위의 존재— 그중 하나가 지금 이렇게 무너지려고 하는 국면을 히비키와 동료들은 단지 지켜보고 있었다.

2

'쳇.'

시키는 내심 혀를 찼다.

미리 예상했던 전개이긴 했으나 그중에서 상당히 나쁜 전황에 처해 있었다.

랜서가 자기 컬렉션의 열화판이라고도 말할 수 있는 검을 즉석으로 만들어 내리라는 것은 시키도 예측했었다. 주위 상황에 따라 달라지겠지만, 랜덤으로 적의 전투력이 올라가는 부분까지는 이미 염두에 뒀다.

그러나 그 성능이 몹시 뛰어났다.

안 그래도 본체가 시키의 예상을 훨씬 상회하는 힘을 보유하고 있어서 이 오차는 제법 큰 타격이었다.

이유는 쉽게 짐작이 된다.

이곳 왕도에는 거인 마족 장군 이오가 끌고 온 마족군의 정예들과 용사 히비키에게 협력하기 위해 츠이게에서 온 모험가들이 있기 때문이다.

각각의 검이 의사를 가진 것처럼 끊임없이 덮쳐들었다.

누가 어떠한 검이 되었는지는 시키로서는 알 수가 없을뿐더러 흥미도 없다.

그럼에도 개중에는 고금의 영웅을 소재로 쓴 랜서의 컬렉션에 필적하는 힘을 보유한 검도 만들어졌기에 시키는 대단히 고생하고 있었다.

제삼자의 눈에는 시키가 압도적으로 유리한 상황이라 보였을 테지.

아니, 대치하고 있는 랜서마저도 현 상황에 경악해서 조바심치며 당초의 여유를 잃어버렸다.

시키의 계산대로다.

다만 실상은 달랐다.

시키는 흐름을 좌우하는 장면에서 철저하게 선수를 쳤고, 아울러 일절 여유를 두지 않은 채 줄곧 전력으로 몰아쳤다. 뒷일을 감안하지 않는 독주라고도 말할 수 있을 만큼.

그 때문에 비로소 압도적인 전투를 연출할 수 있었다.

'그렇다 해도 고전하는 낌새도 없이 죽인다. 랜서만큼은 말이지. 도련님의 종자임을 밝힌 이상은 꼴사나운 모습을 보일 수 없다.'

사실 시키의 실력은 결코 랜서를 압도하지 못한다.

오히려 순수하게 힘만을 비교하면 뒤떨어진다고 평가해야 할 테다.

랜서는 본인의 힘을 거하게 불린 상태였다.

고위력의 불꽃을 응집시켜서 입으로 뱉을 뿐 아니라 시키가 날린 어둠을 똑같은 속성으로 늦게나마 일일이 상쇄시키며, 또한 아스칼론으로 쏟아붓는 갖가지 독을 중화해서 효과까지 약화시킨다.

분명하게 말해서 사전 정보가 없는 상태로 정면 승부를 벌였다면 시키가 감당할 상대가 아니었다.

순간적인 전투 능력이라면 비등하게 맞붙을 수 있어도 승리를 장담할 만한 이점은 없다.

현 상황은 정녕 자신의 안위를 돌보지 않는 저돌적인 맹공이 낳은 기적의 산물.

랜서의 검과 술법, 특기로 하는 전술을 시키는 미리 강구해 둔 대책을 구사하며 차례차례 봉쇄했다.

가끔은 강화를 한 능력으로도 아슬아슬한 상황에 몰리게 되었지만, 끝내 시키는 초조해하는 모습 한 번도 내비치지 않은 채 대처했다.

확실하게 흐름을 뒤집을 수 있는 어처구니없는 위력의 브레스가 지근거리에서 날아와도 아무렇지도 않은 표정을 지으며 회피해 보였다.

시키는 미리 예상조차 하지 않았던 위협에도 즉각 대응했다.

보통은 회피 후 무난하게 태세를 재정비할 수 있는 공격이 펼쳐져도 결코 손을 멈추지 않는다.

지금껏 시키는 이 같은 각오로 격상의 랜서를 압도해왔다.

평소부터 자신보다 강한 상대와 싸우는 데 익숙하지 않았다면 도저히 이런 재주는 부리지 못했을 것이다.

시키의 주인 마코토는 자신을 랜서보다 강하다고 평가해줬다.

만약 랜서가 마코토와 싸운 시기에서 다소 성장한 정도의 단순한 상위 용이었다면 저 평가는 옳다.

다양한 전투 수단을 선택 가능한 반지의 스킬과 시키의 판단력이 어우러지면 실력이 비슷한 상대와 대치했을 때 무척 유리하게 싸울 수 있기 때문이다.

그러나 소피아와 같은 정도로 다른 용의 힘을 흡수했으리라 짐작되는 지금의 랜서라면 전혀 경우가 다르다.

결과적으로 가늠이 어긋나게 된 마코토의 말은 시키의 파인 플레이에 의해 들어맞았다고 말할 수 있었다.

다만 이제부터 또 다른 예상외의 사태가 발생하기 전에 승부를 내지 않으면 이 전투에서 시키에게 승산은 없다.

다행히도 아스칼론의 독은 조금씩 랜서의 몸을 침식하고 있다.

랜서가 보유한 회복 및 해독의 힘을 아스칼론의 독이 앞서는 까닭이다.

이미 랜서의 오른손 일부에는 석화의 저주가 발동되었고, 독에 침범되는 피부가 검붉게 바뀐 부분도 군데군데 눈에 들어왔다.

시키는 확실하게 랜서를 몰아붙이고 있다.

'부디 깨닫지 말거라. 이대로, 죽어……!'

그가 염두에 둔「예상외」로 이어지는 요소를 랜서가 아직 깨닫지 못한 것은 단순한 행운에 불과함을 시키는 잘 알았다.

"마인 본인이 아니라 겨우 종자 따위에게!!"

랜서도 필사적이었다.

날아다니는 검은 다 헤아릴 수가 없고, 휘둘러서 강력한 참격을 펼치며 이외에도 투척 무기처럼 찔러 오는 검까지 있었다.

수많은 검을 동시에 조작하여 싸우는 능력도 충분히 괴물 같았다.

시키의 검이 랜서의 검과.

시키의 술법이 랜서의 술법과.

각각 충돌한다.

검도 술법도 지금은 시키가 약간 우위에 있다.

따라서 균형은 허물어지고, 항상 부상당하는 쪽은 랜서다.

검법 대결에서 밀리는 쪽도 항상 랜서였다.

승부는 서서히 결판이 나고 있었다.

"오오오옷!!"

"끄, 컥!"

아스칼론이 가로로 번뜩였다. 포착한 것은 복부가 아닌 다리.

뛰어 물러나는 랜서의 다리를 베어 날렸다.

지금이 바로 승부에 나설 때임을 직감했지만, 시키는 후방에서 들린 목소리에 반응하며 돌진을 멈췄다.

랜서의 공격이 누군가를 꿰뚫었는가.

안 좋은 방향의 예측이 적중되었을 가능성이 있다.

시키는 일순간 생각을 마친 뒤 천천히 뒤돌아봤다.

"아니, 그렇지도 않은 듯싶군. 아직 운은 나에게 있다."

남몰래 가슴을 쓸어내리는 시키.

확률은 5분의 2였다.

만약 랜서가 「그 사실」을 깨달았더라도…….

시키는 도박에서 이겼다.

시야의 저 너머에는 무엇인가를 알리기 위해 손을 뻗어서 입을 움직이는 츠이게의 모험가가 있었다.

다만 마지막 유언이 될 말은 시키에게 들리지 않는다. 시키에게는 거리가 너무나 멀다.

어쩌면 토모에나 미오와 면식이 있는 인물인지도 모르겠으나 시키와는 초대면인 남자다.

남자는 빛의 검에 몸을 꿰뚫린 상태였다.

로렐의 무녀가 친 결계는 파괴되었고, 치야는 모험가에게 떠밀려서 비틀거리고 있다.

'무녀를 지켜준 건가. 감사한다, 모험가여. 만약 저 소녀나 용사가 랜서의 검이 되었다면 나는 패배했겠지.'

이제껏 시키는 치야가 새로 친 결계를 마치 자신이 쭉 전개한 결계인 양 위장했었다.

랜서를 상대하여 한창 전투를 펼치는 와중에 자신을 위한 것이 아닌 견고한 결계를 줄곧 유지할 여유가 지금 시키에게는 없는 까닭에 강구했던 고육지책이었다.

실제 치야가 다시 친 결계에 빛의 검을 끝까지 막아 낼 만한 방어력은 없다.

만약 공격이 집중되었다면 불과 몇 분 사이에 파괴되어 히비키의 파티는 전멸했을 것이다. 실체화된 검의 공격이라면 일격에 부서졌을지도 모른다.

시키는 자신의 결계로 랜서의 검 세 자루를 튕겨 낸 보인 다음에 해제하고, 치야의 결계를 교묘하게 위장함으로써 자신의 부담을 줄였다. 잇따라 새로운 패를 꺼내 들면서 랜서의 주의력도 경계심도 자신에게 집중시켜 두고, 가장 간파당하고 싶지 않은 요소에서 시선을 떼어 놓았다.

시키가 의도한 대로 랜서의 실체검 공격은 거의 시키에게만 사용됐고 히비키 및 다른 동료들이 랜서의 힘으로 흡수당한다는 최악의 사태는 모면할 수 있었다.

히비키와 동료들 중 누군가가 사정을 알아차렸는지 아무 언급도 하지 않아주었던 판단도 이 위험한 선택을 성공으로 이끌었다.

용사와 무녀.

두 사람마저 검으로 바뀌어버리는 것이 시키에게는 최악의 전개다.

랜서에게 얼마나 큰 힘을 주게 될지 가늠이 안 된다.

게다가 히비키가 희생되어버린다면 마코토에게 받은 명령도 못 지키게 된다. 그런 상황은 절대로 피해야 했다.

물론 용사가 쉽게 당하지는 않을 것이라 예측했지만, 실제 비명을 들으면 시키도 불안감을 느낀다.

아무튼 승기는 찾아왔다.

승부의 갈림길은 이때임을 강하게 인식했다.

"크윽! 빗나갔나! 끝까지 약아빠진 짓만 하는군! 그러나 리치 놈, 이번에는!!"

랜서는 지긋지긋하다는 듯이 혀를 찼다.

적은 뒤늦게나마 시키가 쭉 두려워했던 요소가 무엇인지 완전히 이해했다.

어린 소녀를 흉험한 칼로 노렸다는 데는 약간의 죄책감도 느끼지 않는 모습이다.

잃어버린 다리를 재생할 여력은 이미 없는지 검을 지팡이 대신 짚어서 몸을 세우고 있었다.

막 꿰뚫렸던 모험가가 빛으로 녹아내리다가 검이 되어서 실체화한다.

금세 완성된 새로운「랜서의 검」이 시키에게 덮쳐들었다.

그와 동시에 랜서가 부르짖자 시키와 자기 자신을 온통 뒤덮어 버릴 만큼 수많은 검이 출현해서 칼끝을 표적에게 향한다.

실체화 검도 빛의 검도 마구 뒤섞였다.

이것이 랜서의 총력을 다한 마지막 공격임을 시키는 파악했다.

"……오호, 역시나 알아차리는군. 지금이 승부처임을."

"이런 지경까지 궁지에 몰린 것은 소피아 이후 처음이다……. 모쪼록 좋은 검이 되어서 나를 섬기도록 하거라, 네 녀석!!"

"누가 너 따위를. 이미 섬겨야 할 주인은 찾아냈다!!"

비스듬하게 몸을 돌려서 두 손에 쥔 아스칼론을 찌르기를 위한 자세로 멈춘 시키가 다채로운 술법을 전개시키며 랜서에게 돌격했다.

그에 맞서는 랜서와 두 사람을 둘러싼 모든 검.

시키와 랜서와 수많은 검이 하나의 그림자로 겹쳐졌다.

충격파와 검의 압력이 그림자를 중심으로 미친 듯이 날뛰며 주위를 파괴로 가득하게 채워나갔다.

"둘 다 쓰러진 건가?"

파괴의 너울을 전력으로 버틴 히비키와 동료들 사이에서 맨 처음으로 입을 연 자는 벨더였다.

모두를 지키기 위해 막 손에 넣었던 힘을 혹사했기에 본인의 회복은 다소 늦어졌다만, 뒤따라 히비키도 자기 견해를 입 밖에 꺼낸다.

"아니야, 전혀. 아마도, 랄바 공의 패배…… 앗?"

그러나 곧 의문의 말이 이어졌다.

현 위치에서 보이는 풍경— 저 너머에는 한쪽 다리를 잃은 남자와 그 눈앞에 선 랄바가 있다.

랄바는 헤아릴 수 없이 수많은 검에 제 몸을 꿰뚫린 채 우두커니 서 있었다.

그 광경은 히비키가 꺼내다 만 말처럼 랄바의 패배를 증명했다.

반면에 랜서는 아스칼론에 꿰뚫리지 않았다. 부상 상태도 파괴의 폭풍이 일어나기 이전과 같아 보인다.

히비키가 쌍방의 죽음을 부정했던 근거는 이 때문이었다.

다만 아스칼론의 존재야말로 히비키가 의문을 품게 된 이유이기도 했다.

처참한 모습의 해골은 제 손에 아무것도 들고 있지 않았다.

"크, 크크크크. 보았나, 마인의 종자여!! 이것이 용을 지배하는, 그리고 세계의 섭리마저도 지배하게 될 강자, 의……."

눈구멍에서 번뜩이던 빛이 사라진 랄바의 주검을 보고 랜서가 홍소와 함께 승리를 선언하려다가—.

그것이 최후의 말이 되었다.

그 순간, 랜서가 히비키와 마찬가지로 아스칼론의 소재에 의문을 가졌는지는 알 수 없었다.

"아!!"

히비키의 눈에 대검이 들어왔다.

아스칼론이다.

위에서 아래로.

독의 적색과 저주의 흑색을 두른 대검이 수평으로 랜서의 육체를 양단했다.

좌우로 엇갈려서 떨어지는 랜서였던 살덩어리.

히비키가 보았을 때 랜서의 더욱 너머에서 아스칼론은 휘둘러졌다.

랜서가 허물어짐으로써 칼의 소유주가 모습을 드러낸다.

붉고 기다란 머리카락의 인영.

그곳에는 이제껏 히비키가 티끌만큼도 기운을 감지할 수 없었던 가느다란 남자가, 랄바가 거뭇한 빛깔을 띠는 불길한 대검을 손에 붙든 채 서 있었다.

"누, 구?"

자문으로도 들릴 물음이 히비키의 입에서 새어 나왔다.

"……한심하구나. 다만 지금은 이게 최선인가.「검제 빙의」해제."

시키의 입에서도 말이 새어 나온다. 양쪽 다 자신에게만 간신히 들릴 미약한 음량이었다.

티끌이 되어 부슬부슬 흩어지는 랜서를 내려다보는 남자는 자학적인 표정을 짓고 있었다.

대검 아스칼론이 남자의 손안에서 본래의 별반 장식이 없는 검은색 지팡이로 돌아왔다.

자신의— 현재 본래의 모습을 노출한 채 시키는 히비키와 다른 일행이 있는 위치로 가까이 걸어간다.

변장과 외장을 겸해서 둘러놓았던 리치의 모습을 대역으로 내준 뒤, 이제껏 끝까지 감춘 채 랜서에게 보이지 않았던 유일한 기술인 단거리 전이를 발동시켰고, 사각을 찔러 아스칼론의 직격을 선사했다.

시키에게 있어 이 승리는 자칫 종이 한 장의 차이로 결과가 역전될 수도 있었을 만큼 아슬아슬했었다.

자각이 있는 까닭에 스스로의 무력함을 제일 먼저 탓하며 시키는 히비키와 합류를 마친다.

"설마, 랄바 공이야?"

반칙 비슷한 직감을 따라 히비키는 시키에게 물었다.

"뭐라고?!"

"말도, 안 돼……."

시키보다 먼저 히비키의 발언에 반응하는 인물은 벨더와 치야였다.

수수께끼의 남자와 방금 전 괴물 리치가 동일 인물이라는 말은 이 세계의 상식으로 봤을 때 도대체 믿을 수가 없는 내용이었다.

산 자와 언데드는 소통이 가능할 수 있는 관계가 아니니까.

설령 똑같은 무기를 손에 들었더라도 이 같은 경우에는 리치를 사역했던 누군가가 등장했다고 간주하는 것이 보통이다.

기본적인 사고의 일부가 좋은 의미에서 아직 지구에 기반을 둔 히비키이기에 나올 수 있는 발언이다.

'이세계인인가……. 용사는 뜻밖의 부분에서 까다로운 존재 같구나.'

몹시 간단하게 정체를 추리당한 시키는 기가 막히다는 모습으로 한숨 쉬었다.

예전 모습으로 돌아갈 수 있는가, 불쑥 질문을 하던 주인도 마찬가지이나 이세계인은 매사에 정말 엉뚱한 발상을 떠올리는지라 시키는 놀라곤 한다.

이번에는 변장이 주된 목적이었기 때문에 시키는 엄밀하게 말하면 리치라는 존재로 돌아갔던 것은 아니다.

그렇다고 단순히 인형 옷을 뒤집어쓰는 것과 똑같지는 않지만, 간단하게 설명하기는 조금 어렵다.

문득 시키는 생각한다.

주인이라면 이런 설명을 과연 상세하게 듣고 싶어 했을까.

다만 일순간 떠올렸던 해설을 위한 이론 및 공식을 즉각 내버린 뒤 시키는 히비키와 다른 일행들을 주시했다.

"보통 이렇게 곧장 깨닫지는 못했을 텐데 말이다. 솔직히 현 상황에 이를 때까지 쌓인 실수도 포함해서 머리가 아플 지경이군."

시키는 본모습을 드러내야만 했던 아쉬움을 토로했다.

"사실은 휴만이었던 거야?"

"아니, 그것은 아득하게 옛날의 이야기다. 자, 무녀여. 자리를 비켜다오. 약속을 지키도록 하지."

질문에 정확하게 대답하지 않고 대신에 단지 입가에 살짝 미소만 띤 시키가 히비키의 옆을 지나쳐서 무녀에게 다가간다.

"어, 아……."

"제5 계제 「케토」 해방. 흠, 이런 정도의 부상이었나. 최악의 경우 혼마저 이 주변을 떠다녀도 어떻게든 해결할 수 있게 준비했었는데 괜한 수고였군. 「은빛의 팔(아가트람)」이여. 치유하고 채워 넣어라."

시키의 손가락에 새로운 반지가 끼워졌다.

지면에서 불그스름한 황금색의 따뜻한 빛이 흘러넘치더니 우디를 감싸 안는다.

지켜보는 히비키, 세 사람은 무의식중에 숨을 멈췄다.

치야의 간절한 치유 마술로 배의 구멍은 아물었을지언정 안색이 나쁘고 호흡도 줄곧 연약했던 우디의 피부 상태가 혈색이 좋은 평범한 색깔로 순식간에 바뀌어 간다.

머지않아 가슴도 규칙적으로 오르내리기 시작하며 평온하게 안정된 호흡이 돌아왔다.

"이 정도면 될 테지. 남은 건 안정을 취할 수 있게……. 뭐, 더 이상 자질구레한 설명은 필요 없겠군. 정성껏 간호해줘라."

시키의 말에 치야가 힘주어 고개를 끄덕거렸다.

이제까지 별로 호의적이지 않았던 벨더도 이때만큼은 머리를 숙이며 감사의 말을 꺼냈다.

"도움을 받았군. 정말 고맙다, 랄바 공. 이 보답은 언제든 꼭 하지. 이름을 걸고 약속하겠다."

"유념해 두지."

그렇게 말한 뒤 곧장 멀어지려고 하는 시키에게 이번에는 히비키가 떠보는 듯한 시선을 보냈다.

"……「마인의 종자」. 이 말은 그대로의 의미로 받아들이면 되는 걸까?"

"랜서의 말을 들었던 건가. 그냥 잊는 게 좋겠군. 아니, 잊어라."

"그런 요구는 좀 무리이지 않아?"

"봐라, 왕도의 이 참상을. 생존자들, 도움을 요청하는 기운이 어찌나 많은가. 이미 피난한 주민들도 예외 없이 불안에 겁먹었을 테지. 나를 신경 쓸 틈에 너희가 처리할 만한 가치 있는 사안이 훨씬 더 많지 않겠나?"

안색 한 번도 바뀌지 않고 히비키의 추궁을 받아넘겼지만, 시키는 자신이 제대로 움직이지 못할 만큼 소모되었음을 파악한 뒤 내심 혀를 차고 있었다.

'역시 방금 전 케토는 안 좋았던 건가. 반지를 과하게 썼다. 랜서 놈, 정말이지 애를 먹었군. 이래서는 도련님이 계신 곳으로 찾아뵌들 걸림돌 신세만 될 뿐이다……. 아무튼 우선 휴식이 먼저인가.'

"이번에는 도우러 가겠다고 해도 안 말리는 거야?"

"돕지도 않을 테지만 말이다."

지금 이 상황에서 히비키에게 위협이 될 만한 자는 기껏해야 소피아뿐이라는 것이 시키의 생각이었다.

그리고 그곳에는 자신의 주인, 미스미 마코토가 이미 있었다.

안 그래도 빛의 검 때문에 양군의 입장에서 전투 속행은 절망적이다.

더욱이 못을 박듯이 랜서와 시키가 대결까지 벌이지 않았던가.

살아남은 사람을 구출하든 왕도 바깥으로 탈출하든 더 이상 왕도에는 히비키를 방해할 만한 부류가 존재하지 않을 것이다.

"벨더도 한 말이지만 언젠가 꼭 보답할게."

"흠. 그러면 일단 기억해 두도록 하지."

우디를 짊어지고 이동 준비를 마친 벨더가 히비키에게 말을 건넸다.

"히비키, 일단 우디가 쉴 만한 장소로 움직이자. 겨우 확보가 된 연락원의 말로는 도시 바깥에 몇몇 개 캠프가 형성되기 시작했다는군. 그곳이 좋을 거야."

히비키는 벨더의 제안에 살짝 고개를 끄덕거렸다. 그리고 한 번만 힐끔 시키를 쳐다봤다가 다시 시선을 주지는 않은 채 달려서 떠나갔다.

'검이 되었던 모험가가 죽을 때 남겼던 말……. 저자가 먼저 입에 담았던 「그 사람들과 닮았다」는 말. 그건 츠이게의 사람들을 뜻했던 걸까. 게다가 마인의 종자라고 밝힌 랄바가 보여줬던 검 솜씨. 다루는 검은 비록 카타나가 아니었지만, 내 선생님의 솜씨와 많이 비슷했어. 단순하게 우연의 일치라는 생각을 못 할 만큼. 게다가 마인은 어떻고. 그 하얀 옷 사람이 입었던 건 분명 특촬 히어로의 복장을 모델로 했지. 랄바와 마인은 이세계인과 관련이 있을 가능성이 매우 높아. 츠이게, 이세계인, 비상식적인 힘……. 혹시 쿠즈노하 상회와 관련이 있나? 그럼 그 마인이 라이도우? 그래도 여기에는 미오 씨의 기운도 드워프 장인의 기운도 없어. 쿠즈노하라는 특이한 이름, 이 세계에서는 로렐 지방이 아니면 아예 없는 것 같은데 자꾸 신경 쓰이네. 적어도 모두가 전혀 관계가 없는 건 절대로 아닐 텐데…….'

◇◆◇◆◇

"아하하하!!"

거의 폐허로 전락한 알현장에 불쑥 소피아의 웃음소리가 울려 퍼졌다.

"……드디어 미쳤어?"

"설마. 아주 제정신이야. 대충 두 가지 웃을 소재가 생겼을 뿐."

"어엉?"

기막혀서 얼빠진 목소리가 나온다.

결국 저 여자에게 걸려 있었던 매혹을 풀어줘도 제국 용사와 관련된 말을 꺼내지 않게 되었을 뿐 별로 성격은 달라지지 않았다.

나를 향해서 줄곧 끊임없이 살기를 쏟아 내다가 갑자기 웃음을 터뜨리니까 머리가 이상해졌나 생각했다.

그렇지만 웃음이 멈추자 곧장 소피아의 힘이 변질되더니 대폭 늘어나는 것을 알 수 있었다.

그런가.

불쑥 웃었던 데는 이유가 있었다는 뜻이네. 미쳐버린 게 아니야.

……시간을 끌어보자는 목적이었나.

소피아에게 주입되고 있는 힘은 아직도 전부가 아닌 듯싶다.

준비가 갖추어질 때까지 기다려달란 말이네.

그래그래.

"한 가지는 파트너라는 녀석과 아무리 긴 시간을 알아왔어도 정말 허망하게 픽 죽어 나간다는 것."

소피아는 치밀어 오르는 웃음을 애써 견디며 말을 꺼냈다.

"랜서가 죽었다는 건가."

이곳에서 시키가 있는 장소까지 계(界)를 펼쳐 놓지는 않았기 때문에 정확한 상황은 알 수 없다.

뭐, 시키는 절대 안 지니까.

그건 그렇고 마무리까지 혼자 지었나. 시키는 내 생각보다도 훨씬 더 강해졌구나.

"그리고, 다른 하나는……. 나의 강력한 운에 대한 허탈함……일까. 내기에서 역시나 내가 이겼다는 뜻이지."

"내기……. 랜서하고?"

이런 상황에서 언급할 내기라면 분명 심상치 않은 내용이겠지.

지금 나랑 소피아 사이에는 딱히 내기를 한 게 없고 말이야.

……아무튼.

나는 더 이상 소피아를 상대로 시험해보고 싶은 게 없다.

또 뭔가 비장의 수단이 있다면 봐도 괜찮겠지만, 없다면 슬슬 끝을 내도록 하자.

"그래. 내가 먼저 죽는다면 그 녀석의 컬렉션에 들어가야 하지. 그 녀석이 먼저 죽는다면 나머지 목숨과 힘을 나에게 바쳐야 했고. 그런 내기를 했어."

나머지 목숨은 또 뭐야.

랜서는 목숨이 하나가 아니라는 말인가.

"……그래서, 내기에 이긴 넌 랜서 한 마리 몫의 힘인지 목숨인지 챙겨서 뭘 할 수 있는데? 이미 검이든 용의 힘이든 전혀 소용없다는 걸 깨달았을 텐데."

지금 뒤늦게 랜서의 힘을 갖게 되어서 빛의 검이 살짝 강해졌어도 딱히 아무런 의미가 없다.

"……아, 하나 더 깨달은 게 있었더랬지. 웃지는 않겠지만 말이야."

즐겁게 웃고 있었던 소피아의 얼굴에서 감정이 사라졌다.

굳이 이렇게 시간 안 끌어도 기다려준다니까.

"후유."

저절로 한숨이 나온다.

"상대를 무시하며 싸우는 녀석은 진짜 속을 다 뒤집어 놓는구나. 나도 최근에 자주 했던 짓이라 반성하던 참이야."

"아, 그래."

말은 뻰지르르하네. 도발이라고 한 거야?

전혀 효과는 없지만 말야.

나는 자신의 정신에 맨 고삐를 그럭저럭 붙들고 있었다.

이제 곧 결판이 나게 될 이번 전투의 결말도 담담하게 받아들일 수 있겠지.

나 스스로도 극단적이라는 생각이 들 만큼 싸늘한 느낌이 있는 전투적 사고.

별거 아니다.

단순하게「전투에 임하는 자세」라고 생각하거든.

설령 전쟁에서 사람을 헤아릴 수 없을 만큼 죽였던 누군가가 친구와 식사를 하러 간다거나 같이 놀이를 하는 것처럼, 아무 부담감 없이 사람을 죽일 수 있게 된 것은 아니다.

아마 어쩔 수 없다고 어딘가에서 구분을 짓고 적응했을 뿐이지.

스위치를 딱 눌러서 잠시 병사의 역할에 전념하는 것뿐.

나의 내면에 있는「이것」은 분명 나의 적응이다. 내게 만들어 둔 스위치다.

내가 특별히 뭔가 다르다는 게 아니라 단지 삶과 죽음이 걸린 전투라는 비일상에 적응한 결과에 불과한 거야.

마음속에 다른 사람이 생겨난 것은 아니다.

다만 전투를 이겨 내기 위해서 살짝 감정을 옆쪽으로 제쳐 놓았을 뿐.

그게 가장 「나에게 맞는 전투의 자세」라는 것뿐.

자기 자신하고는 일본에서 살던 때부터 조금이나마 똑바로 마주 봤잖아.

그러니까 나는 괜찮아.

마력체가 내게 공격을 허용하지 않는 것과 마찬가지로 「적」이 어떤 소리를 늘어놓든 간에 마음이 어지러워지지는…… 않는다.

그런 나의 사고를 아랑곳하지 않고 소피아의 말은 이어졌다.

"그리고 그런 녀석은 방심도 하지. 그러니까 나는 시간을 확보할 수 있었어. 보여줄게, 두 마리의 상위 용을 압도해서 죽였던 내 비장의 수단을."

"저기, 있잖아. 강한 사람이 전장을 유린하면서 자기 힘으로 아무렇게나 행동하는 것. 오히려 이건 전장의 섭리가 아닐까 생각하는데. 방심이야?"

"지금도 나를 막으려고도 하지 않잖아. 그것을 방심이라고, 오만이라고 말하지 않는다면…… 무엇이라고 불러야 할까?"

"……여유라든가? ……응?"

소피아에게 대답은 없었다.

그 대신 저 녀석을 중심으로 기분 나쁜 극채색의 에어리어가 바닥을 지나서 뻗어 나간다.

이윽고 나의 발밑까지 다가들더니 하늘도 벽도 바닥도 전부를 침식했다.

끝없이 펼쳐지는 건가 생각했는데 알현장을 가득 덮어쓸 규모까지 가진 못하고 확대가 멈췄다.

주위가 온통 눈 관리에 안 좋은 공간이다.

뜬금없는 감상이 머릿속에 떠오른 뒤 거의 곧바로 많은 사람이 동시에 유리를 손톱으로 긁어 대는 것처럼 듣기 거슬리는 큰 소리가 일대에 울려 퍼진다.

불쾌한 소리의 볼륨은 쭉쭉 올라가다가 극채색의 에어리어가 부서져서 흩어지는 동시에 사라졌다.

우리는 본래의 조용한 알현장으로 돌아왔다.

아니, 다만 이곳은…….

나의 추측을 긍정하듯이 소피아의 발 주변에서— 아니, 하늘의 곳곳 도처에서도 차례차례 검이 출현하기 시작한다.

비록 겉모양은 본래의 장소로 돌아온 듯 보이지만, 아마도 다른 공간으로 끌려 들어온 것 같아.

저마다 형태가 다른 검들이 땅에, 하늘에 **박혀서** 정지되어 있다.

알현장은 한눈에 알아볼 수 있을 만큼 지극히 비정상적인 공간으로 전락했다.

그나저나 진짜 사치스럽네…….

전부 다 검이 맞기는 한데 엘더 드워프의 무기에 필적하는 명품의 기운이 여기저기에서 쏟아지고 있다.

어처구니가 없네.

"어서 와, 검의 감옥에. 이곳은 랜서가 모아 둔 검의 보관 장소와 링크되어 있는 특별한 공간이야. 그리고 처형장이기도 하지."

소피아가 사나운 미소를 띠고 말한다.

"확실히 굉장하네. 검도 대단하지만 그 이상으로 나를 격리된 공간에 끌고 들어온 게 굉장해."

"공간 관련은 살짝만 어긋나게 만든 가벼운 수법이라서 말이야. 그만큼 대접은 정성 들여서 해줄 테니까 안심하라고. 심심할 틈은 절대로 없을 거야."

"아니 아니, 이래 봬도 뜻하지 않게 다른 공간으로 끌려 들어온 건 처음이라— 아니, 예외를 제외하면 거의 없었거든. 좁기는 해도 꽤 대단한 거야."

진심에서 나온 칭찬의 말을 선사했다.

그런데도 정작 소피아는 조용히 눈을 감은 채 집중하며 거하게 심호흡을 한 번.

무시인가요.

아무튼 토모에에게도 당한 적 없었던 수법인데 제법 대단하구나, 정말로.

아까 듣기에 거슬리는 소리가 울려 퍼졌을 때 공간이 어긋났던 걸까.

이번에 처음으로 소피아에게 감탄을 하게 되는구나.

가벼운 수법이라고 말은 했지만, 공간 계통의 술법이나 스킬에 엄청난 재능을 갖고 있었는지도 모르겠어, 이 녀석.

아직 더 무슨 준비가 필요한지 소피아가 곧장 덤벼들 낌새는 없다.

그렇다면…… 계를 써서 이 공간의 특성을 파악해볼까요.

"……흐음. 전개한 사람의 힘을 높여주네. 의외로 평범한 능력이야. 아니, 그게 전부는 아니구나. 이런저런 효과가 있어. 어라, 가장 치사한 건…… 검과 생명을 공유한다?"

판명된 특성 중 특이한 것을 지적하자 소피아의 눈썹이 실룩 움직였다.

"대강 짐작을…… 하는 수준이 아니구나. 너 말이야, 겉모습을 빼면 나보다 더 사람을 그만둔 게 아닐까?"

"조금은, 뭐. 아하, 여기에서는 검 전부가 소피아의 생명이 되어주는구나. 어디를 둘러봐도 검, 검, 검……. 잔기 무한이 진면목이었을 줄이야, 야비한 힘이군."

가만히 땅에 박혀 있거나 하늘에 떠올라 있는 검에서 생명의 맥동이 느껴진다.

검 전부와 소피아의 사이에서 생명의 공유 비슷한 현상이 이루어지고 있다.

저 녀석의 반응을 본 결과로 틀림없겠다.

이곳에서는 이 무기 전부를 때려 부술 때까지 소피아는 죽지 않는다. 아니면 반대로 이곳에 있는 무기의 숫자만큼 소피아를 죽일 때까지. 흠.

또한 이 공간에 있는 한 저 녀석은 항상 반칙에 가까운 배율로 강화 마술의 혜택을 받아 파워 업이 이루어진다. 더욱이 손에 든 무기에 따라서 본래 보유하지 않은 스킬 및 마술을 행사할 수도 있다. 상위 용 몇 마리의 힘을 내포한 채로.

와아, 치사하다…….

"……천에 여든. 무한하지는 않아."

"실제는 조금 더 적어진 것 같지만 말야. 랜서가 시키한테 써서 부서졌던 숫자도 있을 테니까."

장관인 데다 훌륭한 능력이다.

소피아 개인의 전투 능력을 고려했을 때 이런 처지에서 기약도 없이 싸워야 하면 상위의 용이라도 싫어했을 테지.

게다가 나와 최초로 싸운 단계에서 이미 폭포(瀑布)— 즉 치유를 특기로 가진 용의 힘을 손에 넣었잖아. 진심으로 야전(夜纏)과 홍리(紅璃)한테 동정하게 되네.

게다가 이곳에 있는 검은 랜서가 마음에 들어 했었던 영웅들이기도 하다.

과연 단순하게 무기의 역할만 할까?

"네가 죽을 때까지 이어지는 검무임은 달라지지 않아—."

소피아가 한 자루의 검을 손에 들면서 자신만만하게 장담했다.

그래도 말야. 분명히 극구 칭찬해줬지만…….

"유감이야. 하필 마지막 순간에 최악의 능력을 들고 나왔구나, 소피아."

이도류에도 소양이 있었는지 두 손에 검을 든 용 살해자에게 나는 말했다.

아마도 지금 나는 진심으로 저 녀석을 불쌍하게 보는 표정을 짓고 있을 것 같다.

내가 꺼내는 말에 소피아는 반론은 없이 대신에 나의 왼손을 응시하고 있었다.

짐작하자면 내가 건네는 유감이라는 말과 동시에 번뜩였던 빛과 일순간 뒤에 울려 퍼졌던 몇몇 영웅들의 날카로운 단말마 및 절규를 인식한 채로.

"라이도우, 그것은……."

"전사라거나 술사라거나. 아니야, 애당초 완전히 잘못 짚었어, 소피아. 나는 말이야."

왼손을 표적에게 겨눈다.

방금 이공간에서 꺼내 든 나의 무기를 잡아 쥔 채로.

소피아가 지배하는 공간에서도 별 지장이 없이 이렇게 꺼내 올 수가 있었다.

아공(亜空)의 응용이라지만 조금 미안하다는 마음도 있다.

그리고 인사 대신에 직접 위력도 증명해줬다.

그 결과, 이미 내 마음속에서 확신했던 대로 꿰뚫린 검은 산산이 부서졌다.

……그래, 더 이상 소피아에게는 티끌만큼의 승기도 없다.

"아, 아아아아아아아아!!"

눈을 부릅뜬 소피아의 우렁찬 외침.

직감으로 나와 똑같은 결론에 다다랐기 때문일까, 아니면 같은 결론을 도출하는 조짐을 자신의 내면에서 발견했기 때문일까.

탄환으로 비유하더라도 손색이 없는 속도로 들이닥쳐서 칼을 휘둘렀다.

마력체에 저지됐지만 이제까지와 현격하게 달라진 위력.

저 녀석 본래의 힘이 전부가 아니다.

공간과, 그리고 막 손에 넣었던 검의 힘까지 보탰을 테지.

그럼 대책을 마련하면 된다.

계의 성질을 강화로 변경한다.

소피아에게 베여 갈라졌던 마력체는 내가 대책을 실행하자마자 거의 흠집이 나지 않게 되었다.

성과를 확인한 다음 나는 오른손에다가 왼손에 든 활과 비슷하게 꺼내 든 하얀 화살을 잡아 쥐었다.

그리고 시위에 메긴다.

땅을, 하늘을 질주하면서 공격에 전념하면서도 소피아의 시선은 나의 왼손에서 떨어지지 않았다.

"이것은 아즈사. 나의 무기야. 제작을 맡은 장인이 이름을 붙여 달라며 끝내 고집을 부려서 말야. 예로부터 전해 내려오는 활의 이름을 갖다 붙였어. 그냥 아즈사 활이라고 불러주면 돼."

하얀빛 일색의 활에 오른손으로 대량의 마력을 흘려 넣는다.

서서히 색채가 분홍색으로 물들다가 붉은빛이 점점 더 짙어져 간다.

내가 평소에 착용하고 있는 반지, 드라우프니르와 같은 소재로 만든 화살이다.

마력체를 얻었을 때 생각했거든.

내가 마력을 한 번에 소비해서 술식을 구축할 수 없다면 바깥에다가 쌓아 두면 된다고. 아니면 쌓아 놓을 수 있는 물건을 장비로 쓰면 된다고 말이지. 비록 모아 놓는 데에 한계가 있다지만, 새빨

갛게 물든 이 화살의 위력은 내가 평소에 다룰 수 있는 공격 마술보다는 훨씬 강력하다.

"멈춰라아아아!!"

소피아의 의사에 조작을 받아서 손에 들린 두 자루 검 이외의 다른 검들까지 내게 공격을 개시했다.

벤다, 지른다, 후려친다, 내리쏟아진다.

전혀 일말의 자비도 없다.

그런 와중에 소피아는 재주도 좋게 내 겨냥을 피하며 달리고, 뛰고, 가끔은 전이를 써서 위치까지 바꿔 공격을 피하고 있다.

검도 내키는 대로 바꿔서 들며 다양한 스킬 및 술법을 전개함으로써 나를 박살 내려고 한다.

대체 얼마나 많은 영웅들의 힘을 제 몸에 거뒀고 사용에 숙달까지 된 것인지 상상도 못 하겠다.

그래도…… 상관없었다.

이 세계에서는 희귀한 대궁, 그러나 나에게는 무척 친숙한 일본궁의 형태를 지닌 아즈사를 쭉 잡아당긴다.

미친 듯이 쏟아지는 참격과 술식의 폭풍을 향해 완전히 붉게 물든 화살을 발사한다.

손가락에서 떨어져 나간 화살은, 일순간 제자리에서 정지했고 시위만이 본래의 위치로 돌아갔다.

화살을 두 개로 가르면서.

아울러 소피아가 만든 공간 자체를 갈기갈기 찢는 어둡고 붉은 빛의 화살이 벼락의 형태를 흉내 내듯이 나뭇가지처럼 갈라지더니

백 이상의 검을 꿰뚫어 싹 불살랐다.

전부 깜빡임 한 번의 짧은 시간에.

“크!! 이딴, 어떻게……. 이따위가아아아!!”

눈에 핏발이 선 소피아를 시야에서 지운다.

눈을 꾹 감고 차분하게.

단지 되풀이하도록 하자.

이제 와서 안달해 봐야 더 이상 아무것도 달라지지 않아, 소피아.

그럼에도 위축되지 않은 채, 아니, 더욱 분발하며 강력한 공세로 몰아붙이는 너는 확실히 일류의 전사였다는 생각이 들지만.

“살짝 위험한 우는살이 있네. 화생조복, 명현(鳴弦) 의식을 치러 볼까.”

“괴물인가! 너는 도대체 뭐냐야아아아아!!”

소피아의 노호가 울려 퍼졌다.

이백, 삼백.

나의 반복 작업은 계속된다.

하다못해 수많은 영웅들을 땅으로 돌려보낸 다음에 너를 장사 지내주도록 할게.

전력을 깨부숴주는 것이 너에게 줄 저승길의 선물 중 하나다.

그리고 하나 더.

알려주자.

나의 진정한 이름과 본바탕을.

“나는, 궁도가야. 이름은 미스미 마코토. 가명을 마음에 새긴 채 죽기는 비참하잖아? 소피아.”

"나는 아직껏 놈과, 루토와, 조화의 상위 용이라며 잘난 척하는 그 자식과…… 만나보지도 못했다!! 죽을까 보냐!!"

내가 특별히 이름을 가르쳐줬는데도 무시당했다.

뭐, 상관없지. 성의껏 알려준 것은 분명하니까.

"루토인가. 조화는 무슨……. 걔는 혼돈이 더 잘 어울리는 것 같은데. 그나저나 되게 우습네, 자기가 걔한테 카메라 대용품으로 이용당하고 있는 것조차 깨닫지를 못한다는 게 말이야."

"큭?!"

전투 와중에 소피아가 일순간 숨을 멈췄다.

적수 취급을 못 받는 단계를 넘어 편리하게 이용당했고 게다가 최후까지 알아차리지 못했다.

하필 루토와 음모로 승부를 겨루려고 한 것이 잘못되었다는 생각도 들기는 하지만 도전의 결과는 정말 무참했다.

용 살해자라는 칭호도…….

"잘 가, 소피아 부르거."

어디를 둘러봐도 이제 남아 있는 검은 없었다.

딱히 낌새도 없다.

남은 것은 소피아뿐.

랜서의 유품인 듯한 검도 이미 사라졌다.

저 녀석은 이제 맨몸이다.

"—아니야!! 있어. 아직은, 있어!! 랜서, 마지막까지 숨겨 놓았나. 제대로 한 방 먹었구나!! 아직 끝나지 않았어!! 끝낼 수 없다고, 나는!!"

갑자기 내게 등을 돌리며 아무것도 없는 장소를 목표로 날아가는 소피아.

너무 뜻밖의 광경이어서 일순간 집중이 끊어지는 바람에 화살을 놓는 시기가 지체됐다.

윽!

뭐야, 공간이 물결친다?

형용할 수 없는 기묘하고 불쾌한 감각.

그럼에도 발사된 화살은 소피아를 향하여 날아가서 무방비한 등을 꿰뚫었…… 어라, 뭐야.

다시 돌아선 소피아는 검을 손에 들고 있었다.

게다가, 저거…….

"카타나, 일본도라고?"

"이판사판의 승부, 의외로 싫어하지는 않거든!"

능숙하게 칼집에서 뽑아 들더니 소피아는 군더더기 없는 움직임으로 화살을 베어 날렸다.

부서져서, 게다가 여파까지 두 동강이 난 나의 공격은 아무 피해도 입히지 못했다.

비록 집중이 끊어졌었다지만 위력은 제법 높았을 텐데.

랜서가 저 검을 숨겨 놓았던 건가?

저게 마지막 검?

아니, 그런 것보다는 일본도로 바뀐 영웅이라니 무슨 일이야.

설마…… 설마 그런 건가?

저것은 원래…….

"현인, 일본인을 검으로 만들었나……?"

그렇다면 아주 괘씸한데.

곧장 저 검의 상세 정보를 알기 위해서 분석을 시도했다.

……안 된다.

지금까지 봐왔던 랜서의 컬렉션도 마찬가지였지만, 검으로서 지닌 능력밖에 알 수가 없어.

그뿐 아니라 저 카타나만큼은 능력마저도 전부는 알 수가 없다.

무기로서 지닌 성능은 엘더 드워프의 걸작과 비슷하거나 더한 수준이고.

알아낸 능력은 뽑아 들어서 손에 든 동안에 줄곧…… 소유주의 힘을 높여주는 것.

내 학생 중에도 강화에 강화를 거듭하는 아이가 있지만, 그 애의 스킬이 귀엽게 보일 만큼 흉악한 녀석이야.

리스크 및 디메리트는 불명.

높아지는 힘의 상한도 불명.

랜서에 대해 잘 알지 못하는 나는 저 카타나를 특수한 공간에, 그 안에서도 다시 비밀 장소에 놓아둔 의미도 도통 알 수가 없었다.

내력도, 정말 일본인이었는지 여부까지도.

……까다롭네.

그런 내 마음을 알아챘는지 소피아는 한 손에 들고 있었던 칼집을 버렸다.

결판이 날 때까지 싸울 각오라는 겁니까.

저런 행동이 과연 승기로 연결될 수 있는지는 차치하고 가장 승리의 가망이 있는 길을 본능적으로 알아서 선택한 거다.

분명 저것만이 기적을 일으킬 수 있는 방법일지도 몰라.

솔직히 내가 아직 아즈사와 만나지 못했더라면.

마력체를 습득하지 못했더라면 위험했을지도?

후유…….

일본인이라든가 카타나라든가.

그런 건 지금은 신경 쓰지 마.

저 카타나가 무엇이든 간에 지금의 소피아에게서 빼앗아 갖고 돌아가는 데 고집하다간 부상을 당할 수 있다. 불의의 사태를 직접 불러일으키는 하책 중의 하책이었다.

좋아, 한꺼번에 처리하자.

전투에 다시 집중해야지.

"뭐야, 낯빛이 바뀌었는데? 라이도우— 아니, 마코토라고 했나? 이 검, 굉장하지? 이름이 빠져서 불완전한 상태인데도 힘이 가득 흘러넘쳐. 용을 흡수해서 사람을 그만뒀을 때하곤 전혀 다른 감각이야. 그래, 사람이 아니게 된 것이 아니라 사람 다음으로 전진한 듯한 멋진 감각이네."

"……."

사람의 다음이라.

초인이라는 거야?

그러고 보니 시키가 리치였던 시절에 저런 목표를 갖고 있었다고 말을 들었는데.

저게 얼마나 대단한 물건인지는 알 수 없지만, 무기 한 자루로 초인 어쩌고가 되는 게 말이나 되나.

설령 무언가 돼서 바뀌더라도 막 만들어진 급조의 초인 따위야……. 전혀 대단할 게 없잖아.

난 말이야, 신님한테 싸움을 거는 몸이거든.

뭐, 저 검을 묘비로 세워주면 소피아도 이번에야말로 납득한 채 죽어주겠지.

잘 가라는 말을 철회하지는…… 않겠어.

소피아가 카타나로 마력체의 팔에 일섬을 날렸다.

"자랑하던 갑옷도, 후후, 이제껏 겪은 고초가 거짓말 같아."

베인 팔이 멋지게 안개처럼 흩어졌다.

강하네, 저 일본도의 날카로움은 대단해.

게다가 빨라.

능력 강화와 같이 조합되면 현 상태에서도 부상을 당할 가능성이 있겠어.

그래도 허용 범위이기도 하다.

여기서 대략 세 배 정도의 속도라면 화살을 맞힐 만큼은 눈으로 좇아갈 수 있다.

코트의 보조를 받는다면 직선적인 속도는 이쪽이 우위에 있고.

달리며 마력체의 팔을 냅다 베어버린 소피아가 고개 돌린다.

"형세 역전이네."

확실히 궁도가로서 상대를 하기에는 버겁다.

—그러니까, 방식을 바꾼다. 제대로 「적중」시키는 것이 아니라 일단 맞힌다.

이제부터는 궁도가 아닌 궁술로. 그리고 판타지의 격식을 따라 주겠어.

코트 색깔을 속도 중시의 적색으로 바꿨다.

"윽?!"

설마 이 수단을 여신이 아닌 소피아에게 쓰게 될 줄이야.

소피아가 손에 든 카타나를 **하늘에서** 보고 인식한 뒤 활을 쏘아서 꿰뚫는다.

하하, 역시나 일격으로는 무리인가.

힘껏 지면을 박차고 하늘로 올라가서 불가시 상태 본연의 마력을 굳혀 발판으로 삼았다.

그곳에서 지체하지 않고 소피아의 카타나를 쏘았다.

백색에서 적색으로 바뀐 화살이 더 나아가서 임계를 맞이한 뒤 눈부신 빛을 발하는 상태에 있는 화살을 썼다.

직격하는 동시에 폭발했지만 소피아도 카타나도 아직껏 건재.

그럭저럭 높은 고도에서 노렸기 때문에 기껏해야 콩알 정도로 보이는 표적이었다. 노려서 쏠 보람이 있는 과녁이야.

무심코 묘한 감동에 잠긴 채 몇 초쯤 머물러 있었더니 눈앞에 소피아가 들이닥쳤다.

즉각 쫓아온 건가.

상대에게는 날개가 있다.

하늘은 안전하지 않아. 잘 알고말고.

마력 발판을 해제한 뒤 동시에 마력체의 일부를 소피아와 가까운 곳에서 작렬시켰다.

당연히 나는 추락했고, 소피아의 대각선 내려 베기는 허공을 가른다.

곧장 다른 발판을 만들어서 이번에는 옆으로 힘껏 뛰었다.

이번에는 지대공이 아니라 공대공으로 아까와 거의 똑같은 거리가 벌어졌다.

즉 다시 사격이 가능하다.

눈으로 조준을 맞춘 동시에 화살에 마력을 때려 박아서 임계까지 끌어올리고 카타나를 저격한다.

기분은 활을 쏘는 게 아니라 총을 쏘는 느낌이구나, 이거.

"으앗!"

효과는 확실하게 있다.

대충 열 번쯤 맞히면 카타나를 부술 수 있겠다.

소피아의 접근을 허용하는 실수는 되풀이하지 않는다.

싸움은 장사만큼 어렵지도 않고.

저격 방향을 쫓아 저 녀석이 내 위치를 파악했을 무렵에는 이미 난 다음번 저격 지점에.

그리고 또 카타나를 노린다.

가끔은 일부러 위치를 노출하거나 소피아 본인을 겨냥해서 카타나로 튕겨 내도록 유도하는 등 아무튼 쉬게 놔두질 않았다.

날개를 손에 넣어서 분명 자유롭게 공중전을 전개할 수 있을 테인 소피아를 하늘에 꽉 붙박아 놓는다.

제대로 움직일 수 있게 놔두지 않는다.

시간을 헤아리면 불과 수십 초 동안의 공방이었다.

다만 소피아는 훨씬 길게 느꼈을지도 모르겠다.

카타나의 힘으로 쭉쭉 높아지는 자신의 힘을 다 동원해도 끝내 상대의 그림자조차 밟지 못하는 현실.

살짝만 눈에 힘줘서 나는 대각선 위쪽 방향을 올려다봤다.

다리에는 분명한 지면의 감촉.

마지막이다. 역시 지면에서 결판을 내고 싶었다.

이제까지와 마찬가지로 확실하게 조준을 마친 뒤 잡아당겨서 곧 이어 쏜다.

"거기, 냐—."

눈이 마주쳤다.

나를 알아차린다.

역시 잘 가라는 말이 맞았어.

"……루토, 나한테 빚진 거야."

소피아의 눈동자 안쪽, 아마도 롯츠갈드에서 생중계를 보고 있었을 변태(루토)를 향해 나는 중얼거렸다.

하얀 선 한 줄기가 소피아를, 녀석이 요격을 위해 휘둘렀던 카타나와 함께 관통했다.

내가 쏜 화살의 여파일까, 아니면 주인을 잃어 미련을 버리려고 하는 공간의 소행일까. 곧 공간 전체가 새하얀 빛에 집어삼켜졌다.

소피아의 소리 없는 비명도 자기 그림자가 지워져 사라지는 것과 동시에 두절되었고, 생성의 때와 마찬가지로 큰 유리가 깨져 나가는 소리가 울려 퍼졌다.

리미아 왕성.

조용하다, 아무도 없는 알현장에는 활을 든 나 혼자뿐.

전부 흔적도 없이…… 사라졌나.

방금 전까지 있던 무기질적인 분위기와 달리 냄새가 나는 살아 있는 바람이 바깥에서 들어온다.

습격을 받은 도시의 냄새인 만큼 기분이 좋다는 말은 못 하겠지만.

리미아는 이제부터 무척 고초를 겪게 될 거야.

그래도 이 나라에는 선배가 있다.

그 사람이 있어준다면 어지간한 문제는 쓱쓱 해결되겠지.

초인이기도 하고.

내 입장에선 역시 롯츠갈드의 부흥을 우선으로 생각하고 싶다.

여기는 멀기도 하고.

어떻게든 목숨만큼은 부지한 채 이번 재난을 넘겼잖아요. 리미아의 여러분도 열심히 살아주세요—. 그런고로 리미아의 참상과 당면의 부흥은 선배라든가 임금님한테 전부 떠넘기기로 하자.

문득 방금 전 대결을 떠올렸다.

루토가 나를 보고 있었다는 것은 소피아가 불꽃 날개로 하늘을 막 날아다니기 시작한 즈음부터 깨달았다.

훔쳐보기라고요.

약간 놀라기도 했고 질겁했는데, 루토가 할 만한 짓이잖아. 이제 와서 뭘 새삼스럽게.

소피아와 루토 사이에 어떤 인연이 있었는지, 무슨 이유로 소피아가 그렇게까지 루토에게 집착했는지. 사실 별 관심은 없지만,

아마 괜찮은 심술이 될 것 같으니까 조만간 루토에게 평소 변태 발언의 사죄 대신에 실토를 받아 내도록 하자.

아, 맞다. 잊고 있었는데 또 하나 할 일이 있었던가.

“남은 건 스텔라 요새인가.”

가까운 곳이라도 가는 건 귀찮은데.

그래도 여기에서 똑바로 노려서 쏘면 사선의 위쪽에 꽤 심각한 일이 벌어지겠지.

……별 호수도 내가 저질러서 만들어졌던 것 같은데 자꾸 성대하게 지형을 바꾸는 짓은 자중하자.

요새까지 사이에 누가 있으면 쓸데없이 죽여버리는 셈이니까 가능하면 표적만 파괴해서 끝내고 싶다.

나는 하늘을 올려다봤다.

아직 밤이 다 지나지는 않았다.

마력체를 두른 채 땅을 박찬다.

도약해서 기세가 약해졌을 때 발밑에 마력 발판을 만들어 다시 뛰어오른다.

그렇게 되풀이해서 고도를 높여 나갔다.

“이쯤에서 쏘면…… 괜찮을 것 같네.”

마력 발판에 서서 스텔라 요새의 대략적인 방향으로 몸을 돌렸다.

역시나 밤의 어둠이 방해해서 요새 자체는 보이지 않는다.

그럼 또 써볼 만한 게 있지.

계를 확대해서 지형의 파악에 집중했다.

대강 요새의 위치는 알고 있으니까 기준을 잡고 우선은 주위를 살펴본다.

다음은 요새와 자신을 양 끝에 두고 언제나 표적을 쏠 때처럼 집중했다.

주위 전부에 의식을 펼치는 것이 아니라 주시하는 저 너머와 자신을 선으로 연결하듯이.

일본에서 살던 시절도 노린 표적까지 거리가 상당히 떨어져 있을 경우에 가끔 써먹었던 방법이다.

험로를 막고 우뚝 선 요새인가.

뭐랄까, 츠이게 같네.

불빛이 켜지지는 않았다. 로나가 인원들을 잘 피난시켰을 테지.

그러면 해볼까요.

오늘 마지막이 될 화살을 아무것도 없는 공간에서 꺼내 든다.

토모에에게 배운 이 방법은 정말 쓸모가 많다.

아공의 문을 열 때와 별다를 것 없는 요령으로 할 수 있어서 더욱 좋다.

화살이 진홍색으로 바뀔 때까지 기다릴 필요도 없이 그저 시위에 메겼다.

“이렇게 한 건 해결이군.”

얼마나 거리가 떨어져 있는지 정확하게는 알지 못한다.

몇십 킬로미터, 아니, 더 멀까?

아무튼 신기하게도 빗나가면 어쩌나 하는 생각은 전혀 안 들었다.

소피아와 벌인 대결의 여운이 남아 있어서 감각이 예민해졌는지도 모르겠다.

놓아준 화살은 희미하게 붉은빛의 꼬리를 늘어뜨리며 목표에 적중해서 아름다운 빛의 기둥을 형성했다.

견뎌 낸다면 다시 한 발 쏴야겠지만……. 괜찮겠네.

완전히 부서졌다.

요새와 주위 지형의 일부도 휩쓸려서 절구 모양으로 파였다.

여신의 의뢰는 이제 끝!

발판으로 썼던 마력을 흩어뜨린 뒤 자유 낙하로 궤도 수정을 더해주며 시키가 있는 장소로 서둘러…… 음, 떨어진다.

낙하에도 제대로 익숙해졌네, 정말.

머지않아 왕도 모처의 바닥에 착지. 정확하게는 격돌했다.

그래도 괜찮아. 마력체를 둘러싸면 이 정도 충격은 문제없다.

나중에 여신이 또 하늘에서 떨궈도 안심이구나!

염화로 위치를 확인했을 때는 이래저래 대화 나누기가 어려운 기색이었는데 언뜻 본 느낌으로 시키는 무사했다.

무사하기는 한데…….

"왜 사람 모습이야?"

시키는 리치가 아닌 휴만의 모습을 쓰고 있었다.

"면목 없습니다. 본모습을 노출하고 말았습니다. 뜻밖에도 랜서가……."

시키는 사죄의 말과 함께 깊숙이 머리 숙였다.

"많이 지쳤구나. 어서 돌아가자."

"왕도는 이대로 둬도 괜찮겠습니까? 용사하고도…… 모르는 사이가 아니신 듯합니다만?"

미처 다 숨기지 못한 피로를 얼굴에 내비치며, 그럼에도 시키는 추후의 대응에 대해 질문했다.

그 사람을 대놓고 「선배」라고 불렀으니까 말이야.

그야 기억을 하고 있겠지.

시키도 토모에도 내 기억을 본 만큼 그 사람을 아는 게 이상하지는 않지만.

그러고 보니 지금까지 쟤들이 나와 같은 반 학생이나 친구한테는 별로 관심을 가진 적이 없었구나.

어째서일까?

"왕도의 뒷수습은 리미아 사람들이 어떻게든 하지 않겠어? 임금님도 이쪽으로 서둘러 오고 있는 것 같고, 우리가 도움을 주더라도 나중에 요청을 받아 나서는 게 좋겠지? 사정도 잘 모르면서 휙휙 끼어들면 나중에 또 귀찮은 일이 벌어질 것 같거든. 용사라면…… 응, 뭐, 아는 사람이었어. 그 얘기는 돌아가서 하자. 이쪽은 특촬히어로 코스프레를 보여줬고, 게다가 저쪽의 섹시 코스프레를 덜컥 본 입장이잖아? 솔직히 뭐라고 말을 붙이면 되나 도무지 알 수가 없네."

정말이지 여신과 얽히면 제대로 되는 게 없었다.

"오랜만이라고, 가볍게 인사를 할 순 없는 겁니까?"

"……무리야."

"그러나 히비키라는 아가씨는 자기 차림새를 썩 부끄러워하는 기색은 아니었다고 생각됩니다. 제가 시선을 보내도 별반 반응이 없이 당당하게 행동했고 말입니다."

"그야 시키가 리치의 모습이었으니까……."

"지금 모습으로도 마주 봤습니다만, 딱히."

"으음……. 그쪽 취미라도 있었던 걸까, 선배."

그런 말을 들어본 적은 없다.

……아니 아니, 괜히 고민하지 마.

만약에 그쪽 취미가 있었더라도 잘 알려진 건 아닐 테니까.

애당초 선배의 사복 차림은 우연히 한 번 봤던 게 전부다. 이렇다 할 접점도 없었고. 아무것도 알지 못하는 셈이나 마찬가지잖아.

바보 같아. 빨리 돌아가자.

나의 악운이라면 쓸데없이 미적거리다가 하필 선배와 딱 마주치는 상황도 벌어질 수 있다.

지금은 이 주변에 살아 있는 사람의 기운조차 없다고 해도 말이야.

"그리고 히비키와 동행했던 츠이게의 모험가 말입니다만……. 구해줄 수 없었습니다."

"시키가 신경 쓸 일은 아니야. 어쩔 수 없어. 모험가는 원래 갑작스러운 불행이 언제든 찾아올 수 있는 직업이니까. 다들 스스로 결정해서 전쟁을 하러 리미아에 온 거야. 각오는 하고 있었겠지."

"그렇다면 다행입니다만."

"이번에는 선배가 무사하다면 일단 문제 없어. 너무 신경은 쓰지 말고 돌아가서 잠깐이라도 자자."

"……도련님, 그나저나 켈류네온을 공격하러 간 토모에 님에게서 아직 연락이 안 오는군요."

"아마도 이미 아공으로 돌아갔을걸. 염화로 일단 무사하다고 보고는 해줬거든. 성과도 상당한가 봐. 득의의 미소를 못 숨기더라고."

"변함없이 여유가 넘치는군요……. 두 분께서는."

시키는 어딘가 아득한 곳을 내다보는 눈빛이다.

"저쪽에는 용 살해자도 용사도 없었잖아. 편했을 거야, 분명히. 오늘 밤 MVP는 틀림없이 랜서를 쓰러뜨린 시키라니까. 안심해도 좋아. 정말로 잘해줬어. 자신을 탓할 필요는 전혀 없다고."

뭔가 침울해하는 모습이라 격려의 말을 건네봤다.

"도련님께서도 소피아를 여유 만만하게 상대하셨겠지요. 부상 하나도 당하지 않으셨고요."

오오, 약해졌기 때문일까, 오늘 시키는 많이 부정적이네.

랜서에게 고전을 면치 못했던 것이 어지간히도 분했던 걸까.

하지만 위로하기 위해 「그렇지 않아」라고 말하면 하염없이 침울해지는 패턴인지도 모르겠다, 이거.

"뭐, 자신의 힘을 알기에는 적당한? 상대였어."

"……더욱더, 강해져야겠습니다."

"그래, 힘이 되어줄 만한 게 있다면 나도 도와줄게."

"부탁드립니다! ……그건 그렇고 도련님, 용사의 동료 중 하나를 살려주었더니 녀석들이 꼭 답례를 하고 싶다더군요. 무엇을 요구하면 되겠습니까?"

아, 이미 롯츠갈드 모드의 시키로 돌아왔다.

마냥 질질 끌지 않는 긍정적인 부분은 시키의 숨겨진 장점이다.

……토모에와 미오가 지끈지끈 밟아, 가 아니라, 철저하게 훈련을 시킨 덕분에 후천적으로 몸에 밴 성질이지만 멋지다는 것은 틀

림없다.

나도 본받아야지.

"음, 답례라. 시키의 본모습을 못 본 셈치고 잊어주는 걸로 충분하지 않을까?"

이렇게 안 하면 최악의 경우 시키를 학원 도시라든가 사람들 눈이 많은 장소에 보낼 수 없게 되어버린다. 그래서 내가 또 장사에서 전면에 나서야 할 기회가 늘어나면 당연히 실수를 할 횟수도 늘어날 테고……. 응, 안 되겠다.

오늘보다 몇 배는 무시무시한 사태가 일어날걸.

위통 때문에 드러눕겠다.

계, 계산이나 접객뿐이라면 나도 현대 일본인의 스마일은 공짜 정신으로 어떻게든 해내는 날이 오기는 할 텐데 말이야.

"그 부분은 이미 당부를 했습니다만, 어떻게 될진."

"그래……. 그러면, 아, 분명히 선배 파티에는 로렐의 무녀라는 사람이 있었지?"

"예. 이름은 치야. 휴만치고는 상당히 마력치가 높은 아가씨였습니다. 장래에는 손꼽히는 무녀가 될지도 모르겠습니다."

"그럼 말이야. 이런 느낌의 부탁은 어떨까……."

막 떠올린 생각을 시키에게 귓속말했다.

"좋은 방안입니다. 분부대로 따르겠습니다. 그럼."

"응. 슬슬 돌아갈까, 아공으로."

설마 이 시간부터 연회를 벌이지는 않을 테지만, 저쪽도 대승리였다면 내일은 연회를 해도 괜찮겠네.

능력을 과하게 써서 약간 다리가 비틀거리는 시키를 신경 써주며 나는 남몰래 왕도를 뒤로했다.

3

졸리다.

거울에 비친 얼굴의 눈은 반쯤 감겼다. 눈 아래에는 또렷하게 검은 얼룩이 만들어졌다.

아무튼 간에 졸리다.

어젯밤은— 아니, 몇 시간 전까지 리미아의 왕도에서 한바탕 쌈박질했다.

피로, 안 풀려요.

나갔다가 들어올 때는 아직 어두운 시간이었는데 눈 깜짝할 틈에 해가 떠올라버렸다.

정리가 대충 끝나면 하루는 느긋하게 쉬어야겠다.

"아공 주민들 다들 강했지……."

얼굴을 씻는 도중에 머릿속 생각이 새어 나온다.

아공으로 돌아온 나와 시키는 이미 귀환을 마친 토모에와 미오, 그리고 오크와 드워프들에게 마중받았다.

그쪽의 전과는 정말 굉장했다.

우리보다 빨리 귀환한 것은 물론이고 손실은 거의 제로.

사망자 제로, 부상자 둘이라는 유쾌한 숫자를 듣게 되었다.

정말로 이게 실전에서 나올 숫자일까 의문이 드는 수준이야.

그래도 비록 작다지만 과거에 국가로 존재했었던 켈류네온의 영토를 거의 전부 다 확보했다고 하니 사실임은 틀림없다.

리미아에서도 든 생각인데 나는 이 세계의 군대 및 국가가 보유하는 전투력의 규모를 과대평가했던 것 같다.

그렇잖아~ 그린베레, 스페츠나츠, SAS, CIA에 KGB에 FBI까지…….

어라, 점점 군대에서 살짝 벗어나는 것 같아.

아무튼 저런 엄청나게 대단하다는 군대라든가 정보 조직 같은 곳들을 텔레비전이나 영화에 나온 장면으로 접하면 군대와 관련된 단체는 무척 강하다는 생각이 주입되잖아.

그렇게 판에 박힌 생각을 갖고 있었던 나는 딱히 이상한 사람이 아니다— 아마도 아니야.

피해가 적으면 좋은 일이기도 하니 나의 착각이었다는 것을 솔직하게 기뻐하자.

부상자 둘도 미스티오 리자드가 완전 무장한 하이랜드 오크에게 꼬리를 꽉 밟혔다는 그냥 흐뭇한 해프닝이었고.

게다가 미오는 묘하게 반들반들한 분위기로 손바닥에 올릴 수 있는 크기의 귀여운 용을 나에게 보여주면서 상대편의 대장이었다고 살짝 아리송하게 설명을 했다.

토모에는 토모에대로 불쑥 「싸울 보람이 있는 상대를 아군에게 빼앗겨서 아주 무료해졌던 터라 국경 대신에 절벽을 만들어서 선을 그어줬습니다」라든가 잽 수준이 아닌 설명을 쓱 끼워 넣었다.

다만 그 후에는 보고가 불쑥 중단되었다.

우리도 보고를 하며 내가 소피아를, 시키가 랜서를 쓰러뜨렸다고 달성감을 가득 담아서 기쁜 얼굴로 이야기한 순간이었다.

표정은 바뀌지 않았는데도 토모에와 미오의 기세가 단박에 불온한 느낌으로 가득 차올랐다.

단적으로 설명하자면…… 가까이 다가가고 싶지 않은 미녀의 웃는 얼굴.

이어서 시키는 마족과의 접촉 및 여신의 힘에 대하여 상세 보고를 진행하려다가 토모에에게 어깨를, 미오에게 손을 붙들린 채 무슨「보고회」를 위한 별실로 끌려가버렸다.

혹시 두 사람 모두 랜서의 건 때문에 시키를 질투하는 건가?

그 이후로 지금에 이를 때까지 시키를 못 만났다.

결국 보고는 하이랜드 오크 에마가 이어받았고, 오늘은 대략적인 설명만 들은 뒤 해산. 다들 피로를 풀 시간을 갖도록 하고, 에마가 제안해준 승리 축하연은 내일— 즉 오늘 밤에 개최하기로 정해졌다.

에마도 어젯밤은 출진했었기 때문에 지금쯤 지쳐 잠들었을지도 모르겠지만, 그렇더라도 다른 누군가가 지휘를 맡아 연회 준비를 하고 있을 듯싶다.

그래도 나는 이렇게 가만있을 수는 없었다.

오히려 어젯밤 전투에 동원되었던 것이 불의의 사태이고 예정대로면 오늘 롯츠갈드의 변이체를 처리하러 가야 했다. 오히려 오늘이 진짜 일하는 날이다.

"이오라든가 소피아와 싸운 다음에 변이체가 또 웬말이냐고……."

그런고로 한두 시간쯤 잠들었다가 곧 기상이다.

졸리지만 아침 일찍 학원에 가야만 한다.

변이체가 롯츠갈드의 부유층이 사는 주택가 한 곳에 모여든 데는 무엇인가 마족의 의도가 있지 않을까 짐작은 하고 있다.

마족의 여장군— 로나가 뭔가 불길한 말을 했었으니까.

롯츠갈드에 사는 아인들 중에 마족의 편에 선 부류가 있다는 식의 이야기였다.

휴만인가, 마족인가.

애당초 아인이 어느 쪽을 선택할지는 알 수가 없다.

아인이 무조건 휴만과 함께 싸운다고 생각하는 것도 이상하다.

일부 아인이 유용한 스킬 덕분에 후대를 받는 사례를 제외하면, 기본적으로 휴만은 아인을 사람 취급하지 않는단 말이지. 철저한 실력주의 사회라는 말은 있지만 권리를 인정해주는 마족이 더 좋겠다는 사람도 물론 있을 것이다.

이제까지 마족에게는 얼어붙은 영토밖에 없었으니까 생활면의 이유로 어쩔 수 없이 휴만을 가까이했던 아인 종족도 있었을 테고.

나 역시도…… 종족 혼성이 당연한 그 군대를 보면 마왕은 꽤 대단한 사람 같다는 게 솔직한 생각이었거든.

—똑똑.

방 문을 노크하는 소리가 울려 퍼졌다.

누군가 나를 깨우러 와준 걸까?

"네, 들어와요."

"좋은 아침입니다, 도련님. 이미 깨어나 계셨습니까."

벌써 말쑥하게 몸단장을 마친 뒤 장비까지 착용한 장신의 젊은 남자가 생글거리며 방에 들어왔다.

"라임이구나. 좋은 아침."

"아침 일찍부터 죄송합니다. 학원에서 빨리 도련님를 데려오라며 전령 노릇을 시켰던 터라. 일찍 학원의 상태를 보러 갔다가 괜히 일거리를 떠안았습니다."

분명 라임은 드워프와 숲도깨비 몬도를 데리고 함께 학원에서 합류하기로 되어 있었다.

"그러면 다들 이미 학원에?"

"예이. 학원장은 일찌감치 해치우고 싶은가 봅니다. 그리고…… 알아차리는 게 늦어서 기가 막힙니다만, 도련님과 저희들이 사태처리를 위해 활동했던 것은 학원장의 요청을 직접 받아서였다…… 이렇게 말을 맞춰달라며 부탁하더군요."

아하하…….

분명 교섭을 하기에는 타이밍이 너무 늦은 것 같다.

"그리고…… 상근 강사 중 높은 분들 몇 사람이 비슷한 말을 하더군요. 이번 사건에서 도련님은 그분들의 의뢰를 받아 주민들을 위해 활약했다며 역시나 말을 맞춰달라는 부탁입니다."

내가 말하기도 좀 뭐한데 다들 바보뿐이구나.

어느 쪽이든 간에 가만히 다 들어주기에는 무리가 있다.

"지금 한 말은 혹시 들었던 내용을 똑같이 전해준 거야?"

"예이, 가능한 한은."

라임은 내가 묻고 싶었던 부분을 눈치채고 고개를 끄덕거렸다.

"그럼 굳이 한쪽을 선택하자면 학원장이 조금 더 낫겠어. 나중에 시키와 이야기해서 결정할게. 어떻게 하든 소동이 일어난 이후 초동에 대해서는 쿠즈노하 상회가 자발적으로 도시를 위해 나섰다는 인상을 주고 싶으니까."

"옳으신 말씀입니다. 그나저나 도련님."

라임이 살짝 어려워하며 말을 꺼냈다.

"뭐야?"

"바깥에 여자가 한 명 있더군요. 이 피난소에서 누군가를 곁에 두기로 하신 겁니까?"

그런 여성은 이곳뿐 아니라 한 사람도 없다.

특징을 들어보면 창관에서 구해준 이후 이래저래 신경을 써서 이야기를 나누러 온「누님」같은 사람이었다.

분명 에스텔 씨였던가.

"아니, 그냥 피난소에 데리고 온 사람이야. 여기에 있는 휴만 중에는 이야기를 가장 많이 나눴던 사람이려나. 무슨 용건일까."

"한번 노려봤더니 사라졌으니까 대단한 용건은 아닌 듯싶습니다만. 혹시 아침에 같이 깨어나서 나온 줄 알고……. 이런, 추잡한 상상을 했습니다, 헤헤."

라임은 겸연쩍어하며 머리를 긁적이고 있다.

"……제발 참아줘. 고르곤 상대로도 왕성한 라임을 기준으로 하면 안 되잖아."

“……무슨 일이든 지나치면 독입죠. 도련님은 조금 더 유흥에 익숙해지는 게 좋다고 생각합니다만.”

“그래그래. 그럼 학원에 갈까.”

“시키 씨가 안 보입니다만, 괜찮겠습니까?”

“아까부터 염화를 날렸는데 반응이 없더라고. 많이 지친 것 같으니까 오늘은 라임에게 수행 역할을 부탁하고 싶어.”

“기꺼이. 어젯밤은 다른 분들과 함께 이쪽의 사건 따위야 싹 날아갈 만큼 큰 사건을 처리하셨다던가요. 조금 늦었습니다만……. 무사 귀환에 진심으로 축하의 말씀을 올립니다.”

“응? ……토모에구나? 그 녀석이 또. 별로 라임한테는 이야기해도 상관없지만 말이야.”

어째서 벌써 어제의 일이 라임의 귀에 들어간 거야. 보통 아공에 잘 드나들지 않는 사람한테까지 알려지다니 도대체 뭐가 어떻게 된 건지.

뭐, 토모에가 주로 자랑하려는 목적 때문에 떠들었겠지. 어쩌면 미오일 수도 있겠네. 두 사람 다 무척 기분이 좋았으니까.

“상인 길드와 투기장에 출장을 갔던 리자드와 아르케가 몸부림을 치더군요. 이쪽은 꽝이었다면서 말입죠.”

“당첨도 꽝도 없는데 말야……. 아, 들었다시피 오늘 밤에는 승리 축하연이 열리거든. 라임도 마음껏 마셔. 내일이면 안 남아 있을 것 같으니까 말이야.”

라임과 그런 대화를 나누며 피난소를 나간다.

어서 학원에 가서 볼일을 마치도록 하자.

겸사겸사 루토에게 불평 한 마디쯤 쏘아주는 것도 괜찮겠네.

◇◆◇◆◇

결론부터 말하면 로나가 분위기를 풍긴 마족의 협력자 어쩌고는 아무 데도 없었고, 그 대신에 이오보다 큰 잉어 깃— 이 아니라, 거대한 변이체가 세 개체쯤 그곳에 진을 치고 있었다.

4미터를 넘는 거체가 롯츠갈드의 거리 한 구획을 파괴하며 날뛰었다.

슬라임 같은 부정형의 개체가 하나, 어딘가 짐승 비슷한 네 다리가 하나, 그리고 사람의 모습과 가장 가까운 이족 보행의 개체가 하나. 셋 모두 형태는 제각각이고 각각 행동 패턴도 다른 것 같았다.

맨 처음 우리는 토벌 부대가 아닌 놈들을 놓치기 않기 위해서 펼친 포위망의 일원으로 배치되었기 때문에 관찰할 만한 시간은 제법 있었다.

이제는 변이체를 간신히 직접 해치울 수 있게 된 학원 소속의 부대가 가장 돋보일 수 있는 토벌 부대로서 나가 싸웠는데, 순조로웠던 것은 처음 잠깐뿐이었다. 변이체의 무리는 궁지에 몰리자 비장의 수단을 꺼내든 것이다.

저 녀석들, 놀랍게도 합체 기능까지 갖춰져 있었다.

로봇 비슷한 합체가 아니라 꿀럭…… 꿀럭, 이런 느낌의 징그러운 합체 장면이었지만.

그렇게 변이체가 잔뜩 뭉쳐서 만들어진 세 거대 변이체는 따로

따로였을 때보다 강력해졌고, 또한 전속성에 대한 마술 내성까지 획득해버렸다.

학원의 부대가 몇 분 사이에 공황 상태에 빠져서 금방 후퇴하게 된 것은 말할 필요도 없다.

거미 새끼가 흩어지듯이 퇴각하는 부대원들의 뒤에는 가장 바깥에 있던 우리가 남았다.

이것이 결국 우리가 토벌 부대로 임명을 받은 사연이다.

어휴…….

맨 처음에 「바깥을 단단하게 지켜라」라는 말을 들었을 때는 편하게 때울 수 있다는 생각에 기뻤는데 말이야.

나도 시키도 진짜 수면이 부족하거든.

학원에서 합류한 시키는 어젯밤보다 더 피로한 얼굴이었으니까 무리해서 같이 나서주지 않아도 괜찮다고 말해줬는데 꼭 따라가겠다며 고집부렸다.

"시키는 자도 된다니까."

"그렇게 할 수는 없습니다. 도련님이 나와 계신데 제가 아무것도 안 한다니요."

아마도 아예 못 잤을 거야, 시키.

좀 쉬는 게 좋을 텐데.

"아니, 나도 가만있을 거야. 저런 정도면 우리가 안 나서도 대강 해치울 수 있을걸."

이곳에는 라임뿐 아니라 숲도깨비 몬도도 엘더 드워프도 있으니까.

"그럼요, 저희에게 맡겨주십쇼!"

라임과 몬도가 한 걸음 앞으로 나섰다.

“한 마리는 우리에게 남겨주면 좋겠구려. 모처럼 무기도 들고 나온 참인지라.”

드워프 장인도 신장을 훌쩍 뛰어넘는 거대 도끼를 갖고 나와선 의욕이 가득하다.

어라, 여름 방학의 발표회 때 봤던 도끼랑 비슷한데. 이것저것 시행착오를 겪어 가면서 테스트하는 것 같다.

자루 길이도 상당해서 도끼가 걸어 다니는 것처럼 보일 만큼 크다.

도끼를 세워 놓지 않으면 여기저기 부딪혀서 도시 안쪽을 제대로 걷지도 못하겠네.

지금 같은 상황이면 딱히 문제는 없으니까 사이즈는 타박을 안 하겠지만.

“그럼 라임과 몬도가 두 마리. 엘드워가 다 같이 한 마리구나. 잘 부탁해!”

“좋군……. 선수 필승, 일격 필살이니라!! 간다!!”

도끼가, 아니, 3인 1조의 드워프 팀이 사람 형태의 키가 큰 녀석에게 돌격했다.

아주 신났구나.

어젯밤에 출격하지 않은 사람들인데.

아니, 그래선가? 이미 아공 전체에 이야기가 퍼졌다고 생각하는 게 좋겠구나, 이래선.

“어라, 라임이랑 몬도는 안 가는 거야?”

“도련님. 수형(樹刑)은, 써도 되는 게 맞지요?”

"……아, 뭔가 했더니. 그러게, 마침 잘됐어. 부흥의 새로운 상징이 될 만한 커다란 걸 부탁할게. 나란히 선 거목 두 그루면 좋은 명물이 될 것 같아."

어째서인지 기억에 있는 신사의 신목이 머릿속에 떠올랐다.

"분부대로."

"응, 마음껏 해치워버려. 라임, 저 커다란 게 상대니까 알고 있겠지?"

"물론입니다. 3분도 걸리지 않을 겁니다. 준비는 됐나, 몬도! 어, 벌써 치고 나갔냐?!"

라임이 씩씩하게 고개 돌렸을 때 이미 파트너 몬도는 변이체를 목표로 달려 나가는 참이었다.

"꾸물거리지 마라, 라임! 덩치만 큰 굼벵이인데도 어째서일까, 거대한 녀석을 상대하면 그것만으로도 기분이 꽤나 들떠 오르는구나!"

이쪽도 기운 넘친다.

저 거대 변이체는 보통은 몬도 혼자서 수형을 실행할 수 있는 상대가 못 된다.

그래도 라임이 같이 있으면 문제없다.

머지않아 거체 하나가 광채에 휩싸였다.

라임은 누군가의 힘을 높여주는 데 뛰어나다.

이를테면 스포츠의 복식 시합에서 특히 진가를 발휘하며 파트너의 힘을 끌어내는 데 탁월한 선수가 종종 등장하는데, 저런 효과의 스킬 버전을 라임이 습득해서 가지고 있다.

다른 사례는 본 적이 없으니까 어쩌면 라임만 있는 유니크 스킬

인지도 모르겠다.

한 쌍의 거울 같다는 표현은 좀 과장이지만, 그런 이미지로 상대의 힘을 강화하고 증폭해준다.

예를 들어서 몬도와 팀을 짜면 일정한 범위 내 대상들 전부에게 수형을 발동시키는 파격적인 힘까지 발휘할 수 있고 본래는 쉽게 저항할 만한 상대에게도 수형을 강제할 수가 있다.

아쿠아, 에리스 같은 숲도깨비 콤비와도 상성이 좋다.

어디에 내어놓아도 바래지지 않는 다양하게 도움이 되는 능력이었다.

주위를 잘 보살피는 라임 본인의 성격과 아주 잘 어울리는 능력이라고도 할 수 있겠다.

오, 두 번째도 완성.

그런 생각을 떠올리던 중에 롯츠갈드의 거리에 두 번째 거목이 생겨났다.

굉장하네, 원래 변이체보다 훨씬 더 키가 커졌어.

틀림없이 학원 도시의 랜드 마크가 된다.

"세로로 쪼개주마아아!!"

엘드워의 기합 가득한 외침이 울려 퍼졌다.

어떻게 했나 못 보고 놓쳤는데 소리 질렀던 한 사람이 공중에서 더욱 거대화된 도끼를 막 내리 휘두르는 참이다.

사람 형태의 변이체가 멋지게 두 동강 나서 쪼개진다.

그야말로 정수리 세로 쪼개기다.

더욱 거대하게, 더욱 강력하게. 이런 콘셉트였지, 저 도끼.

상대도 사용자도 사용처도 점점 좁아지는 것 같은데…….

그나저나 변이체가 제대로 두 동강 났지만 곧 재생하는 게 아닐까.

가만 지켜보던 중 둘로 쪼개진 변이체는 안쪽에서 거품이 일듯 단박에 부풀어 올랐다.

아, 해치웠구나.

분열해서 둘로 다시 살아나는 게 아니라 다행이야.

—앗?!

"잠깐, 설마."

이제껏 겪은 사례에서 예측 가능한 대로 양단된 변이체의 몸은 튀어서 날아가기 직전. 규모를 감안하면 잔해가 온 도시에 내리쏟아지지 않을까?

냄새난단 말이야, 저거.

"이런 이런, 저래서는 도시에 악취가 가득 차오르겠습니다. 폭심지는 이미 늦었습니다만, 떨어지는 분량만이라도 이렇게……."

많이 피로한 모습으로 시키가 건물보다 조금 높은 곳에 거대한 마법진을 전개하더니 내리쏟아지는 변이체의 육편을 소각해줬다.

"굉장하네, 장관이야."

"본래는 화전 용도로 만든 술법이라서 겉보기만큼 실용성은 없습니다. 접촉한 대상을 약한 위력으로 소각하는 것이 전부지요. 숫자를 확 불려서 모양새나마 갖췄습니다만."

"덕분에 도시의 악취 피해는 막았네, 고마워."

"생각도 없이 저러한 도끼를 휘둘러 대다니요. 보아하니 나중에 저 엘드워 녀석들**도** 벌을 받겠군요."

그렇게 말한 뒤 시키는 어깨를 으쓱거렸다.

"……도?"

"……."

"도? 시키, 너?"

"도련님, 부디 두 번 말씀은 말아주십시오."

미묘하게 경련을 하는 시키.

어젯밤 사건…… 아니, 저 부분은 깊이 파고들지 말도록 하자.

어쨌든 간에 드디어 끝났다.

이제 학원에서 조사를 진행한 뒤 비상사태가 마무리됐다고 선언하면 롯츠갈드는 부흥을 향해 본격적으로 움직일 테지.

……그나저나. 역시나 방금 전 공방은 「싸움」이라는 느낌이 안 드는구나.

고개를 들어 올리면 바람을 맞은 거목이 파릇파릇한 잎을 흔들거리는 광경이 이쪽에서도 잘 보인다.

저거 상록수이려나.

나는 아무래도 좋은 생각을 떠올렸다.

◇◆◇◆◇

용기사는 로렐 연방이 자랑하는 가장 화려한 전력이다. 그리고 로렐 연방에만 존재하는 베일에 감싸인 비밀의 존재이기도 하다.

글자 그대로 용을 타고 싸우는 기병인데 통상의 기병과는 크게 대우가 달랐다.

용이라는 강력한 존재와 서로 마음이 통해야 된다는 것, 이것이 바로 용기사에게 요구되는 가장 중요한 능력이다.

롯츠갈드에 물자를 운반해준 것은 비룡에 탄 하늘의 부대인데, 이 밖에도 지룡에 탄 육상 부대 따위가 존재한다.

육지와 하늘 부대의 존재는 분명하게 드러났지만, 바다를 담당하는 부대에 대해서는 존재 유무마저도 알려지지 않았다던가.

참고로 공격에도 수비에도 하늘을 나는 이점은 무척 커서 활약의 기회도 많기 때문인지 로렐에서는 비룡을 타고 날아다니는 용기사가 많은 인기를 끈다.

로렐 연방 비장의 전력, 용기사 부대.

그래서일까, 부대원들 모두 온몸에서 자신감이 가득 흘러넘친다.

아니…… 정확하게 말하면 가득 흘러넘쳤었다.

지금 내 눈에는 직립 부동으로 (이렇게 표현해도 되나 모르겠는데) 석상인가 싶을 만큼 딱딱하게 굳어 있는 비룡과 이러한 이상 사태를 알아차리고 파트너 용을 염려하는 용기사들이 비치고 있다.

"흥……. 용기사라기에 얼마나 대단한 녀석들인가 싶어 와봤더니 사람도 용도 대부분이 이류를 못 벗어나는구려."

토모에가 꾸며 낸 듯한 말투로 내게 말을 건넸다.

"날이 밝아지니까 어쨌선지 기분이 나빠졌다는 부조리함은 일단 지나가기로 하고. 조금 자중을 해라, 자중을."

"도련님이나 시키는 어쨌든 간에 저는 그저 대지를 갈라 놓은 게 전부잖습니까? 용 살해자도 어검 애송이도 마족 장군도 다 빼앗기고……. 다소 삐친다 한들 도련님의 아량으로 받아들여주시길."

그렇게 말한 뒤 토모에는 살짝 뺨을 볼록거리는 동작을 해 보였다.

"……또 억지를 부리는구나."

비룡의 거동 수상 원인은 십중팔구 이 녀석이겠지.

시키와 함께 변이체의 일건을 학원에 보고하러 돌아갔을 때 토모에는 학원 도시에 남은 각국의 중진들과 뭔가 대화를 나누고 있었다.

그 자리에는 신전의 사람이라든가 로렐 연방의 사이리츠 같은 사람을 필두로 꽤 높은 인물들이 다 같이 참석했다. 그곳에서도 토모에는 어째서인지 대단히 불온한 기세를 뿜고 있었다.

시키는 학원에 들어와서 곧장 무엇인가를 수신한 듯 「학생들의 결계를 풀고 오겠다」라며 다 꺼져 들어가는 목소리로 중얼거린 뒤 개별 행동을 요청했었는데, 지금 돌이켜보면 아마도 시키의 제육감이 활약을 한 결과 같았다.

토모에는 기분이 안 좋은 이유를 표면적으로는 무리해서 전이를 과다 사용한 탓에 와키자시가 파손되었던 원통함 때문이라고 둘러댄 것 같다.

실제는 어검이라는 끝내주는 사냥감을 챙긴 시키에 대한 화풀이와 가까운 분노가 원인 아니려나…….

그런 덕분에 학원장에게 보고를 하는 겸사겸사 토모에를 달래줘야 하는 특수한 미션이 발생해버렸다.

그래서 사이리츠 씨와 이야기하던 중 용기사의 화제가 나오자 기분 전환도 겸해 약간은 흥미를 보인 토모에를 거의 강제로 데려온 결과 이러한 소동이 벌어졌다.

"미오마저도 마족 장군을 건졌는데 말입니다……."

"너는 아공에 사계절을 도입한다는 가장 큰 목적을 달성했잖아."

실제론 머지않아 달성한다는 의미지만.

"그냥 생각이 드는데 말입니다, 저만 이번에는 포상으로 받는 게 조금 부족한 것 같습니다."

"오늘 밤 실컷 마시고 즐기면 되지 않을까. 그렇게 다 깨끗하게 잊어버리고 사계절을 즐기는 게 좋겠어. 일본주도 드디어 해금이라며? 많이 기대할 거야."

나는 일본주를 거의 마셨던 경험이 없어서 입속에 넣은 느낌이라거나 대강 감각으로 짐작할 수밖에 없다.

그래도 아공에서 맛있다며 호평을 받는 술이라면 그게 이곳의 일본주로 자리 잡아도 괜찮다는 생각이 든다.

"사계절, 시키로 즐겨도 되는 겝니까?[#1]"

"……시키와 같이 즐긴다면."

"……."

시키 이야기는 화려하게 무시당했다. 좋아, 이제는 더 이상 파고들지 말자.

시키, 나무아미타불.

"그러고 보니 술 이름은 어떻게 할까요. 물론 작명은 꼭 맡아주셔야 합니다?"

"네가 붙이면 될 텐데. 가장 진지하게 만든 건 토모에잖아."

#1 사계절, 시키로 즐겨도 되는 겝니까? 일본어의 사계(四季)의 발음이 시키(識)와 동음이의어임을 활용한 농담.

“아뇨, 꼭 부탁드립니다. 도련님께.”

“그럼, 밤까지 고민해볼게.”

술 이름을 잠깐 고민해서 토모에의 기분이 다시 좋아진다면 싼 값이다.

“아주 기대할 겁니다. 흠……. 자꾸 시키에게 화풀이를 하면 불쌍하니까요, 이번에는 사계절을 들여왔다는 성과로 타협을 하도록 하죠. 주군께 수하의 비위를 맞춰주시도록 조르다니 저도 조금 장난이 지나쳤습니다.”

한 차례 거하게 숨을 내쉰 토모에가 쭉 감돌았던 언짢아하는 분위기를 전부 지우고 후련한 얼굴로 말했다.

누나와 여동생을 둔 나의 경험으로 말하자면 이건 정말로 전부 후련하게 사라졌다는 것이 아니라 일단 옆쪽으로 제쳐 놓겠습니다, 라는 뜻에 가까운 얼굴이다.

……뭐, 뒤로 미루는 게 어디야.

뒷일은 시간이 슬슬 해결해주겠지.

“고마워. 그건 그렇고……. 여기에는 스물 정도밖에 없는데 역시 용은 존재감이 많이 다르구나. 꽤 많은 양의 물자를 운반해줬고 도시의 사람들도 좋은 인상을 받았겠어.”

용에 기승하는 행위가 멋있다고 생각하는 것은 나 혼자만은 아닌 듯했다.

개중에는 신기하다는 이유만으로 구경을 나온 부류도 있을 테지만, 용기사를 멀리서 보는 관중은 꽤 잔뜩 있었다.

가까운 사람의 안부를 다 확인한 사람들이 모여들었을 테지.

내일부터, 어쩌면 오늘부터라도 도시의 부흥이 시작될지도 모르겠다.

“도련님, 그 부분의 의견은 바꿔주십시오. 몇 기는 봐줄 만한 가치가 있기도 있습니다만, 대부분은 별로 대단할 게 없는 녀석들입니다.”

“상위(너) 용 기준이면 그렇겠지.”

“저야 도련님께서 오기 전 상회의 추후 향방에 대해 각국의 요인들에게 못을 박아 놓았지요. 기분 좋게 하늘을 날아다니는 게 전부인 이류 녀석들의 떼거리보다 제가 훨씬 더 도움 됩니다!”

그 험악한 분위기에서 토모에는 어떤 이야기를 했을까.

이 녀석이 물론 엉뚱한 짓은 안 했겠지.

아무튼 간에.

“……그랬구나. 토모에, 너와 저 사람들을 비교할 생각은 전혀 없어.”

“음?”

용기사가 데려온 비룡과 자신이 비교된다는 생각이라도 한 걸까?

오늘 토모에는 정서 불안정인가…….

“만약에 저런 게 백이나 천 있어도 토모에를 선택할 거야, 나는. 그러니까 너무 삐치지 마.”

이렇게 혼잡한 와중이기도 하고 누군가가 이쪽에 귀 기울이지도 않을 테니까 괜찮겠지.

평소에는 이런 말은 안 하지만 말이야.

“……가끔 엄청나게 사람을 홀리는 말씀을 하시는군요, 우리 도련님께선.”

“토모에가 나를 엄청나게 아껴준다는 건 알아. 이래 보여도 늘 감사하고 있어.”

평소 느꼈던 감사의 뜻을 전해준다는 게 많이 부끄럽잖아.

“루, 루토도 한 말입니다만. 사내는 사흘을 만나지 않으면 그동안에 훌쩍 달라진다는 게 이런 경우로군요!”

쑥스러움을 숨기고 싶었는지 토모에는 와하하, 크게 웃음을 터뜨렸다.

얼굴이 새빨갛다.

“앞으로도 잘 부탁해. 분명히 아직 더 귀찮은 일이 얼마든지 일어날 테니까 말이야.”

“맡겨주십쇼.”

이제 됐다, 휴.

그건 그렇고, 루토인가……. 참 어지간한 녀석이다.

그래도 이번 소피아의 건으로 제법 큰 빚을 떠안겼다고 말할 수 있겠다.

빨리 독촉에 들어가서 「켈류네온은 사실 멸망하지 않았습니다! 세, 세상에~!!」 계획에 협력을 받아 내려는 생각이다.

각국과의 관계가 만들어지는 건 아직은 훨씬 나중이겠지만, 그때가 되면 안스랜드 자매도 켈류네온의 대표로 훌륭하게 처신할 수 있게 성장했겠지.

지금 그곳은 육지의 외딴섬 상태니까 당분간은 물론 우리가 서포트를 맡아줄 거다.

입지를 봐도 인적 리소스를 봐도 휴만과 아인이 대등하게 공존하지 않으면 국가를 유지할 수 없는 상태에 있다.

그래서 더더욱 켈류네온은 재미있는 나라가 되리라는 생각이 들어 사실은 꽤 기대하고 있다.

쿠즈노하 상회도 어떤 서포트를 맡는 게 바람직한지 검토해야겠구나.

뭐, 그쪽은 차차 생각하기로 하고, 일단은 토모에의 기분이 좋아져서 잘됐다.

콧노래가 나올 정도면 더 이상은 걱정 없겠다. 경사로세, 경사로다.

선곡은 세상 바로잡기 활극의 그 오프닝일까. 인생에는 즐거울 때도 있고 괴로울 때도 있다는 고마운 교훈을 가르쳐준 명곡이다.

이제 오늘의 이벤트는 승리 축하연뿐이다.

나도 편하게 때울 수 있으면 좋겠구나.

◇◆◇◆◇

"—그런고로 내일이나 모레를 기점으로 아공에서 사계절이라는 계절의 순환이 시작될 거야. 불편한 점이 나타나도 이제껏 잘 맞춰왔듯 다 같이 서로가 상의해서 대처하도록 하자. 자, 그러면."

밤.

익숙하지 않은 대로 나는 연회의 개회 인사를 맡아서 했다.

어젯밤 전투 및 롯츠갈드 부흥, 켈류네온 재흥 계획과 같은 외부의 출장을 치하하고 사계절이 시작되는 데 대한 주의도 함께 전달했다.

"건배!"

나는 모두의 시선을 한 몸에 받으며 술잔을 든 오른손을 들어 올렸다.

『건배!!』

그 말과 동시에 모두가 술잔을 쭉 들이켰다.

탁자에는 큰 접시에 요리를 잔뜩 담아 놓았다.

입식 형식이니까 내가 이야기하는 동안에도 편하게 먹고 즐기라고 말하기는 했다. 다만 내 기억의 어디에서 봤는지 일본주의 뚜껑 쪼개기 풍습을 알고 있었던 토모에가 이왕이면 일본주의 첫선도 겸하자고 말을 꺼냈다. 그래서 이번 승리 축하연의 서두는 그것으로 시작하게 되었다.

통의 뚜껑을 갈라 모두에게 술을 나누어 주고 그런 다음에 내가 인사를 한 뒤 드디어 스타트.

이곳은 아공이니까 딱히 형식에 그렇게까지 얽매이지 않아도 되지 싶은데. 특별히 역사와 전통에 근거를 둔 무엇인가가 있지도 않고 말이야.

유리잔이나 큼지막한 맥주잔에 채운 일본주를 한 손에 든 식욕 왕성한 사람들이 요리를 해치우는 광경을 보며 저런 생각을 했다.

나의 손에서도 먼 기억에 있는 것과 비슷한 술 냄새가 풍겨 나왔다.

당연히 내가 일본에 있던 때는 술을 아예 못 마셨으니까 나는 진짜 맛을 알 수 없었지만 분위기는 꽤나 그럴듯하다.

이 술도 앞으로 아공에서 살아가는 모두의 취향에 맞춰 달아지거나 매워지거나 할 테지.

10년, 20년 지나도록 아공에서 사랑받는 으뜸의 술이 되어주면 좋겠다.

그건 그렇고 이런 서양풍 유리잔에 채워 넣으면 일본주라기보다는 SAKE구나, 하하.

감개무량하다는 듯이 작은 사기잔과 호리병으로 술을 즐기는 토모에에게 우선 일본주 완성을 축하하는 말을 전한 뒤 다시금 건배했다.

……나도 손에 든 큼지막한 잔에 입을 가져다 대보고, 뭔가 마시는 방법이 이상하다는 생각을 하면서도 가만히 꿀꺽 삼켰다.

작은 사기잔에 한 잔이라면 어쨌든 간에 이런 크기를 텅 비울 수 있나?

별로 줄어들지 않는 맥주잔의 내용물 때문에 약간 불안감을 느낀다.

아니, 오늘은 일본주의 첫선을 보이는 날이기도 하니까 한 잔은 마셔야지.

술맛도 달달하니까 아마 괜찮을 거야.

아공의 맹자 중에는 이미 맥주잔을 비운 뒤 다시 술을 채워서 마시고 있는 사람도 여기저기 보인다.

"근사한 연회로군요, 도련님."

얼마 뒤 익인(翼人)의 수장 카큰 씨가 내가 있는 곳으로 다가왔다.

시작됐다. 거부할 수 없는 타임.

종족마다 높은 사람이 내게 인사를 하러 찾아온다. 전부 정성껏 상대해줘야 하니 내일은 심상치 않은 숙취에 시달릴 것 같다.

이세계에서 샐러리맨 같은 기분을 맛보게 될 줄이야.

"이번에는 많은 사람들이 힘을 보태줬잖아요. 이번 연회는 작은 보답이에요."

"저희도 켈류네온에 추후 협력을 위해 일부나마 출장을 인정받았습니다. 감사드립니다."

카큰 씨가 호들갑스럽게 머리 숙였다.

"이제까지는 나하고 치른 전적만 갖고 판단했었지만, 앞으로는 다른 종족과의 모의전 결과 및 공청회 등도 참고하면서 이것저것 진행할까 해요. 익인 여러분들, 이제까지 편협한 시선을 가졌던 건 정말 미안했어요."

"……아닙니다, 도련님. 그 부분에 대해서는 언젠가 도련님과의 모의전에서도 저희의 실력을 제대로 증명한 뒤 인정을 받고 싶은 마음입니다. 그리고 아무쪼록 에마 공과 말씀하실 때처럼 제게도 편한 말투를 써주십시오."

"아하하……. 겉모습이 많이 연장자라서 아무래도 좀. 아뇨, 노력할게요. 오늘은 토모에가 열심히 연구해서 빚어낸 일본주 이외에도 미오가 만든 시범 요리도 있으니까요, 입맛에 맞는 것들로 즐겨주세요."

"네. 다들 반응이 제법 괜찮습니다. 일본주, 참 맛있더군요. 무척 마음에 들었습니다. ―아차, 저만 이렇게 말을 늘어놓으면 뒤쪽에 계신 분들께 폐가 되겠군요. 그러면 이만 실례하겠습니다."

"당분간은 아공에서 머물 시간도 늘릴 수 있을 테니까요, 무슨 일 없어도 부담 갖지 말고 찾아와주세요."

카큰 씨는 시종일관 기분 좋게 생글생글 대화를 마친 뒤 다른 종족의 대표자에게 꾸벅 인사하며 떠들썩한 인파의 안쪽으로 되돌아갔다.

그 뒤를 이은 것은 하이랜드 오크, 미스티오 리자드, 아르케 모두와 고르곤.

인사 겸 잡담을 나누고 일본주의 감상도 들려주었다.

빈말도 좀 섞였겠지만 대부분 호평 같았다. 잘됐다.

오크와 리자드는 어젯밤 전투의 여운도 있어서인지 내일 이후의 훈련 일정까지 벌써 물어보려고 했다. 그러나 그 부분은 내일 다시 생각하기로 하고 오늘은 즐기자며 부드럽게 뜻을 밝혀서 훈련 이야기는 뒤로 미뤘다.

그건 그렇고 일본주는 알코올 도수가 꽤 높은 술이라고 생각했었는데 그런 것치고는 다들 시끌시끌 제법 빠른 속도로 마시고 있다.

물처럼 마시고 있는 부류도 여기저기 보이고.

물론 이미 새빨개져서 거나하게 취한 분들도 있지만.

미오가 준비한 시범 메뉴도 술안주가 될 만한 종류가 많은 덕분에 더욱 술이 잘 들어가는지도 모르겠다.

휴만이 어떻게 평가할지는 아직 라임 한 사람의 감상밖에 못 들어서 참고는 어렵겠지만, 아인들이 이렇게 많이 좋아해준다면 그쪽 방면으로 판매해보는 것도 고려할 가치가 있겠는걸.

"도련님, 도련님! 다음은 이것과, 이것도! 모쪼록 맛을 봐주셔요!"

미오는 자꾸자꾸 요리를 가져다준다.

다른 사람에게 시켜도 될 텐데 생각은 들지만, 본인이 직접 하고 싶은가 보다.

조금씩 작은 접시에 담아서 건네주니까 요리 하나의 양은 썩 많지가 않다. 다만 종류가 엄청나게 많은 데다가 접시가 비면 음속으로 보충해준다.

시범 메뉴는 일식을 중심으로 중화요리도 같이 만든 것 같았다. 물론 이쪽 세계의 요리도 빼놓지 않는다.

정말 다채롭고 수많은 요리.

이런 실력이면 내가 좌절했던 프랑스 요리 쪽에도 조만간 손을 뻗치는 게 아니려나. 미지의 창작 요리가 등장하는 날도 가까운 것 같다.

"미오, 갖다 주기만 하는 게 아니라 너도 먹어야지. 자, 앉아."

"앗, 네에!"

"어젯밤은 수고 많았어. 미오는 켈류네온의 대장과 싸웠다면서. 무사해서 다행이야. 맞다, 그 손바닥 크기 드래곤이 대장이었다고?"

"지금은 정원에 풀어놓았지만요, 저래 보여도 제법 재주가 깜찍하기에 감탄했답니다."

"그래, 그 아이는 도대체 정체가 뭐였던 거야?"

"분명, 레프트? 그런 이름을 가진 마족군 장군이라더군요. 토모에 씨의 말 때문에 잡아먹으려다가 도중에 관뒀더니 저런 느낌으로 안정을 찾았어요."

마족 장군.

……마족 장군이라고?

그렇다면 이오라든가 로나의 동료?!

"케, 켈류네온에 있었구나."

"그곳에 있던 건 우연이라고 말했어요. 열심히 힘내봤지만, 결국 저것이 썼던 신기한 반사는 잘 따라 할 수가 없더군요……."

미오는 살짝 유감스러워하며 눈살을 찌푸렸다.

아니야, 중요한 건 그게 아니야.

"어, 어째서 그 드래곤은 얌전해진 거야?"

원래 마족군의 장군이었다면 이런 곳에서 잠자코 있을 리 없잖아.

그런데 그 레프트라는 녀석의 상태는 진짜 묘하게 조용하거든. 많이 이상하다.

"글쎄요……. 아마 도중에 정신을 놓아버렸는지 중얼중얼 혼잣말만 하더라고요. 저렇게 된 다음부터는 천진난만하게 나비를 쫓아다녔으니까 분명 괜찮을 거예요."

미오는 미소 지은 채 대답했다.

전혀 괜찮지 않아.

"그, 그래."

미오의 마음에 들어 지독하게 농락당하다가 된통 망가졌던 건가. 가엾지만 살아는 있고 상태는 조금 안 좋아도 마족 장군이라니까 마족령에 갔을 때라도 슬쩍 돌려주기로 하자.

"그, 그나저나 도련님. 그런 것보다, 전날에 한 약속은 기억하고 계신가요?"

미오는 레프트를 그런 것 취급하며 외면한 뒤 어째서인지 살짝 긴장한 분위기로 자세를 바로잡고 내 얼굴을 빤히 들여다봤다.

"약속?"

말을 듣고서 기억을 더듬는다.

으음, 뭐냐. 아마 시키와 변이체 토벌 레이스를 했던 때였지.

"아, 「부탁을 들어준다」는 거?"

"그거예요! 맞습니다, 바로 그거예요!!"

미오가 바짝 얼굴을 가까이 가져온다.

들어주고 싶은 마음은 산 같지만, 지금은 아직 족장 여러분들도 가까운 곳에서 한창 잡담을 나누고 있다.

"기억하지. 조금 있다가 연회가 대강 정리되면 들을게."

"네, 네에! 그러면 저는, 요리가 잘 나가고 있나 살펴보고 올게요. 금방 돌아오겠지만요!"

"응, 고마워."

자, 미오는 과연 무엇을 부탁하려나.

토모에에게는 직접 감사의 말을 전했는데, 미오에게도 물론 감사하고 있다.

내가 가능한 일이라면 뭐든 들어주고 싶구나.

"에리스, 게다가 아쿠아까지. 왜 춤추면서 노래 부르는 거야, 저 녀석들."

문득 소란스러워져서 주위에 시선을 보냈더니 그곳에서는 숲도깨비 콤비가 격한 움직임의 댄스와 함께 노래를 열창하고 있었다.

일순간 내가 착각한 건가 얼떨떨했는데 몇 번 깜빡거려봐도 달라지지 않는 광경이었다. 엄연한 현실이다.

언제부터 아티스트가 된 거야, 너희들.

……게다가 제법 완성도가 높아. 비밀로 연습한 건가?

응, 주위 사람들도 좋은 느낌으로 반응을 보여주니까 괜찮지 않으려나.

"꽤 봐줄 만하네. 멋있어, 저 아이들."

아까 전부터 내 옆에서 술을 마시고 있던 시키에게 동의를 구한다.

"도련님, 좀 많이 마신 듯싶습니다."

"시키. 토모에랑 미오랑 슬쩍 얘기해봤는데 둘 모두 기분이 많이 좋아진 것 같더라. 아마 당분간 괜찮을 테니까 대충 안심해도 될 거야."

후반에 살짝 자신감이 흔들려서 장담은 못 해줬지만, 결코 술기운으로 두 사람의 심기를 낙관시해서 꺼낸 말은 아니다.

"마음 써주셔서 감사합니다."

"그러고 보니 오늘 밤에는 시키가 냄비 요리를 안 했네."

"에마와 미오 님을 필두로 다들 아침부터 기합을 넣어 준비하는 모습이었으니까요. 저는 이번에는 요리에 손을 거들지 않고 가만 있었습니다."

"응응, 이런 때 괜히 나서지 않는 게 현명하지."

"다만 최근에 미오 님과 항구 도시라도 돌아보며 식자재를 구해볼까 대화를 나눠서 말입니다. 조만간에 저도 신작의 맛보기를 부탁드리게 될 듯싶습니다."

"기대할게."

항구 도시인가. 이 주변이면 츠이게의 북쪽에 코란이라는 도시가 있었던가.

아공에는 바다가 없으니까……. 아직.

"추후 학생들에게 할 강의에 대해 잠시나마 대화를, 음, 생각은 했으나 아무래도 다음날로 미뤄야겠군요."

그렇게 많이 취해 보이는 걸까. 스스로는 아직 취하지 않았다고 생각하는데.

"상관없어. 당분간 도시 부흥이 우선이니까 서두를 내용도 아니지만 말이야. 그보다 시키도 일본주 마셔, 일본주."

내가 일본주를 권하자 시키는 어째서인지 쓴웃음을 지었다.

아, 입에 잘 안 맞았나?

"조금 마셔봤습니다만 몹시도 강한 부류의 술이더군요. 토모에 님이 마시듯 작은 그릇으로 조금씩 천천히 즐기는 것이 제게는 맞는 듯합니다."

시키는 맥주잔에 찰랑찰랑 따른 일본주를 진짜 맥주처럼 호쾌하게 쭉 들이켜는 오크 전사 집단을 보고 어깨를 으쓱거렸다.

아니, 저렇게 퍼마시라는 말은 아니거든.

"……알았어. 그럼 말이야, 일단은 이거. 가볍게 술술 넘어가니까 꽤 마실 만하더라고."

시키의 맥주잔에 7할쯤 따라줬다.

미소를 띠고 있으면서도 반쯤 포기한 얼굴로 받아 든 시키와 가볍게 건배했다.

"치얼스!"

"……감사합니다."

그 후도 밤이 깊어지고 하늘이 하얘질 때까지 연회는 계속됐다.

「연회는 아침까지 쭉, 무리」가 남고 「내일부터 일 열심히 하자, 무리」가 슬슬 귀가하기 시작한 지 조금 지났을 무렵, 우리도 자리에서 일어나 저택으로 돌아왔다.

날밤을 새도 활동에는 문제없겠지만, 강사인 만큼 아침부터 성실하게 얼굴을 비춰줘야 좋다는 시키의 설득 때문에 일찌감치 술자리를 끝냈다.

방에 있는 사람은 토모에, 미오, 시키, 그리고 나까지 네 명뿐.

다들 연회의 여운에 잠긴 채 편안한 자세로 있었다.

"그건 그렇고 일본주는 품질이 꽤 좋았습니다. 더욱 개량할 테니 기대해주십시오, 도련님."

토모에는 일본주의 품질에 무척 만족한 기색이다.

"응, 열심히 해봐. 앞으로는 더 추워질 테니 뜨거운 술도 괜찮지 않을까?"

"뜨거운 술! 그런가, 그것을 잊고 있었습니다."

등등, 일본주의— 아니, 연회의 감상을 말로 주고받는다.

"아, 맞다. 미오, 아까 말했던 부탁, 이미 결정은 한 거야?"

시키의 옆에서 묘하게 생글생글하는 미오를 보고 물어봤다.

그래, 부탁을 들어줘야지.

뭐든지 다 말해보세요, 어서.

"네, 네에. 결정했답니다!"

"그럼 알려줘. 내가 뭘 해주면 좋겠어?"

물어본 순간 어째서인지 미오의 얼굴이 갑자기 웃는 표정에서 진지한 표정으로 바뀐 것을 의아하게 여기며 대답을 재촉한다.

"그럼, 말씀드릴게요."

"응."

"제게, 자암, 자리를 마련해주시어요!"

"자리?"

그냥 잠자리는 아니겠지.

무슨 자리일까. 어, 같이 자자는 그 말인가?

흐음, 예상외였네……. 요리라든가 여행이라든가 그런 쪽을 상상했는데.

"네! 오늘 밤, 저와……."

미오는 살짝 뺨을 붉힌 채 도중에 조금 말을 흐렸다.

"오호……."

"역시나……."

토모에와 시키는 어느 정도 예상했었는지 짧게 말소리를 낼 뿐이었다.

"아, 안 될까요?"

말똥말똥 눈동자를 들여다보는 나를 미오가 가만히 마주 바라본다.

뭔가 귀엽다.

"……그런가. 진짜 잠자리인가."

스스로도 의미를 이해한 뒤에 말로 꺼낸다.

처음은 좋아하는 여성과 하는 게 좋다는 생각을 갖고 있었지만.

이성으로 사랑하는지는 어쨌든 간에 미오는 싫지 않다.

좋은가 싫은가 둘 중 하나라면 틀림없이 좋아한다.

무척 의지하는 사이이기도 하고…….

경험이 없는 내가 미오를 잘 이끌어줄 수 있을지는 제쳐 놓고…….

"저기, 도련님?"

"……."

"……."

종자 세 사람 모두가 어딘가 긴장한 분위기로 나를 보고 있었다.

다들 정말로 잘 해내주고 있다.

미오는 언제나 내 어리광을 싫은 표정도 한 번 안 짓고 들어준다. 나 같은 녀석한테는 너무 아까울 만큼 헌신해주고 있다.

그런 미오가 나를 원하고 요구한다면.

그런 보답으로 기뻐해준다면…….

"……아."

어째서인지 그 순간 미오가 숨을 멈췄다.

응, 알았어. 내게 가능하다면 미오의 바람을 이루어주고 싶어.

"응, 알았—."

"아아아아, 잘못, 잘못 말씀을 드렸어요!!"

내가 막 꺼내려던 승낙의 말을 가로막고 미오가 급히 큰 목소리로 외쳤다.

"으엥?"

너무 예상 밖이어서 무심코 얼빠진 목소리가 나와버렸다.

"잠, 자리라는 뜻으로 드린 말씀이 아니랍니다."

"엉?"

"그냥 자리예요. 맛있게 쌀 씻는 방법을 배울 자리가 갖고 싶었어요."

"어, 그래도 방금 막 오늘 밤이라고……."

"내일요! 아침 식사 때 맛을 확인하고 싶었거든요!"

미오?

어라, 그래도 분명 잠자리를 같이하자는 말로 들렸던 것 같은데…….

어라? 취했나, 내가.

"푸흡!"

"……큭."

토모에와 시키가 도저히 못 참겠다는 듯이 웃음을 터뜨렸다.

뭐지?

으음, 말을 못 알아들을 만큼 취하지는 않았을 텐데. 뭔가 이상한 착각이라도 해버렸나?

"토모에 씨, 시키! 잠깐 입 좀 다물어주시어요!"

드물게 부끄러워하며 얼굴을 붉힌 미오가 웃음을 꾹 참고 있는 두 사람에게 고함질렀다.

"미, 미안. 푸흡, 큭큭, 아하하하!"

"죄송…… 큭, 후후……."

토모에와 시키는 너털웃음을 간신히 참고 있다는 느낌이었다. 결국 다 참지는 못했지만 말이야.

뭐가 저렇게 재미있는 걸까?

"……두 사람 모두 나중에 두고 보자고요. ……도련님, 저기, 가

르쳐주실 수 있으시겠어요?"

전반은 반야의 형상, 후반은 온순한 태도로 건넨 미오의 말.

"아, 응. 그래도 오늘은 좀 많이 취한 것 같으니까 내일이라도 괜찮을까?"

"……네. 물론이에요."

"얼마 전 기본적인 부분은 가르쳐줬으니까 이제는 미오가 더 잘 할 수도 있을 텐데 정말로 괜찮겠어? 같이 일만 하다가 끝나면 좀 미안한데."

"아, 도련님. 그러시다면 저도 이번 기회에 카타나를 손질하는…… 어디, 자세하게 방법을 배울 자리를 마련해주실 수 있겠소이까?"

토모에가 슬쩍 끼어든다. 뭘 같이 마련해달란 말인지 모르겠다. 이미 예전에 내가 아는 정도의 간단한 방법을 가르쳐줬는데.

"이제 와서 카타나 손질을 배울 자리가 필요하다고?"

"토, 토모에 씨……. 당신이란 사람은!"

미오는 당장에라도 덤벼들 것 같은 기세로 언성을 높였다.

"어라, 그랬던가요? 기억이 좀 가물가물한지라. 아이고, 실례, 실례."

토모에는 어딘가 능청맞게 머리를 긁적여 보인다.

"……두 사람 모두, 나중이라 꺼냈던 말을 철회하겠어요. 지금 당장 바깥으로 나오세요."

미오가 살기등등하다.

두 사람 모두는 또 뭐야. 시키는 단지 웃기만 했는데.

"아, 내일도 할 일이 많으니까 오늘은 다들 이만 쉬는 게 좋지 않을까."

솔직히 상황이 잘 이해되지 않았지만 일단은 달래봤다.

"아, 네에! 도련님은 모쪼록 편히 휴식을 취하세요."

미오가 생긋이 미소 짓더니 편히 쉬라는 인사를 한다.

아니, 나 혼자가 아니라 너희도…….

"저희는 며칠 안 자도 전혀 문제가 없으니까요, 안심하고 편히 쉬세요. 내일 아침에 꼭 찾아뵙고 깨워드릴게요."

뭘까, 어서 자라는 말로 들리는데.

뭐, 내일도 학원 도시라는 것은 분명하다. 내가 슬슬 잠자리에 들어야 좋을 시간이라는 말은 틀리지 않다.

그래도, 지금 꼭 전해주고 싶은 말이 있단 말이지.

내가 모두에게 가지고 있는 감사의 증거로.

하나의 매듭 비슷한 의미이기도 하다.

"응, 이만 쉬어야겠네. 그런데 세 사람 모두, 잠깐만 괜찮을까?"

절대 충동이 아니고 술기운도 아니다.

"있잖아. 세 사람 모두 전투라든가 아공에서 일해준다거나 가게를 봐준다거나 여러모로 정말 고마워. 만약에 내가 혼자였다면 분명 전부 다 어중간하게 질질 끌다가 아무것도 결과를 만들어 내지 못했을 거야."

『…….』

"토모에와 만난 다음에 아공이라는 세계를 알 수 있었어. 사람들이 여기에서 살아갈 수 있게 되었어. 미오 덕분에 요리를 다시 떠올릴 수가 있었고, 모험가들하고도 쉽게 친분을 맺을 수 있었어. 시키 덕분에 잘 알지도 못했던 내가 상회를 줄곧 운영해왔어. 정말로 전부, 세 사람이 있어준 덕분이야. 그래서 나는 아직껏 변함없는 나로서 이 세계에서 지낼 수 있다는 생각이 들어."

『…….』

분명 혼자였다면.

전투에 익숙해져서 마냥 세상을 비뚤게 바라보다가 참담한 이세계 생활을 면치 못했을 것이라 생각한다.

"그 보답…… 보답이 될진 잘 모르겠지만. 너희 셋에게 나와 똑같은 미스미라는 성씨를 선물하고 싶어. 싫은 게 아니라면 꼭 받아주면 좋겠는데."

내가 말을 마치자 방 안에는 잠시간 정적이 들어찼다.

"……기꺼이. 훗, 낮에도 드린 말씀입니다만. 도련님은 가끔 엄청나게 사람을 홀리는 말씀을 하시는군요."

눈을 감고 입가에 가득 미소를 띤 토모에가 잠시 가만있다가 만면에 웃음을 짓고 대답했다.

"도련님, 많이 부족한 사람이오나 아무쪼록 잘 부탁드리겠어요. 감사한 마음으로 삼가 받들겠습니다."

뭔가 착각을 한 말투의 미오가 아까 전까지 불온했던 기세를 완전히 지워 없애며 기뻐해줬다.

"이토록 기쁜 날은 없겠지요. 앞으로도 한층 더 내려받은 이름에 부끄럽지 않은 활약을 할 것이라 약속드립니다."

시키는 똑바로 나를 바라보면서 맹세하듯 중얼거렸다.

다행이다.

그러면 나도 라이도우 미스미라는 이름을 쓰는 게 좋으려나. 언젠가 어떤 형태로 왕국의 용사, 히비키 선배와 만나게 될 것 같기도 하고.

그것도 하나의 계기가 되어줄지도 모르겠네.

"거절하지 않아서 다행이야. 다들 잘 자."

어쩐지 세 사람과 얼굴을 마주 대하기가 부끄러워져서 나는 도망치듯 방을 뒤로했다.

◇◆◇◆◇

아공 교외.

격한 전투가 벌어졌음을 증명하는 수많은 파괴의 흔적이 남은 평원에 눈을 까뒤집고 완전히 다운된 시키가 드러누워 있었다.

그리고 바로 곁에는 멋들어지게 부러진 거목이 있고, 그곳에 토모에와 미오가 걸터앉아 있었다.

이따금 경련하는 시키에게는 일단 모포가 덮여 있었다만, 두 사람은 딱히 신경을 쓰는 모습이 아니다.

"미오. 어째서 그리 변변찮은 구실을 둘러댔나? 그래서야 웃지 말라는 게 너무하잖나. 분위기로 봐선 도련님께서는 너를 받아주었을 터인데."

"흥……. 더 싸우자는 건가요, 당신. 뭐가 너무하다는 거예요. 아주 대놓고 놀린 주제에."

"염원을 이루어 도련님과 동침을 할 기회를 어째서 스스로 버렸는가 묻는 것이다만. 다소 술이 들어갔었다지만 도련님은 충분히 제정신이라고 말할 수 있는 상태였거늘."

두 사람은 어깨를 나란히 한 채 밤하늘과 지평선이 맞닿는 주변으로 시선을 보내고 있다.

"……."

"내가 지켜본 바로 도련님은 요 며칠 사이에 많이 성장하셨다. 이전의 도련님이라면 리미아의 왕도에 계속 남아서 부흥을 돕고 싶다는 마음만 앞선 말씀도 혹시 꺼내셨을 테지. 적어도 내가 켈류네온으로 치고 들어가는 상황은 결코 일어나지 않았을 거야."

"……."

"용 살해자와 마주하고도 역시 의연하게 대처하셨다지. 이쯤 하여 여인을 아는 것도 나쁘지 않겠다는 게 나의 생각이기는 하군. 물론 내가 직접 모셔도 무방할 터이나 상대가 미오라면 순서 따위야 제쳐 놓더라도 응원을 해주었을 텐데."

"……단지, 의무라든가 감사라든가 보답이라든가. 그런 감정으로 도련님과 몸을 맞대는 것은 좀 아니라고 생각했을 뿐이에요."

그제야 침묵을 깨뜨리고 미오가 입을 열었다.

"오호?"

"저는! ……제가 바라기 때문에, 그런 게 아니라. 그분께 요구를 받아 몸을 맞대고 싶었다는 것을 깨달았을 뿐. 잘했다고, 고맙다고. 그런 이유는 좀 아니라고 느낀 거예요."

미오는 표정을 보고 마코토가 떠올렸던 생각을 대강 짐작할 수 있었다.

따라서 마코토가 잠자리를 같이하자는 부탁을 저런 이유로 승낙하기 전에 스스로 얻은 기회를 포기해야만 했다.

"너를 원한다고……. 도련님께 그러한 말을 듣고 싶은가?"

토모에는 미오를 딱히 돌아보지도 않은 채 다만 고개를 끄덕거리며 말했다.

살짝 늦게 미오고 고개를 끄덕거린다.

"자네도 바라는 게 제법 많아졌군. 다만 상당히 지난할 텐데? 도련님은 우리를 가족이라 생각하기 시작하셨어. 어지간한 연인 사이보다도 가깝게 느껴주신다는 뜻으로도 해석할 수 있겠지만, 동시에 남녀의 욕정과는 거리가 많이 떨어진 방향에 있는 애정이기도 하지."

"물론 안답니다."

"괜찮겠나? 끝내 못 이루어지면 어쩌려고?"

"그래도요. 그래도 변함없이 저는 마코토 님을 섬기고 싶고 헌신하고 싶어요. 지금은 그 마음에 충실하게 살고 싶군요."

"그런가. 뭐, 도련님께서도 아직 당분간은 여인의 맛을 모른다 한들 상관없겠지. 요즘은 나쁜 벌레도 못 보았고 말이야. 나의 육체를 도련님께서 요구하신다는 것은 아마도 자네보다도 가능성이 더 낮을 테니까 의미는 없을지도 모르겠다만. 하다못해 응원은 해주도록 하지."

"달리 마음에 둔 여자가 있지도 않으신걸요. 서두르지 않아도 언젠가, 차분하게, 은밀하게, 천천히……."

마음을 빼앗겠다는 뜻인가. 아니면 실력 행사도 포함되는 말인가.

그 부분에서 미오의 심경은 말로 표현되지 않았다.

"……다만 사람의 일생은 짧잖은가. 몇 년쯤 지나서 결혼하고 싶다, 평생을 해로하고 싶다 바라게 되실 연인이 한두 명 정도야 나타날지도 모를 터인데?"

"제가 인정할 수 있는 여자라면 상관없어요. 물론 저도 똑같은 횟수 이상으로 사랑을 받아 낼 각오이고요. 가사는 완전하게 가능한 게 당연지사, 요리 분야는 제 이상이어야 할 것이 최저 조건이지만요."

"자네는…… 거참, 시어머니보다 성질이 고약하군. 이래서야 도련님의 아이를 뵙게 될 날은 아직 한참 멀겠구나."

고참 종자 두 사람은 그 후에도 밤을 이야기로 지새웠다.

4

변이체가 롯츠갈드에 남긴 상흔은 크다.

사망자도 꽤 나왔고 거리도 많이 파손되었다.

당연히 주민 여러분도 곧장 원래대로의 생활로 돌아가지는 못한 채 가설 주택에서 생활하며 부흥을 목표로 힘쓰고 있다.

에바와 루리아, 안스랜드 자매는 이번 사건에서 죽은 것으로 처리하고 켈류네온으로 데려갔다.

켈류네온에는 이쪽에서도 사람을 보내 두니까 두 사람의 평판은 내 귀에도 들어온다.

지금은 아직 사람이 적지만, 의외로 약한 소리를 늘어놓지 않고 매일 열심히 살고 있다고 한다.

할 일은 끝이 없었다.

저쪽만큼 큰일은 아닐지도 모르겠지만, 학원 도시도 이번에는 제법 큰 피해를 받았다.

……우리가 보기에는 변이체(웃음)이었지만, 도시 사람들 입장에서는 미증유의 사건이라는 인식에 가깝다. 어딘가에서 흘러나오기 시작한 마족의 음모설에 의해 휴만들 사이에서 마족의 평판은 엄청나게 나빠졌다.

……그리고 1년이 지났다. 롯츠갈드는 훌륭하게 부흥을 이루어 냈다.

—이렇게 끝난다면 편하겠는데 나도 이 도시와 무관계하지는 않았다.

상인 길드의 협의회에 — 사람이 아주 적어졌지만 — 출석해서 당분간 임시 점포를 운영하기로 결정하거나 학원의 상근 강사 취임 요청을 사퇴하거나 매일매일 명백하게 나의 능력을 넘는 일거리를 소화하고 있다.

이제까지는 하루 업무를 확인할 때 손가락을 접어서 두 손으로 부족해지는 날은 없었는데.

"애당초 다른 나라의 높은 사람이랑 만나는 게 지금 필요한 일인가?"

괜히 투덜거리게 된다.

이게 필요하다, 저게 필요하다, 매일 밤 회의에서 끊임없이 추가 물자를 요구해 댄다. 요컨대 나의 일거리도 늘어나는 셈이다.

학원은 당장에라도 강의를 재개해서 평소의 학원 도시로 돌아갔다고 어필하고 싶은 듯했다. 난감한 억지가 아닐 수 없다.

도시를 부흥시키기 위해 애쓰는 중에 뭔 강의야. 바보 아니냐는 생각이 든다.

이것만으로도 큰일이란 말이야.

그런데 어째서인지 아직 롯츠갈드에 남아 있던 리미아의 왕자와 로렐의 중진, 게다가 신전의 높은 사람들이 차례차례 순서대로 나를 소환했다.

한꺼번에 입 다물라 말해주고 싶은 기분이 몇 번이나 들었다.

오늘은 번화가의 부흥에 착수하려는 참이고.

그로부터 1주일쯤 지나서 눈에 띄는 장소는 제법 예전 모습을 되찾았다.

우리 가게는 아직 재건의 일정도 못 세웠다.

그렇다 해도 지금은 가설 주택의 부근에 설치한 임시 점포를 주축으로 운영 중이니까 서둘러 원래 가게를 재건해도 손님들한테는 오히려 민폐가 될 것 같아서 뒤로 미뤘다.

"선생님, 이게 어디가 강의입니까!"

"이런 건 저희가 할 일이 아니라고요오……."

롯츠갈드에서 내게 수업을 받는 남학생 진과 이즈모가 떠들고 있다.

"시프와 유노는 상인 길드에서 설렁설렁 일하는데 이런 건 차별이라고요!!"

마찬가지로 여학생 아베리아가 불평을 늘어놓는다.

오늘은 확실히 바람이 조금 강해서 추운 날이기는 하다.

내게 강의를 듣는 학생들 모두 하나같이「강의」의 내용에 불만이 있는 것 같았다.

이곳에 있는 인원은 츠이게의 유력 상인, 렘브란트 씨의 딸 두 사람— 시프와 유노를 제외한 나의 학생들 전부.

뭘 잘못 먹었는지 이 바보들은 내가 학원에 얼굴을 비춘 뒤 곧바로 강의 재개 예정일을 물어보러 왔다.

당연히 무기한 연장이며 학원 도시가 안정된 다음이라고 전달해 줬는데 놀랍게도 주변 상황은 관계없으니까 학원에서 재개하면 곧장 강의를 받고 싶다는 말을 지껄이더라고요. 게다가 의욕이 아주 만만한 채로.

이쪽은 사람들과 만날 일정이 과밀 상태인 데다가 상인 업무도 그 이상으로 삐걱삐걱한 터라 수업이나 할 때가— 아니, 아직껏 도시 곳곳이 파괴된 채 방치되어 있고, 집은 물론에다가 소중한 사람까지 잃어서 슬퍼하는 사람도 많은 상황인데.

힘든 기억도 시간과 같이 지나간다지만 너무 빠른 게 아닐까.

따라서 기초 능력 향상을 명목으로 반파된 건물 따위의 철거와 일부 토목 작업을 하루 종일 시키기로 했다.

참가는 사실상 강제.

학원 측과 각종 길드의 사이에서 도시 복구를 위해 인원을 내어

달라고 대화는 이미 마쳐 두었다.

마술을 쓰냐 안 쓰냐에 따라서 복구 속도에 상당한 차이가 난다.

그러므로 마술을 다룰 수 있는 인원의 작업 참가는 꽤나 중요하다.

어째서인지 사전에 내용을 안 렘브란트 씨가 손을 써서 시프와 유노는 다른 분야의 일에 종사시킨다며 쏙 빼냈지만 말이야. 진짜 지나치게 훌륭한 수완이었다.

뭐, 그 두 사람도 아버지의 일을 가까운 곳에서 보고 공부할 좋은 기회라고 생각했으니까 굳이 강제로 끌고 나오지는 않았다.

"그 정도로 우는소리를 늘어놓으니까 변이체 상대로 패닉에 빠지는 거야. 무기가 울겠다, 이것들아."

"……라이도우 선생님, 직접 이야기를 할 수 있게 된 다음부터 문득 든 생각인데요."

"뭐야, 진."

내 말에서 뭐가 걸렸는지 진이 말대꾸했다.

"역시 우리랑 대강 비슷한 나이가 맞죠? 아니, 미묘하게 연하로도 느껴지는데요."

"……입 열면 어린애 같다고 말하려는 거야?"

"필담을 쓸 때가 위엄이 있었…… 아, 그게 아니라. 이왕에 선생님도 같이 작업에 참가해주면 빨리 끝나는 게 아닌가 생각이 들어서요. 젊기도 하고."

"현장 책임자라는 귀찮은 역할을 떠안지 않았다면 고려해봤겠지만. 뭐, 너희가 예정보다 진행을 못 시키면 내가 나서서 일정을 맞춰야 할 거야."

"그렇다면 즉 요컨대 할당량은 사실상 없는 건가요, 이거?!"

아베리아가 진과 내 대화에 끼어든다.

이 녀석은 비록 또래의 여자아이라지만, 높은 시선에서 쏘아보니까 박력이 있구나. 무심코 뒷걸음치고 싶어졌어.

"……그럴 리 없잖아. 내가 이 현장에서 너희들 뢰부리는 뒷수습이나 해야 된다면 연대 책임으로 전원 페널티를 줄 거야."

『페, 페널티……?』

"미스티오 리자드 중 유스리 군과 모의전, 아니, 이번에는 아오토카게 군과 츠바이 씨도 세트로 추가해줄게."

『무리, 무리, 무리!!』

전원의 리액션이 겹쳐지며 멋진 하모니를 연출했다.

굉장한 싱크로인걸.

참고로 유스리 군은 세 번째 미스티오 리자드다.

다행이랄까, 본인은 많이 아쉬워하던데 이번 소동에서 별로 활약할 기회가 없었다. 다만 진을 위시한 학생들이 강의, 강의, 상황을 분간하지 못하는 말을 자꾸 떠드는지라 얼마 전 호위를 맡아주던 유스리 군을 불러내서 모의전을 세팅했다.

진을 위시한 학생들은 저마다 내가 준 무기를 손에 들고 있었지만, 반면에 유스리 군은 무기 없음. 팔꿈치 보호대와 어깨 보호대 등 몸의 움직임을 방해하지 않는 가벼운 방어구만 착용한 상태로 가진 시합이었다.

그렇다. 유스리 군은 이곳에서는 세상 드문 맨손의 격투가다.

원래부터 빈손으로 싸우는 것이 더 편하다는 사람이었다던데,

나의 기억에 있던 격투술 중 몇몇을 마음에 들어 하더니 단련에 힘쓰고 있는 별종이다.

이때까지 구색을 맞추는 정도로 사용했던 단검은 허리에 찬 장식품으로 전락했고 지금은 아공 그래플러의 선구자가 되었다.

참고로 아오토카게 군이 기술, 츠바이 씨가 힘이라면 유스리 군은 힘과 기술을 겸비했다.

요컨대 강하다.

진지함의 정도에 따라 달라지지만, 이번에 내가 「덜 봐줘도 좋아」라고 주문을 했기 때문에 학생들은 지옥의 사자와 같은 강력함을 마주한 느낌이 아니었으려나.

마치 볼링의 핀이 스트라이크를 맞아 흩어지는 것처럼 진과 학생들은 유스리 군에게 두들겨 맞았다.

무기는 죄다 파괴되었고 주먹질에 발차기에 집어 던지기에 조이기까지 풀코스. 물론 무기는 나중에 엘드워가 잘 수리해줘서 원래대로지만, 진을 위시한 학생들이 겁먹는 꼴을 보니까 제법 큰 트라우마로 남아버린 것 같다.

유스리 군이 기공탄 비슷한 공격을 펼쳤을 때는 솔직히 나도 놀랐거든. 간격만 벌리면 잠시나마 생각할 시간을 만들 수 있다고 생각했을 학생들의 마음을 단번에 완벽하게 꺾어버렸던 일격이다. 유스리 군, 기공까지도 감각으로 뭔가 알 것 같다는 말을 꺼냈더랬지. 터무니없네.

"……그럼 진지하게 해라. 애당초 이런 때 도시 부흥에 열심히 힘을 다하면 학원이든 너희든 결국 이득으로 잔뜩 돌아온다고 생각하는데, 나는.”

“……도시에 사는 녀석들 따위, 우리한테 기생해서 돈벌이하려고 모여든 작자들도 많은데. 라이도우 선생님이 오히려 이상한 거예요.”

“분명하게 말하겠는데 지금은 강의보다 도시를 원래대로 복구하는 게 나한테는 더욱 중요해. 아예 내 수업은 당분간 휴강할까? 학생도 새로 모집할 테니까 일단 폐강을 해도 괜찮겠군.”

살짝 싸늘하게 쏘아붙였더니 진은 노골적으로 당황하기 시작했다.

“그런 말씀은 좀……. 사, 상근 강사가 되어달라는 요청을 걷어찼다는 이야기, 혹시 진짜였습니까?! 평생 안녕할 수 있는 선택받은 자의 코스를?!”

“맞아, 그 자리에서 걷어찼어. 딱히 강사로 평생 먹고살 생각은 없거든.”

“게다가 즉답?! 진짜 상식이 안 통하는 사람이네! 할게요, 진지하게 일할게요오! 재모집이라든가 제발 봐주십쇼. 지금 다시 모집하면 분명히 경쟁률이 장난 아니라고요! 어휴, 쓸데없는 말을 하는 게 아니었어…….”

“처음부터 군소리하지 말았어야지. 후배가 들어와도 이런 꼴이면 금방 추월당할 거다, 이 녀석들아.”

내 말을 들은 학생들은 어째서인지 더는 불평을 늘어놓지 않고 기합이 들어간 일솜씨를 보여줬다.

사실 재모집은 농담이지만, 주변이 좀 안정되면 추가 모집은 하고 싶구나. 요즘 사무국 사람들의 눈이 날카로워서 무섭거든.

지금 학생들의 강의도 먼저 진행시켜야 할 테고…….

다만 리미아에서 느꼈던 위화감이 맞다면 현 상태로도 학생들은 어지간한 병사 및 기사 따위보다 훨씬 더 강할지도 모르겠다.

얼마나 더 단련시키면 되는 것인지 조금 고민을 해봐야지.

엘리트 지망이라고 생각했기 때문에 츠이게의 모험가 수준을 기준 삼아서 각자 자신의 전문 분야에 특화된 실력을 추가로 키워주자는 나의 생각은 실수였는지도 모르겠다.

기사보다 강한 학생을 만들다니, 농담조차 안 될 테니까.

황야에 나갈 수 있을 수준을 목표로 하자는 것도 다시 생각해볼까.

뭐, 그것보다 지금은 눈앞의 일을 하나하나 끝내야겠지.

시키는 오늘 로렐의 사이리츠 씨를 만나러 갔고, 미오는 아공, 토모에는 주변 도시에 물자 운반을 거들러 갔으니까……. 후유, 결국 또 밤에 의논해야겠구나.

연회의 밤이 벌써 그립구나.

◇◆◇◆◇

겨우 오전 중의 작업이 일단락됐다.

학생도 작업자도 다들 점심시간을 맞아 제각각 흩어지고 있다.

그리고 나는 일단 현장을 벗어나서 또 잠깐 사람들을 만나러 다녀야 할 시간이다.

당장 복구 작업의 지시는 내려 두었으니까 몇 시간은 안 돌아와도 괜찮아.

물론 뭔가 불의의 사태가 벌어졌을 때는 예외겠지만.

나는 잔해의 산으로 화한 쿠즈노하 상회의 자리를 지나쳐서 첫 번째 사람과 만나기 위해 번화가를 벗어나 잠시 더 나아갔다.

“아, 미안하게 됐어. 라이도우 선생. 이렇게 직접 와주고.”

그렇게 내게 말을 건네는 살짝 섹시한 분위기의 누님은 창관에서 만났던 에스텔 씨.

아직 깨진 술병과 부서진 탁자의 잔해가 흩어져 있는 어둑어둑한 가게 안 구석의 소파로 안내받았다.

“그 호칭은 관둬주세요. 에스텔 씨가 나이도 많은 데다가 저는 당신의 교사가 아니니까 라이도우라고 편하게 불러줘도 될 텐데 말이에요.”

“나이 얘기는— 아, 나쁜 뜻이 없다는 게 골치 아프구나, 선생은. 어쨌거나 은인을 호칭도 없이 편하게 부른다는 건 조금 무리가 있어. 우리 보스는 아직 안 왔는데 잠깐 안에서 기다려줘도 될까?”

“네. 알겠습니다.”

“그나저나 많이 놀랐어. 느닷없이 「말을 할 수 있게 됐습니다」라니까 말이야. 필담 때보다 인상이 조금 젊게 느껴지는구나, 역시.”

에스텔 씨는 평범하게 휴만의 말로 이야기하는 나를 신기하게 바라봤다.

이게 다 바로 얼마 전까지 나는 휴만의 말을 사용할 수 없었던 탓에 필담으로 대화를 했던 까닭이다.

진에게도 들은 말인데 실제 대화를 할 때 더욱 젊게 느껴진다는 게 칭찬인지 실망이라는 뜻인지 판단이 잘 안된다.

평범하게 입말을 필기해서 보여줬을 뿐인데 받는 인상이 달라지나 보다.

에스텔 씨는 이 근처의 창관에 나타났던 변이체에게서 구한 인연으로 알게 되었다. 그건 그렇고 설마 정말로 이 사람의 상사와 만나게 될 줄이야. 보스에게 소개시켜준다는 말은 그냥 립 서비스라고 생각했었는데.

다만 그 보스라는 사람은 분명 조직 세계의 사람일 테니까 어느 정도는 거리를 둬야 불상사가 벌어지지 않겠지 싶다.

"그러고 보니 이 주변은 비교적 피해도 적은 것 같던데요, 영업은 언제쯤부터 다시 시작할 예정인가요?"

주위를 본 느낌으로 이런 상태면 건물을 철거하지 않아도 살짝 수리만 해서 사용할 수 있겠다는 생각이 든다.

그다음은 대로 쪽 수복만 잘 마치면 이곳 사람들은 의외로 빨리 원래 생활을 되찾을 수 있지 않으려나.

"……이러니 저러니 해도 물장사니까 말이야. 사람이 돌아오고 경기가 돌아오고 도시가 다시 건강해지는 게 먼저거든. 건물과 여자가 무사하다고 곧바로 어서 옵쇼는 좀 어려워."

그렇게 말한 뒤 에스텔 씨는 살짝 한숨을 쉬었다.

"부흥을 위해 일하러 모인 작업자들의 수요는 있을 텐데요?"

"후후후. 뭐, 수요가 있긴 있겠지. 그런데 도시 사람들의 눈을 외면할 순 없어. 손님 좀 있다고 당당하게 영업한다는 게 물장사에서는 안 통하거든. 경기, 후원자, 인기, 여하튼 사람에 좌우되는 장사라서 말이야."

그런 건가.

단지 수요가 있기 때문에 제공한다는 말이 안 통하는 경우도 있구나.

그렇다면…… 아니, 쓸데없는 소리를 해서 바보 취급을 당하기는 좀 뭐하니까 관두자.

에스텔 씨는 다정함이랄까, 아이를 지켜보는 눈으로 나를 봐주는 것 같기도 하고. 조금 안타깝다.

"……."

내가 대답을 망설이던 때 바깥쪽에서 사람 발소리가 들렸다.

"음, 보스가 왔나 봐. 잠깐만, 금방 데려올게. 뭘, 오늘은 안면이나 트고 인사만 받고 아마도 끝날 거야. 얼굴은 좀 무서운데 정이 두터운 구석도 있는 사람이거든. 후후, 나머지는 만난 다음을 기대해봐."

무서운 얼굴이라.

벌써 좀 꺼려지는데.

아, 이오의 얼굴이라고 미리 상상하자. 아무리 무서운 얼굴이어도 휴만이면 무섭지 않다는 생각이 들지 않을까.

박력이 있는 거인의 얼굴을 머릿속에 떠올린다.

그래도 같은 휴만이라면 상인 길드의 자라 씨 얼굴을 상상하는 게 나을까.

그 사람에게 받은 트라우마를 떠올리면 어지간한 일은 괜찮다는 생각이 든다.

"먼저 기다려줬군, 미안하다. 에스텔과 창관의 아가씨들이 큰 신세를 졌다던데……. 음?! 라이도우?!"

"……자라, 대표?"

내가 상상했던 얼굴의 실물이 정면의 문에서 나타났다.

어라, 본인이 직접?

"에스텔, 이게 어떻게 된 일이지?"

자라 대표도 약간 동요한 모습으로 에스텔 씨를 추궁한다.

"어머, 어머머. 이미 아는 사이였어요? 어떻게 된 일이긴요, 이 분이 저희의 생명을 구한 은인이고 이름은 라이도우. 작은 상회를 운영하는 상인인데요."

"……너 말이다, 라이도우가 상인인 줄 알면서도 내게 데려온 건가?!"

"그야, 뭐. 아직 신출내기라니까요, 유망한 인재인가 싶어서요. 보은의 뜻도 겸해서 보스에게 소개를 시켜주려고 했죠."

에스텔 씨는 태연자약한 태도로 대답하고 있는데 이게 연기인지 본모습인지는 잘 모르겠다.

"그런 게 아니라 말이다?!"

"음, 아니. 그런가, 너희를 구한 은인은 라이도우였던가."

자라 씨는 한숨을 한 번.

나도 솔직히 힘껏 한숨을 쉬고 싶었다.

마음의 준비도 못 했는데 덜컥 등장은 좀 봐달라고요.

잠시 간격을 두었다가 자라 씨는 다시 나를 돌아보면서 깊숙이 머리 숙였다.

"라이도우, 정말 고맙다. 감사의 뜻을 전한다."

"잠깐만요, 대표님. 저는 별로 대단한 일을 한 게 아니니까요!"

"아니. 에스텔과 여러 여인들의 목숨을 많이도 구해주었잖나. 예를 표시하는 건 당연한 일이지."

어려운 사람이 불쑥 머리를 숙인다는 게 너무 불편했다.

"자, 자라 대표님이, 이렇게 풍속 관계의 가게도 갖고 계셨군요. 놀랐어요."

어서 화제를 전환하고 싶다는 일심으로 막 떠오른 말을 꺼낸다.

"……그래. 이 도시의 여자와 도박은 내가 위에서 관리하고 있지. 도시에 비슷하게 영업을 하던 다른 녀석들을 철저하게 부순 다음에 말이야. 본래 이렇게 될 예정이 아니었다만……. 뭐, 여기에도 사정이 좀 있다는 거다."

상인 길드의 수장이고 조직 세계에서도 수장인가.

오늘 할 일이 많다고 투덜댔던 나와 비교도 되지 않은 수준의 분주함이겠지.

이렇게 될 예정이 아니었는데도 맡아 관리한다는 게 굉장하다.

"그런가요. 저는 그게, 우연히 에스텔 씨의 비명을 듣고 달려갔을 뿐이라서요. 딱히 은혜를 베푼다거나, 다른 의도는 전혀, 없었는데 말이죠."

잘 말이 안 나오는데 뭔가 보답을 요구하기 위해서 한 일은 아니었다고 전달하고 싶었다.

"……후유, 여전히 지적해야 할 부분이 많은 녀석이구나, 너는. 그럼에도 불구하고 쿠즈노하 상회는 흉악하리만큼 이름을 널리 퍼뜨리고 있지. 렘브란트의 말을 곧이곧대로 받아들이려는 것은 아니다만, 확실히 너는 평범한 상인이 아니야."

일순간 험악하게 얼굴을 굳혔다가 곧 자라 씨는 기막히다는 듯이 숨을 내쉬고 다시 이야기를 시작했다.

"너를 끌어내리고 싶어 했었던 부류도 많이 죽었고, 리미아의 제2왕자와 로렐의 중궁에게는 직접 편의를 봐주도록「부탁」이라는 형식의 명령을 받았다. 신전에서도「섣불리 자극하지 마라」라더군. 농담이 아니라 변이체 소동에서 가장 이득을 거둔 건 너라는 뜻이다, 라이도우."

"아, 네에."

오히려 저런 문제로 귀찮은 일이 자꾸만 늘어나서 난처한데 말이죠.

참고로 로렐의 중궁은 사이리츠 씨다.

중궁이라기에 천황 폐하의 부인을 가리키는 말인가 싶었는데 그 나라의 무녀 및 주변을 관리하는 가장 높은 사람의 관직명이었다.

사이리스 씨는 잘 알려진 관직명이 아니라고 말했었는데 명색이 4대국의 중요한 관직 이름이라면 꽤 많이 알려진 거 아니었을까 생각이 든다.

……나는 몰랐지만요.

"상인 길드로서도 물자의 전이 때문에 무리한 요구를 한 빚이 있었지. 본래 약방은 숫자가 그리 많지도 않았다. 일단 다시 문을 열려는 녀석에게는 다른 장사를 권하고 있다."

"어, 저는 별로 바라는 바가 아닌데요."

약 판매는 독점해도 무방하다는 뜻으로 들리는 말이었다.

"바보. 딱히 너 하나를 위해서가 아니다. 너희가 그 품질과 가격을 유지하는 한 약품 전반에서 이 도시에 쿠즈노하 상회와 경쟁 가능한 가게가 실질적으로 없을 뿐이지. 오늘 밤 회합에서 이야기할 예정이었다만, 미리 들은 셈 쳐라. 조금씩이어도 상관없으니까 약의 판매량을 늘리는 방향으로 검토해주고. 지점을 만드는 것도 좋겠군."

"지점……."

사람이 부족해서 어려운데.

"시키 씨와도 이야기했다만, 학원과 중간에서 파이프 역할을 얼마간 계속해주면 고맙겠군. 현 상황에서 도시의 부흥이 하이 페이스로 진행되는 것은 마술을 아낌없이 동원할 수 있는 덕분이다. 이대로 예전 모습을 되찾을 때까지 이어 나가고 싶은 마음이군."

응응? 어째서 시키는 씨를 붙여주는데 나는 이름만 편하게 부르는 걸까.

혹시 시키가 보호자라고 생각하는 건가?!

……실제로 그런 부분도 적지 않으니까 부정은 못 하겠구나.

"당분간 학원에도 부탁은 계속 할 예정이에요. 토모에를 통하는 주변 도시의 물자 운반도요."

"토모에……. 용기사 이상으로 용을 잘 부리는 여자였던가. 너의 미숙한 수법에는 솔직히 여러모로 할 말도 많다. 다만 상식을 벗어나는 여러 수단에는 탄복을 표할 수밖에 없군. 로렐의 간판 부대를 마차 대용품처럼 써먹다니 말이다. 수완의 바닥을 알 수가 없어."

"용기사 여러분들이 힘을 보태준 덕분이죠."

"……뭐가 말인가. 한 차례 보러 갔는데 녀석들은 아예 장식이더군. 그 여자의 지시에 다라 비룡들이 군대처럼 움직이는 터라 두려움마저 느껴졌다."

"아, 하하하."

"이런 진척이면 겉모습만은 한 달쯤 지나면 롯츠갈드도 본래 모습을 되찾을 테지. 길드의 수장으로서도, 여러 창부들의 우두머리로서도 새삼 감사의 뜻을 전한다. 고맙네, 라이도우."

자라 씨뿐 아니라 에스텔 씨도 같이 나에게 깊숙이 머리 숙였다.

익숙해지질 않네, 대표가 나한테 머리를 숙인다는 게.

"저야말로, 음……. 앞으로도 모자란 부분이 있으면 지도해주세요. 자라 대표님."

"렘브란트가 화내지 않을 정도로 말이지. ……그러고 보니 창부의 은인에 대한 보답을 대신해서 이 거리의 가게가 다시 문을 열었을 때는 얼굴만 보여줘도 입장시켜주려는 생각이다만, 어떤가? 라이도우."

……다시 얼굴을 든 자라 대표는 표정이 휙 바뀌어 있었다.

아, 뭔가 엄청나게 싫은 표정이야.

"어떻게 할 게 있나요. 저는 아직껏 자기 몫도 제대로 못 하니까요. 딱히 유흥 쪽에는 관심을 두지 않으려고요."

"그런 애매한 대답도 눈에 들어오는 너의 단점 중 하나다. 뭐, 내키는 대로 해석해주마. 그럼 쿠즈노하 상회는 이제부터 창관에

프리 패스다. 마음껏 이용해라. 그리고 일용품은 너희 가게에서 구입하도록 창관의 여인들에게 지시해 두지. 그게 이번에 할 보답, 아울러 내가 우두머리를 맡았다는 사실을 숨겨주는 입막음 요금이다. 잘 부탁한다. 자, 시간을 많이 빼앗아서 미안하군. 서로 바쁜 몸이다만 밤의 모임에는 가능한 한 출석하도록. 잊지 마라, 라이도우."

일방적으로 이야기를 마친 뒤 몸을 돌려서 자라 대표는 곧장 가게에서 나가 떠나갔다.

내가 거절하지 않는다고 이미 예측했구나, 보아하니.

……아니, 별로 퍼뜨려 봤자 뭔가 이득이 될 것 같지도 않고, 떠들 생각도 없지만 말이야.

위압감이 없어져도 저 사람은 역시 어렵다. 어쩐지 그런 생각이 들었다.

으음, 다음은 리미아의 왕자였던가.

학원 회의실에서 만날 약속이었지.

◇◆◇◆◇

리미아 왕국의 왕자님……. 아니, 정확하게는 왕녀님인가.

분명 이름은 요슈아 님.

솔직히 왜 아직 롯츠갈드에 남아 있을까 생각이 든다.

호출받았을 때의 심경이 딱 저거.

용건은 아마 본인의 성별에 대한 이야기겠지만, 내가 제일 먼저

해야 할 말은 잘 이해하고 있다.

죄송합니다, 사과부터 하자.

이상.

이토록 쉽고 분명한 대응은 없다.

국가라든가 상회라든가 달리 관련된 이야기가 나올 것 같으면 즉답은 어려우니까 나중에 다시 자리를 만들자고 넘어가면 되니까.

이런 업무에서 사용할 수 있는 편리한 대사를 열심히 배워 익히는 와중이거든.

그런 생각을 떠올리며 약속했던 회의실 문을 노크했다.

"들어오세요."

대답은 빨랐다.

분명 요슈아 님의 목소리다.

뭐, 대국의 왕자쯤 되는 분이 타국의 시설을 써서 함정에 빠뜨리려고 하지는 않을 거야.

너무 신경 써 봤자 헛고생인가.

"오랜만입니다, 요슈아 님. 오늘 이렇듯 초대해주셔서 영광입니다."

방에 들어가자마자 아랫사람처럼 인사를 해봤자.

덧붙여서 왕자의 차림은 예전과 마찬가지로 남자의 예장용 복장이었다. 드레스 차림에 허를 찔리는 깜짝 사건은 없었다.

예정대로 죄송하다는 말로 시작해서 얼마 전 저질렀던 실례를 — 즉 가슴을 만져버렸던 사건을 — 용서받고 싶다.

"제가 잘못했습니다!"

…….

아니잖아. 사과하는 타이밍이 너무 이상하잖아!

아직 말하는 게 불편한가 생각했을지도……. 안 되겠다.

"어? 아하, 이제 대화를 나눌 수 있게 되었다고 말은 들었습니다만, 꽤 유창하게 회화가 가능하시군요. 저야말로 대면 요청을 받아주셔서 감사드립니다, 라이도우 공."

왕자는 예전과 다를 바 없는 정중한 말투로 응대해줬다.

"고, 고맙습니다……."

말투 문제는 만나는 사람들마다 전부 똑같이 말하니까 조금 질리기도 한다.

왕족을 대할 때 인사하는 방법이나 겉치레 말은 잘 알지도 못하는지라 마음을 꽉 다잡고 약간의 무례는 각오한 채 곧장 용건을 물어보기로 했다.

……바빠서 얼른 볼일을 마치고 싶은 마음도 살짝 있다.

"아무튼, 제게 용건이 있으십니까?"

"……그렇, 그렇죠. 그럼 곧장 본론으로 들어갈까요."

"부탁드리겠습니다."

"일단은, 얼마 전 당신이 알게 된 저의, 그러니까……."

요슈아 님은 말하기 어려워하며 자꾸 머뭇거렸다.

역시 그 일을 말하는 거네.

"요슈아 님이 여성이라는…… 사실 말씀인가요?"

"……네. 이런 차림을 봐도 알아차릴 수 있으실 텐데 이 사실은 리미아 왕국 내부에서도 극히 일부밖에 알지 못합니다. 타국에는 일절 새어 나가지 않았을 거예요, 아마."

"……네."

아마? 음.

마족이나 제국에는 얼마간 누설이 됐을 가능성이 있다고 보는 느낌의 말이네.

아, 맞다. 이 방은 도청에 문제가 없으려나.

뭐, 요슈아 님이 꽤 중대한 발언을 시원스럽게 한 것을 감안하면 분명 대책을 다 마련해 놓았겠지.

나한테 안 좋은 이야기를 나누는 게 딱히 아니니까 너무 신경 쓸 필요도 없나.

"당신이 저를 구해주려던 결과로 일어났던 사고라는 것은 물론 잘 압니다. 다만 이 건에 대해서는…… 절대 누설하지 않도록 부탁드리고 싶군요."

부탁.

자라 씨가 야유를 담아 한 말처럼 서로의 입장을 고려하면 분명 이러한「부탁」은 명령에 가깝겠다.

적어도 부탁받은 쪽은 그렇게 느낀다.

뭐, 리미아 왕국의 방침인지도 모르겠는데 이 사람은 쿠즈노하 상회의 활동을 지원해주려고 움직이는 것 같기도 하고, 나로서도 왕자의 실제 성별 운운을 함부로 말해선 안 될 거란 것쯤은 판단할 수 있다.

"알겠습니다."

"……네?"

나의 대답이 안 들리지도 않았을 텐데 요슈아 님은 어딘가 어안이 벙벙하다는 표정을 짓고 되물었다.

"아, 그게. 알겠습니다. 절대 누설하지 않을게요."

"으음. 당신은 저의 비밀을 알게 된 것입니다만……."

아무것도 요구하지 않을 거야? 말없이 묻는 얼굴이다.

대화를 진행함에 따라 굳어 있었던 요슈아 님의 표정이 천천히 풀어졌다.

"절대, 누설하지 않겠습니다."

다시 한 번 분명하게 말해주었다.

오히려 묻고 싶다.

대국의 왕자가 가진 비밀을 알아봐야 뭘 어쩌라는 말인지.

예를 들어서, 협박한다?

틀림없이 귀찮은 일만 늘어난다.

사이좋게 지내자?

애당초 신분도 다른 데다가 일방적으로 비밀을 알게 된 관계부터 전혀 대등하지 않은데?

친구가 되는 건 상상도 어렵네요.

게다가…… 리미아는 히비키 선배가 있는 나라다.

그곳의 왕자와 쓸데없이 옥신각신하기는 싫다.

"……대단히 죄송합니다만, 그게……. 말만 들어서 신용할 수는 없어요. 오히려 불안합니다."

"그래도 전 딱히."

"뭔가 바라는 것은 없습니까? 제게 가능한 범위라면 힘을 써드리죠."

공짜보다 값비싼 것은 없다는 사고방식인가.

"지금 시점에서는 딱히 없네요. 그보다 빨리 본국으로 돌아가셔서 나라의 부흥에 힘을 쏟으시는 게 좋다고 생각하는데요."

"……뭐라 대답할 말도 없군요. 분명히 지금 제가 해야 할 일 중 하나입니다."

애당초 왕이 귀국했는데 왕자가 아직 롯츠갈드에 남아 있는 게 이상하잖아.

"그럼 그렇게 해주세요."

실제로 조국이 마음에 걸려서 못 견디겠다는 얼굴을 가끔 보여주고 있고.

"다만 동시에 당신의 조사 및 교섭도 제가 해야 할 업무라고 느끼고 있습니다."

난처해하며 눈살을 찌푸리면서도 미소를 짓는 요슈아 님.

맨 처음에 「일단은」이라고 운을 뗀 이유는 나중에 나와 교섭도 할 작정이었기 때문이었던 건가.

그래도 지금은 어딘가 다른 곳하고 큰 거래를 진행하거나 요청에 따라줄 마음은 별로 없거든.

롯츠갈드도 이런 꼴이고, 아공도 이래저래 정신이 없고.

"현 상황에는 딱히 문제가 없다는 보고라도 올려주시면 고맙겠습니다. 당분간 롯츠갈드의 부흥 때문에 바쁜 몸이기도 하고요, 조사를 마치셨다면 아마도 알고 계시겠지만, 저희는 어딘가 특정 나라에만 협력하자는 사상은 없거든요."

"……그런 것 같군요. 타국도 당신들을 포섭하기 위한 수단을 고민하는 것 같습니다만, 별로 성과는 거두지 못했다던가요."

"네. 또한 앞으로도 성과는 별로 기대하지 않는 게 좋을 겁니다."

아마도 어느 한 나라의 전속이 될 날은 오지 않을 것이다. 과연 휴만의 편만을 들어줄지 말지도 불분명하니까.

……섣불리 할 말은 아니지만.

"……지금 당신이 한 말을 보고해달라는 그런 말씀입니까. 흠……."

"괜히 억지를 부리려는 뜻은 없습니다. 굳이 무엇인가를 바라자면, 이런 정도로 괜찮다는 거죠. 전하께서 저 같은 사람을 상대할 바에 한시라도 빨리 귀국하시는 게 먼저라는 생각이 들어 말씀드렸을 뿐입니다."

내가 마음에 걸려 아직껏 돌아가지 못한 거라면 이제는 복귀할 수 있겠지.

"그렇게 받아들이도록 하죠. 다만, 교섭은 소용없을 것이라 못이 박히게 된 셈이네요."

"죄송합니다. 학원과 상인 길드, 게다가 요즘은 모험가 길드의 펄스 공에 신전에서 온 손님까지. 도저히 새로운 안건을 받아들일 여유가 나질 않습니다."

"……신전이라면 저의 이름이 그나마 통할 겁니다. 미력이나마 자제하도록 전해 두지요."

"감사합니다."

정말로. 그런 보답이면 충분해요.

말만 늘어지고 실무가 진행되질 않아서 엄청 스트레스였거든.

"바쁜 상황에 시간을 빼앗았군요. 더 이상 저는……. 아뇨, 라이도우 공. 마지막으로 한 가지만 여쭤봐도 될까요?"

"그럼요."

"저를, 어떻게 생각하세요?"

애매한 질문이구나, 음.

어떻게 생각하냐니…….

남장을 하는 것?

아니면 여성으로서 주는 인상?

귀국 대신에 나와 교섭을 맡기 위해서 남게 된 현 상황?

무엇에 대답하면 되는 걸까. 판단이 어렵다.

"어떻게 생각하냐는, 말은. 질문에 대답이 될진 잘 모르겠습니다만, 많이 힘드시겠다는 생각은 듭니다."

"힘이, 들겠다고요."

"네. 그런 차림으로 지내시는 것도, 왕족으로 살아야 하는 것도, 저처럼 별난 젊은이와 구태여 이런 이야기까지 나눠야 하는 것도 포함해서. 무척 힘든 입장에 서 계신다고 느꼈습니다."

"……후후. 실례, 입장 말인가요. 당신은 무척 별난 사고방식을 갖고 있군요."

뜻밖의 답을 말해버렸을까?

이게 나의 솔직한 마음이기는 한데 말이지.

"그러면 이만 실례하겠습니다, 요슈아 왕자님."

일단 당신이 여성이라는 사실은 언급하지 않겠다는 의미도 담아 왕자님을 붙여서.

머리 숙인 뒤 나는 요슈아 님과 작별했다.

◇◆◇◆◇

"어라, 라이도우 공이 아닌가. 이렇게 얼굴을 마주하기는 꽤 오랜만이구나."

"……펄스 공. 많이 바쁘신가 봅니다."

요슈아 님과 대화를 마치고 몇 명의 강사와 협의를 거친 뒤.

학원에서 나오려고 복도를 걸어가던 중 루토와 만났다.

루토도 말했던 대로 학원에서 만나는 것은 확실히 드문 일이었다.

요즘은 별로 빈번하게 만나지 않았던 이유도 있고.

……맞아, 이 녀석에게 받아 낼 빚이 하나 있었지.

켈류네온의 존재를 모험가 길드 차원에서 인정해주는 것으로 돌려받을 생각이기는 한데.

"잠깐이라도 괜찮으니 시간을 내줄 수 있겠나?"

루토가 먼저 제안해줬다.

"잠깐이라면."

"잘됐군. 그럼 저쪽에 첨탑에서. 이 시간이면 사람이 없는 장소가 있으니까 그리로 가지."

"네."

루토의 안내에 따라 첨탑의 상층에 위치하는 인기척 없는 방에 도착했다.

흠, 제법 전망이 좋구나.

반파된 롯츠갈드의 거리가 한눈에 내다보인다.

"이번에 많이 미안하게 됐어. 설마 모험가(소피아)가 그곳에서 너를 방해할 줄은 생각을 못 했거든. 여신의 간섭을 알아차리지 못했던 것도 그렇고, 마코토 군과 주변 사람들에게 너무 미안한 마음이야."

"그 소피아의 눈을 통해서 나를 훔쳐봐 놓고 미안하다고? 진짜?"

입만 살았다니까.

일단은 저 문제 때문에 루토가 내게 미안함을 느끼는 분위기가 있긴 있어서 이렇게 인기척이 없는 장소로 데려오는데도 졸졸 따라왔다.

뭐, 만에 하나, 그건 그거고 이건 이거라는 자세로 덮쳐와도 우격다짐으로 바깥에 끌어낼 수는 있다는 자신감이야 가지고 있다.

정조는 소중합니다.

"아, 아하하하……. 사실 고레벨의 모험가한테는 소소한 안전대책으로, 내가 남몰래 살펴볼 수 있도록—."

루토가 여느 때처럼 얼렁뚱땅 얼버무리지만, 어쩐지 눈빛이 자꾸 흔들리는 것 같았다.

"오늘은 유난히 뻔히 보이는 거짓말을 하는구나, 루토. 소피아가 그런 재주를 부릴 수 있었던 것은 모험가의 실력 어쩌고가 아니라 그 녀석이 용과…… 아니, 너와 모종의 깊은 관계가 있는 휴만이기 때문이잖아?"

거기에 생각에 닿았었기 때문에 나는 이 녀석의 시선도 알아차릴 수 있었다.

루토치고는 어설픈 거짓말을 하는구나.

"……마코토 군이야말로 오늘따라 무척 날카롭구나. 소피아의 비밀을 눈치챈 거야?"

"그게 무엇인지까지는 몰라. 그래도 너와 관계있다는 건 알겠어. 평범한 휴만이 돌연변이를 일으켰다고 용의 힘을 흡수한다는 반칙이 가능한 건 말도 안 된다는 생각도 했고 말이야."

"하기야, 음."

"게다가 너에 대한 집착이 장난 아니었어. ……소피아에 랜서, 둘 모두. 그러니까 굳이 「빚」으로 달아 두겠어. 우리 시키까지 엄청 고생을 했으니까 말이야."

"명색이 상위 용인데 너와 계약했다지만, 리치 따위에게 죽어나갔다는 게 애당초 별일이지만 말이지. 확실히 시키 군에게는 이것저것 가르쳤지만, 그래도 그 상태의 랜서를 쳐부술 수 있을 것이라는 생각은 못 했는데."

시키 본인도 꽤 아슬아슬했다고 푸념했었지.

시키를 위해 저 말은 루토에게는 알려주지 말도록 하자.

"시키한테 전해줄게."

"그래, 잘 부탁하자. 아무튼 두 녀석을 해치워줘서 감사하고 있어."

이 자식 봐라, 이런 마당까지 와서도 시치미를 뗄 작정인가, 루토는.

"해치웠다? ……있잖아. 너 말야, 아직은 **끝이 안 났잖아**?"

"……어?"

"나는 너한테 「마무리를 양보하겠다」는 뜻으로 빚을 달아 두겠다고 말한 거야."

"—아!"

루토가 숨을 멈춘다.

방금 전까지 짓고 있었던 미소는 순식간에 자취를 감추었고 어딘가 험악한 표정으로 바뀌었다.

"언제 끝장을 내려나. 내일, 아니지, 빠르면 오늘 밤인가? 거참, 오늘 너 진짜 좀 이상하다? 겨우 나한테 덜컥 들켜버릴 변명이나 하고 말이야."

"마코토, 군. 너는……."

"마무리까지 끝나면 내가 먼저 이번 보수를 받으러 찾아갈 거야. 정신 차려, 모험가 길드의 수장님."

"……."

루토는 평소의 장난기 가득한 분위기도 내비치지 않은 채 단지 나를 가만히 마주 바라볼 뿐.

뭐랄까, 이 자식은 도대체 나를 얼마나 얕봤던 거야.

루토는 엄청나게 놀랐다는 느낌이다.

소피아와, 이번에는 랜서와 다른 상위 용까지 포함해야 되려나. 전원 몫의 결말을 나는 루토에게 일임했다.

그것이 이 녀석에게 달아 둔 빚이다.

토모에는 살짝은 신경 썼지만, 내게는 모든 자초지종을 들여다볼 마음은 없다.

단지 내일이나 모레쯤 다시 루토와 만나 켈류네온과 관련된 부탁을 할 뿐.

그러면 된다.

"사내는 사흘만 만나지 않아도 훌쩍 달라진다더니. 정말 지금 너한테 딱 들어맞는 말이네…….”

얼마 뒤 루토가 겨우 입을 열었다.

“말씀 고맙군. 그럼 난 슬슬 현장으로 돌아갈게. 사무실에도 얼굴을 잠깐 비춰야 할 테고, 이래 보여도 능력 이상으로 바쁜 몸이라서.”

어딘가 멍한 루토를 놔두고 나는 탑을 뒤로했다.

◇◆◇◆◇

강한 비가 내리고 있었다.

라이도우와 펄스가 오랜만에 대화를 나눴던 날의 밤.

목적이 없다면 사람도 찾아오지 않는 깊은 숲 안쪽에서 가느다랗게, 다만 필사적임을 느끼게 하는 거친 호흡을 계속하는 인영이 있었다.

나신에 비를 샤워처럼 받아 내는 휴만 여성— 소피아 부르거였다.

달빛도 들어오지 못하는 숲 안쪽에서 몸에 희미하게 빛을 발하는 소피아의 움직임은 눈에 띈다.

“후우으…… 후우으…….”

마인, 즉 라이도우에게 일격을 받아 리미아의 왕성에서 패배를 겪은 소피아가 누워 있는 곳은 왕도 우르에서 조금 거리가 있는 이름도 없는 숲속이다.

기어코 소피아는 살아남았다.

“라이도우, 괴물 자식……!”

평소 기세에서는 상상이 잘 안될 만큼 연약한 움직임으로 근처에 있던 자기 키보다 큰 바위에 등을 기댄다.

중간에서 부러진 카타나만을 손에 든 소피아는 옷을 갈아입지도 못한 채 나신으로 떨어지는 비를 맞았다.

"어검은 이번에야말로 진짜 죽었고, 랜서의 무기도 죄다 파괴되었고……. 마지막 수단을 써서 죽음을 모면한 것까지는 알아차리지 못했겠지만. 도대체 뭐야, 괴물이잖아……."

라이도우에게 저주를 계속 내뱉으며 소피아는 자신의 힘을 최속으로 회복시키기 위해 집중을 시작했다.

이런 부분은 과연 경험을 쌓은 모험가답다.

루토라는 소피아에게 있어서 최종 목표이기도 한 존재의 이름이 나왔던 탓에 본래는 발을 들이지 않았어야 했을 지경까지 라이도우와의 전투를 계속했었다만, 지금은 이미 냉정함을 되찾은 듯 보인다.

"거슬리지만 그놈을 따돌리고 루토와 싸울 방법을 찾아봐야겠군. 도저히 상대를 할 만한 녀석이 아니야. 우선은…… 황야에 가서 무적(無敵)이라는 용을 사냥하는 게 먼저인가. 새롭게 거둔 수확이 아예 없는 건 아니잖아, 괜찮아."

손에 든 카타나를 보는 소피아.

"유감이지만 이루지 못할 목표군."

소피아 이외에는 분명 아무도 없어야 하는 장소에 중성적인 남성의 목소리가 울려 퍼졌다.

"아?!"

다 회복되지 못한 신체를 억지로 기민하게 움직여서 소피아는 바위를 방패로 쓰듯 목소리가 들린 방향으로부터 몸을 숨겼다.

카타나는 뽑아 들지 않은 채 반대쪽 손에 빛으로 만들어진 실체가 없는 검을 쥐었다.

본래는 어검의 능력이다.

"흠. 제법 움직임이 괜찮긴 하네. 그래도 마코토 군과 싸웠을 때와 비교하면 완전히 거북이야."

"아!! 그 자식의 동료인가?! 어디야?!"

대강 눈가늠을 하며 소피아는 숲의 어둠에 의식을 집중시킨다.

마코토는 가증스러운 마인 라이도우의 본명이다.

그 이름을 소피아가 잊어버릴 리 없었다.

그리고 마코토를 아는 존재가 자신의 아군일 가능성 따위 한없이 낮다는 사실도 잘 안다.

장시간의 전투는 도저히 불가능한 상태지만, 그럼에도 짤막하게 집중한다면— 그렇게 소피아는 본인이 선택해야 할 수단을 머릿속으로 구축해 나간다.

"결국 랜서는 마지막까지 너에게 용의 지각, 감지를 가르쳐주지 않았어. 그런 정도였던 거야. 서로 상대를 이용하는 관계에 불과했다는 말이 되겠지."

어둠 속에서 나타난 자는 은발의 청년.

어딘가 아유 비슷한 미소를 띤 얼굴, 이 자리에는 어울리지 않는 존재였다.

"마인과 같은 패거리라고 생각하면 되는 걸까?"

소피아는 바위 그늘에 몸을 숨긴 채 청년에게 물었다.

"같은 패거리…… 되고 싶은 마음은 있는데 아직 허락을 못 받은 용이야."

"……용?"

"아주 옛날에 단념했는데도 재미있어서 구경하던 존재 때문에 빚을 만들어버린 얼간이이기도 하고."

그렇게 말한 뒤 청년은 자조하듯 입가를 비틀었다.

"빚……. 너, 설마."

"마코토 군보다 직감은 날카로운가……. 다시 소개하지, 루토다. 네가 열심히 찾아 헤맸던 조화의 상위 용."

"큭!!"

소피아의 눈이 경악을 담고 커다랗게 뜨였다.

전혀 예상도 못 한 만남.

그리고 최악의 상황에서 맞이한 접촉이었다.

"뭐야? 알몸이라서 못 나오겠다는 아가씨도 아니잖아, 너는. 최후의 순간에 잠깐 얘기를 들어주려고 이렇게 직접 찾아왔거든?"

최후의 순간— 저 표현에서 다음 전개를 깨닫는 소피아.

천천히 바위 그늘에서 모습을 드러냈다.

"루토, 네가?! 진짜로?"

"좋을 대로 생각하면 되겠네. 가짜에게 죽고 싶은가, 진짜에게 죽고 싶은가. 네 생각에 맡기도록 할게."

그 말을 한 직후, 일순간에 출현한 여덟 개의 광검이 루토에게 덮쳐들었다. 동시에 붉은빛이 루토의 발밑 지면을 녹이려고 한다.

다만 눈 감고 탄식한 루토가 손가락을 튕기자 모두 다 산산이 흩어졌다.

"증명이 좀 됐어?"

"……."

이가 덜덜 떨린다. 어금니 부딪치는 소리가 소피아의 귀에 들린다.

진짜임을 눈과 피부로 이해했기 때문이었다.

이런 타이밍에 펼친 기습을 아무 어려움도 없이 받아넘기는 광경에서 소피아는 지금 마주하게 된 청년의 실력을 절감했다.

"옛날에 내가 품었던 야망의 파편. 그런 게 갑자기 불쑥 숨 쉬기 시작했던 거야. 처음 잠깐은 뭐, 구경하니까 조금 재미있었는데 말이야."

"……."

"사람에게 섞인 내 피가 직접 낳은 아이처럼 짙어져서 격세 유전으로 나타났고. 게다가 변덕으로 실험한 두 생명의 합성. 전부 내가 관계했던 일이지. 그것들이 설마 같은 시대에 만나서 손을 잡게 될 줄이야."

"나를, 알고 있었구나."

"당연하잖아. 나는 모험가 길드의 수장이기도 하거든. 너는 처음 등록했을 때부터 알고 있었어. 언제 자기 핏줄의 정체를 깨달았는지, 언제 야심을 품었는지. 언제 여자가 됐고, 언제 실연했는지까지 전부 다 알아."

"큭…… 내가 너를 찾아다녔던 것도."

"물론 알고 있었지. 만날 생각은 털끝만큼도 없었지만 말이야.

그 부분은 마코토 군에게 감사하는 게 좋아. 결과적으로 「만난다」는 목적만큼은 마코토 군 덕분에 이루어진 셈이니까."

'물론 다른 전부는 마코토 군 때문에 엉망진창으로 망쳤다고도 말할 수 있겠지만.'

루토는 마음속으로 말을 덧붙였다.

"너는! 나의 움직임을 전부 다 알면서! 그런데도 나를, 어검을 방치했었다고 말하는 거야?!"

소피아의 목소리가 분노로 떨리고 있다.

소피아와 랜서는 줄곧 루토의 목숨을 노려왔다.

만약 발각되었다면 가만 방치할 리가 없다.

묘한 움직임을 보이는 녀석이 있다는 것. 그 이외의 다른 사실은 루토에게 발각되지 않았다는 것이 두 사람의 생각이었다.

"목적도 결과도 뻔히 보였거든. 굳이 상대를 해줄 필요도 없다는 생각이었어. 애당초 너희에게 세파(細波)나 무적을 쓰러뜨릴 가망은 없다고 계산도 했고."

"헛소리 마, 세파도 무적도 충분히 토벌할 만한 힘이 나에게 있어!"

"힘은, 뭐 그렇겠지. 그런데 만나 봤자 제대로 상대를 안 해준다면 어쩔 도리가 없지 않겠어? 세파는 만에 하나의 가능성이 어쩌면 있겠지만, 무적은 황야의 안쪽 깊숙한 곳에 틀어박힌 채…… 진지한 대결 자체를 귀찮아하는 녀석이야. 아무리 처음부터 전제가 틀려먹었다지만, 그 틀려먹은 전제마저도 달성할 수 없는 게 뻔한 헛된 노력을 대체 왜 방해할 필요가 있어?"

"전제? 무엇이, 무엇이 틀렸다고—."

“여섯 용을 흡수하면 나를 물리칠 수 있다는 전제를 말하는 거야. 네게서 다시 뜯어내는 게 전혀 어렵지 않거든. 랜서에게 무슨 소리를 들었는지 잘 모르겠는데 네가 보유한 흡수의 힘은 내 능력의 일환에 불과해. 얼마간 나의 피를 짙게 이어받았다고 결국 나 이상으로 숙달될 순 없어.”

“…….”

“대강 이해됐지? 마지막에는 조금 민폐였어. 방치하는 게 아니었다고 생각될 정도로는 후회했지. 아주 약간이라도 나를 후회하게 만들었던 거야. 저세상에서 축배를 들어도 좋아. ……아, 랜서는 거기에 못 갈 테니까 너 혼자뿐이겠구나.”

“……변덕으로 사람의 세상에 피를 남기고……. 변덕으로 존재하지 않았던 용을 만들어 내서 상위의 용에 더하고. 전부, 전부 다 너의 변덕이었다?! 헛소리, 헛소리 집어치워!!”

소피아는 다시 검을 만들고, 손에 든 검에 붉은빛을 둘러서 루토에게 달려들었다.

청년의 모습을 지닌 루토는 단출한 셔츠를 입고 있었지만, 이렇게 비가 내리는 와중에도 전혀 젖지 않았다.

소피아가 그 사실을 깨달은 것은 본인의 공격이 황금색을 띤 마력에 저지되어 루토의 몸에 도달하지 못함을 목격했을 때였다.

“마코토 군의 흉내야. 쉬운 게 아니란 말이지, 이거. 기껏해야 10분 정도이려나. 이런 수단을 상시 유지까지 가능한 마코토 군은 마력량이 도대체 얼마나 된단 소리인지 가늠이 안 되더라.”

“아……. 아아…….”

"네가 목표로 했던 모든 상위 용의 흡수. 그건 말이야, 과거에 내가 하려고 했던 어리석은 야망이야. 랜서가 요만했을 때 무심코 옛날이야기를 들려준 게 실수였는지도 모르겠구나. 그 녀석도 사람과 비슷하게 욕망과 야심 등 상위 용에게는 어울리지 않는 감정을 자기 가슴에 품고 있었으니까."

루토는 자신의 무릎 높이에 손바닥을 가져가며 소피아에게 말했다.

"……."

아무 말 없이 우두커니 서 있는 소피아를 향해 루토는 어떠한 말을 꺼냈다.

"티아마트 계획."

"아!!"

소피아의 동요는 아주 잠깐이었지만, 루토는 분명하게 보고 알아차렸다.

"……역시나. 나의 능력을 응용해서 모든 상위 용을 내가 흡수하는 것. 대지와 하늘, 물을 정령 이상으로 지배해서 여신과 세계를 둘로 나눌 작정이었어. 그게 티아마트 계획이지. 덧붙이자면 너는 알지 못했을 텐데 티아마트라는 말은 용과 신, 두 개의 성질을 함께 가진 풍요의 신의 이름이야."

"풍요의…… 신. 여신 말고도, 신이 더 있다고?"

"네가 알아야 할 이유도 없겠지만, 이 세계에는 없어."

"이 세계? 그럼, 여기가 아닌 다른 세계에?"

소피아의 멍한 표성.

루토의 말을 전부 이해하는 것 같지는 않았다.

"결국 당시에 이미 휴만의 신앙을 상당히 끌어모았던 여신과 대항하는 건 입장이 불리하다고 판단한 것과 남편을 만나서 취소하게 됐지만. 설마 내 열화판인 너와, 죽음을 앞둔 용과 사람의 원념이 담긴 무기를 이리저리 만지작거려서 만든 용이 손을 맞잡고 곰팡이나 핀 계획을 다시 시동하려고 들다니 말야. 세상은 참 좁아."

루토는 소피아의 물음에는 답하지 않은 채 말을 이었다.

"열화……? 바라지도 않았던 이딴 빌어먹을 힘 때문에 내 인생이 얼마나 엉망진창이 되었는 줄은 알아!!"

소피아가 거칠게 소리 질렀다.

"오래된 말이지만 힘에 선악은 없어. 그렇게 비뚤어지고 사람도 마족도 용도 마구 죽이고 다닌 건 오로지 너의 마음이 약했기 때문이잖아. 랜서 역시도 마찬가지지. 기적적으로 잘 합성돼서 상위 용이라 불러줘도 무방할 만한 힘을 얻었는데. 그 녀석의 경우는 거기에서도 만족을 하지 못했다고 해야 되려나. 어쨌든 간에 마음과 욕망을 끝내 제어하지 못한 어리석은 패배자에 불과해. 그러니까 나는 너희에게 흥미를 잃었던 거야."

루토는 합주의 지휘자처럼 오른손을 높이 들었다.

"틀리지 않았어. 내가, 너를 증오하는 마음만큼은, 절대로 틀린 게 아니었어! 너만큼은!"

부르짖은 뒤 소피아가 몸 전체를 휘어뜨리며 루토에게 달려들었다. 그 한순간의 일이었다.

소피아는 실이 끊어진 꼭두각시처럼 덜컥 허물어져서 무릎 꿇었다.

"어?"

두 손을 두 무릎을 바닥에 찧는 소피아의 몸에서 붉은 구체, 푸른 구체, 검은 구체, 적색과 백색이 대리석 무늬를 이룬 구체가 순서대로 나타나더니 루토가 든 오른손으로 모여들었다.

"이미 여신의 가호를 잃은 몸으로 이제껏 손에 넣었던 용의 힘까지 잃어버리면……. 네가 과연 생명을 유지할 수 있을까?"

"……이따위, 이따위로 끝을 맞이하다니."

그저 바닥에 엎드린 채 눈을 부릅뜨고 소피아는 중얼거렸다.

겨우 쥐어짜 내는 말에는 원통함이 담겨 있었다.

"모험가가 맞이하는 죽음치고는 아주 평범한 게 아닐까? 갑자기 찾아오는 불의의 죽음이잖아. 그건 그렇고, 이 칼은……. 설마."

더 이상 힘을 주지 못하는 소피아의 손에서 떨어졌던 카타나를 주워 든 루토.

잠시 가만히 살펴보다가 무엇인가를 떠올렸는지 자루에서 칼날을 능숙하게 분리한 뒤 가려졌던 칼날의 날밑 아래를 확인했다.

"—음. 그런가, 그자는 검에…… 게다가 줄곧 그곳에 갇혀서. 그래서 랜서는 야심을 억제할 수 없었던 건가. 무한의 가능성을 자기 수중에 담아 두었다는 생각이 자꾸 들었을 테니……. 정말로 어리석고 구제 불능이구나. ……나기 군, 미안해. 언젠가 다시 찾아냈을 때……. 꼭 사과해야 할 이유가 늘어나버렸네……."

루토는 깊은 후회와 회고 속에 잠겼다.

다만 한편으로 시간은 시시각각 나아갔고, 결국 소피아의 몸에서 금색의 작은 구체가 빠져나왔다.

"나만큼은……. 큭……."

기어이 되찾으려는 손짓이었을까, 기적적으로 황금색 구체를 쫓기 위하여 소피아의 오른손이 움직인다.

그 말과 떨리는 움직임을 마지막으로 정적이 찾아왔다.

잠시 각각의 구체를 바라보다가 루토는 한 차례 한숨을 쉰다.

"……갑자기 확 젊어지겠네, 상위 용 말이야. 애 키울 시간을 지금은 도저히 못 낼 테고, 각지의 보육 담당 녀석들에게 전부 떠넘겨야겠다. 맞아, 마코토 군한테도 조금 귀찮은 일을 부탁할까? 그래 보여도 기본적으로 바깥 생활을 싫어하잖아. 세계를 여기저기 보고 다닐 계기가 필요할 수도 있겠지."

루토는 오른손을 내렸다.

빛의 구체는 같은 색깔의 빛을 발하는 알로 모습을 바꾸어 갔다.

둥실둥실 공중에 떠오른 채.

"랜서 돌보기 담당은……. 마코토 군도 싫어할 테니까 세파「아주머니」한테라도 부탁할까. 예전에 휴만에게 축복도 내린 적이 있었고, 자신도 다시 태어나겠다는 말은 아마도 안 할 테니까."

알의 처우를 결정하며 루토는 여전히 차가운 비를 맞고 있는 소피아의 유체에 눈길을 보냈다.

임종 때 흘린 눈물일까, 아니면 단지 우연히 묻은 빗방울에 불과했을까. 소피아의 눈자위에서 눈물 비슷한 자국이 뺨을 흘러내린다.

다만 그것도 끊임없이 내리는 비에 씻겨서 곧 구별을 할 수 없게 되었다.

소피아의 얼굴에서는 더는 대답을 구할 수 없었다.

그러나 루토의 사고가 움직이는 곳은 저러한 사소한 문제가 아니었다.

"이렇게 전부 마코토 군의 의도대로…… 흘러가는구나. 비록 버릇은 안 좋았다지만 소피아도 불쌍하네. ……흠, 마코토 군에게 마냥 당해주는 것도 괜찮긴 한데 다음에 할 요구도 예측이 되고, 하다못해 약간은 갚아줘야겠어."

루토가 어떠한 말을 중얼거리며 왼손을 움직였다.

그 동작에 호응하듯 소피아의 유체가 공중에 떠오른다.

무엇인가 생각을 떠올린 분위기의 루토는 이제껏 보인 절대적 강자의 얼굴이 아닌 라이도우, 즉 마코토를 대할 때 자주 짓고는 했던 빙긋거리는 미소를 띠고 그 자리에서 사라졌다.

소피아의 유체와 함께.

5

강하게 문을 노크하는 소리에 눈이 뜨였다.

매일같이 진짜 피곤한 나날을 보내고 있는 사람한테는 너무 친절하지 못한 기상 방법이었다.

몸이 무겁다. 그래도 싫은 피로감은 아니다.

의외로 이마에 땀을 흘리며 어두워질 때까지 줄곧 일하는 것이 내 성격에 잘 맞는지도 모르겠다는 생각이 든다.

내가 이불에서 나와 잠옷을 갈아입고 있는 동안에도 문 두드리는 소리는 멎질 않았다.

"일어났어, 일어났다고. 도대체 뭐야? 들어올래?"

아침 일찍부터 무슨 일인가.

이곳은 아공에 있는 내 개인실.

얼마 전에 막 여기 아공에도 사계절이 도입되었던 참이라 그와 관련된 소동이랄까, 엑시던트가 겨우 수습이 되고 있는 상황인데 말이야.

이게 다 아공의 사계절이 살짝 특이한 상태에서 실현되었기 때문이다.

기본적으로 평범하게 춘하추동과 사계절이 순환한다. 그런데 국지적으로 춘하추동의 기후가 각각 고정되어서 상시 유지되는 지역도 존재하는 상태가 되어 있다.

물론 그것만으로는 설명할 수 없는 예외적인 부분은 여기저기에 잔뜩 있지만, 대강 저렇게 분류하기로 했다.

각각 작물에 적합한 기후의 장소를 조사하거나 옮기거나 꽤 힘든 작업이 이어지고 있었다.

그러니까 아공(이곳)에서 학원 도시로 인원을 데리고 나갈 여유도 별로 없었다.

"도련님, 말씀 올립니다. 그게, 대단히 큰일입니다."

내가 대답을 하자마자 토모에게 방에 뛰어들었다.

아니, 토모에뿐 아니라 미오도 시키도 있다.

……어라, 엥?

각 종족의 주요 인원들이 줄줄이 방 안에 들어오는데?!

다, 다행이다.

일단 옷이라도 갈아입었던 게 정답이었어.

머리카락도 안 삐쳐 나왔고 최저한의 몸단장은 마쳤다.

"이렇게 다 같이 찾아오다니 웬일이래. 아무튼 큰일이란 게 뭐야?"

다만 사람들 대부분은 절박한 분위기가 아니라 난처한 표정, 당황한 표정을 짓고 있었다.

딱히 위험한 사태가 벌어지지는 않았나 보다.

"그게…… 침입자라고 말씀드려야 할까요, 내방자라고 말씀드려야 할까요."

토모에의 말 표현이 조금 애매하다.

침입자든 내방자든 요컨대 손님이네?

……아공에?!

"어라, 휴만에게 아공의 존재가 발각된 거야?! 그럼 비상사태잖아!"

"아뇨, 휴만이 아니라 말입니다."

"아무튼 붙잡아 놨지? 일단 어떻게 들어왔는지, 그리고 목적을……."

당황하는 사람은 나 하나뿐이고 달리 아무도 움직이려고 하지 않는다.

"도련님, 그게……. 붙잡지 않았습니다."

"……어?"

"아무튼, 잠을 깨셨으니 직접 말씀을 나눠보십시오."

"직접……?"

어떻게? 의문을 갖자마자.

'오! 미스미 마코토! 좋은 아침이군!!'

"어?!"

갑자기 머릿속에 큰 목소리가 울려 퍼졌다.

들은 적 없는 목소리다.

다만 난폭한 느낌의 말투와 달리 뭐라고 해야 할까, 무의식중에 자세를 바로잡게 되는 기묘한 박력을 가진 목소리였다.

염화와 비슷하기는 한데 좀 다른 느낌이 든다.

상대와의 접속이 느껴지지 않아서였다.

이대로 생각을 표층에 드러내면 괜찮은 걸까, 망설이다가 대답해보기로 했다.

'좋은 아침…… 입니다. 처음 뵙겠습니다……. 처음 맞죠?'

'아무렴! 형님이 폐를 끼치는 모양이 된 바람에 미안하다는 말부터 하마. 까닭이 있어 가까운 곳에 온 김에 과감하게 찾아와봤다만, 아직 잠들어 있다는 말을 듣게 되었지. 잠깐 기다렸어.'

형님?

즉 내가 아는 누군가의 동생분인가.

어쨌든 간에 이름부터 물어봐야겠네.

'실례합니다만 성함을 여쭤봐도 괜찮을까요? 가능하면 풀 네임으로.'

'좀 길어서 약칭으로 때울 테니까 봐줘라. 난 스사노오다.'

'스사노오 씨?'

'그래.'

어디에서 구분을 지어야 하나……. 스사=노오?

그리고 형님은 나랑 아는 분이고?

스사노오……. 스사노오……. 스사노오…….

……스사노오노미코토(須佐之男尊)?!

진짜?!

'츠쿠요미 님의 동생분 되신다는……. 스, 스사노오미코토라라라라고요?!'

눈이 뜨였다.

눈이 정말로 번쩍 뜨였습니다!

유명한 신이잖아!

또 뭐냐, 파괴신이잖아!

심기 거슬렀다간 천변지이 같은 거 일으킬지도 모른다는 빅 네임!

이, 일어나기를 기다렸다?

내가 일어나는 걸?!

오, 오오오오오오.

"토모에! 당장 깨워줘도 괜찮았는데?!"

저절로 큰 목소리가 터져 나왔다.

"그러나, 그게, 강대한 존재라는 인상은 물론 받았습니다만, 이름도 알려주지 않는 수상한 인물이었던 터라 어찌해야 하려나 망설이다가……."

수상하든 어쨌든 화를 돋웠다가는 큰일이 나는 신님이라고요!

괜찮겠지? 화가 나지는 않으셨겠지?

'형님에게 네 안부를 조금 부탁받아서 말이다. 일단 잘 지내는 듯하여 안심했다. 아무튼 말이지, 네가 지금 있는 공간에 우리도 와 있다만, 근처까지 가봐도 문제없겠나?'

'무, 물론입니다! 츠쿠요미 님도 같이 오셨나요?!'

……아니, 잠깐만.

분명히 츠쿠요미 님은 잠에 들어 계실 테니까 같이 와주시지는 못할 거야.

그래도 지금 분명히 「우리」라는 말이 나왔잖아.

'형님은 아직 저쪽에서 요양 중이다. 잠깐 이곳의 여신에게 **볼일**이 있었거든. 막 돌아오던 길이지. 그 바보에게 이 장소를 가르쳐주지는 않을 테니까 안심하거라. 오히려 숨겨주는 방향으로 손을 거들어주마.'

'그, 그런가요. 그럼 기다리고 있겠습니다.'

여신과 만났다.

그러고 보니 내가 여신에게 납치당했을 때 누군가 손님이 와 있다며 동동거렸었지.

그렇다면 그때 온 손님이 스사노오 님인가!

그 여신, 엄청난 신님을 손님으로 맞이했었구나.

그야 급한 마음이 들었겠네. 나랑 나누는 대화 따위야 후딱 끝내버리고 싶었던 게 분명하다.

'미안한데 누군가에게 유도를 부탁하고 싶군. 조금 큰 탈것을 타고 온 터라 말이다. 넓고 평평한 장소에 내리고 싶군.'

'아, 알겠습니다. 곧장 준비하겠습니다. 그나저나 여러분은 어디 계시나요?'

'하늘을 보면 한눈에 알 거다. 그럼 이따가 보자.'

스사노오 님과 대화가 끝났다.

아직 머릿속이 멍~한 느낌이다.

그러나 넋 놓고 가만있을 순 없었다.

얼굴만 오른쪽으로 돌려 종자와 모두를 바라봤다. 지금 와서는 이렇게 주요 멤버가 다 모여준 것이 무척 반가웠다.

“미오. 당장 식자재 다 꺼내서 요리를 시작해줘. 아마도 일식 중심이 좋겠지만, 아무튼 맛있을 만한 요리는 닥치는 대로 만들어. 식사 담당을 맡을 수 있는 사람들 전원 동원해도 되니까 어서 서둘러!”

“아, 네, 네에!!”

“에마, 시키. 환대의 준비를 시작해줘. 실외든 실내든 손님분들께 여쭤보고 곧장 알려줄 테니까 사람들 소집이랑 도구 준비부터 시작해.”

“알겠습니다.”

“분부대로.”

“토모에는 나랑 같이 나가자. 손님을 마중하러 갈 거야. 넓은 장소로 내려오고 싶다고 말씀하셨으니까 큰 생물이어도 착지 가능할 만한 평원, 그리고 여기에서 가능한 한 가까운 곳을 가르쳐줘. 다른 사람들은 모두 요리나 다른 준비를 분담해서 미오든 시키든 지시를 받고!”

“평원, 네, 알겠습니다. 제가 모시죠.”

방을 뛰쳐나가서 복도를 나아가며 모두에게 지시했다.

신님을 접대할 때는 뭘 어떻게 하면 되는지 알 수가 없네!

알 수가 없지만……. 아무튼 최대한 많은 준비를 해야겠다.

바깥으로 나왔다.

하늘을 올려다볼 수 있는 장소인데, 어느 쪽 하늘을 보면 되는 것일까— 생각하던 중 그것을 곧장 발견할 수 있었다.

비행기, 게다가 여객기와 거의 비슷한 규모의 무엇인가가 하늘에 떠 있었다.

아득히 높은 하늘에 로크, 괴조와 버금가는 거구가 떠올라 있다.

새다.

새카만 새.

"저건가? 토모에, 장소는 떠오르는 게 있어?"

"……네. 그나저나, 저거 상당히 커다랗군요. 용에 필적하는— 아니, 더욱 거대한 새의 이야기는 들은 적이 없습니다. 아공에는 저것과 비슷한 녀석이 한 마리 있습니다만, 지금 하늘에 있는 녀석은 더욱 큰 덩치로군요."

토모에도 감탄한 모습으로 하늘을 올려다보고 있다.

"신님의 탈것이니까 상식은 전혀 통용되지 않아. 아무튼 저곳에서도 보이도록 착지할 만한 장소에다가 표시를 해줘."

"시, 신이라고요?!"

"어, 아니……. 나중에 설명할 테니까. 아무튼 빨리. 그리고, 실례되는 짓은 안 돼."

"……저 새는, 다리가 세 개 있는데다가 발톱도 부리도 예리하군. 난동 부리면 아주 큰일이 날 텐데요?"

"저기에 탄 분보다는 아마 안전할 거야……. 다리가 셋?"

뭐라?

분명 여기에서도 다리가 셋 있다는 게 간신히 보이긴 한다. 왜 몰랐지.

세 다리가 달린 검은 새— 까마귀.

설마…… 야타가라스? 금조에서 바뀌었다는? 진짜?

하, 하하하.

자격을 가지지 못한 사람이 보면 눈이 박살난다는 말을 들었는데 그렇게 되지 않아서 진짜 다행이구나.

야타에는 크다는 뜻이 있다고도 들었던 기억이 나는데 말야……. 너무 크잖아…….

여객기 클래스냐고.

지금 당장에 저런 사이즈의 기둥 문을 세 개나 건설하는 건 도저히 무리다.

"도련님, 표시가 상대 쪽에도 전해졌을 겁니다. 꽤 빠른 속도로 지상에 내려오는군요."

"아, 그래. 사람들한테 저쪽을 너무 쳐다보지 말라고 전달해줘. 그럼 토모에. 가자."

"……분부대로."

스사노오.

설마 내 인생에서 삼귀인 중 두 분과 만나게 될 줄이야.

도대체 누구와 함께 왔는지는 알 수 없지만, 여신과 만났다는 말을 했었다.

아마도 나에게는 좋은 만남이 될 것 같다는 예감은 있다.

그럼에도 사나운 신이자 가끔 파괴신으로도 행동하는 신님과 만남을 앞두고 나는 유례없이 긴장을 했다.

◇◆◇◆◇

머리가 혼란스러워서 전혀 진정이 되질 않았다.

아무튼 결론부터 말하면…… 엄청 무섭다.

까마귀야 원래 날카로운 발톱과 부리를 갖고 있는데 게다가 여객기 비슷하게 덩치가 커다라면 당연히…… 이게 아니라, 무서운 이유는 거기에서 내려선 세 사람(삼신?)의 손님분들 쪽이다.

내가 봤을 때 왼쪽에 있는 분은 살짝 거뭇하게 피부가 탔고 붙임성 좋은 온화한 미소를 띤 영감님. 허리에 두루주머니와 작은 망치를 매달아 놓은 게 인상적이다.

한가운데에 있는 분은 상당히 커스터마이징된 야요이 시대 풍속의 의상을 차려입은 젊은 남자. 얼굴 가득히 미소를 띠고 기분이 좋아 보이는데 아마도 이 사람이 스사노오 님이겠구나.

오른쪽에 있는 분은 여성. 즉 여신님이라고 생각된다. 다만 왼쪽의 노인분과 마찬가지로 이 여성도 얼핏 보기만 해선 이름은 알 수 없었다.

머리카락은 라이트 브라운이라고 표현하면 되는 걸까, 뒤쪽에 빛이 닿아서 가장자리가 밝은 갈색으로 보였다. 신님이 염색을 할 리 없으니까 자기 머리가 저런 색깔이겠네.

그리고 어째서인지 정장 차림이다.

눈빛이 가장 이지적인 느낌이라 복장과 같이 어우러져서 첫 번째 인상은 여신님이라기보다도 능력 있는 커리어 우먼이었다.

"처음 뵙겠습니다. 스사노오 님, 그리고 일행분들. 미스미 마코토입니다."

이렇게 몸소 강림해주셔서 영광입…… 어떻게 미사여구를 붙여야 하나 망설이다가 결국 장황하게 말이 나올 것 같아서 관뒀다.

솔직하게 우러나온 말을 건네자.

덧붙이자면 토모에한테는 허락을 내일 때까지 기다리도록 당부했다.

토모에라면 엉망진창의 언행은 하지 않을 거라고 신뢰할 수 있지만, 이분들은 내가 살았던 세계의 신이고 츠쿠요미 님과 인연이 있는 분이다.

그런 분들이 나를 직접 찾아왔다면 나 스스로 대응해야 한다고 생각했다.

"굳이 마중까지 나와주고 고생이 많아. 미안하네, 「이 세계」의 주인이 직접."

"아뇨! 츠쿠요미 님께는 엄청 신세를 졌습니다. 미안하다는 말씀은 거둬주세요."

정말 츠쿠요미 님에게는 매번 신세만 졌다.

이분들이라면 지금 츠쿠요미 님의 상황을 알고 계실지도 모른다. 그렇게 생각하면 몸소 마중을 나오는 것은 오히려 당연한 예의다.

게다가 이름을 아는 분은 스사노오 님뿐이지만, 거칠다는 이미지가 강하기 때문에 역시 적당적당한 대응은 엄두가 안 나거든?

"그렇게 딱딱하게 굴지 마. 딱히 네가 나쁜 짓을 저지른 것도 아니잖아? 게다가 만약 저질렀어도 우리는 악행을 책망할 수 있는 입장이 아니니까……. 엉? 어어, 알았어."

여신님으로 짐작되는 사람이 팔꿈치로 찔러서 스사노오 님께 자기소개를 재촉해줬다.

"아까 얘기했을 때 알려준 대로 내가 스사노오다."

"나는 대흑천(大黑天)이라네. 보물선의 일곱 복신으로 친숙하게 접했을 테지?"

이어서 옆쪽에 계신 영감님은 대흑천이라고 이름을 알려줬다.

아하, 칠복신으로 유명한 대흑천이구나. 주머니와 작은 망치를 가지고 있는 건 그래선가.

……응?

그런데 대흑천 님이라면, 뭐였더라……. 분명히 또 뭔가 다른 이름이 있어서 놀랐던 기억이 나는데…….

안 되겠다, 떠오르질 않아.

그림으로 봤던 것보다 조금 더 거뭇하기도 하고, 귓불도 생각보다 더 작다. 그래도 분위기는 칠복신답게 온화한 느낌의 영감님.

사납고 거친 스사노오 님과 나란히 서면 차이가 더욱 두드러져서 친절한 인상을 받는 신님이다.

"나는 아테나. 장소에 따라 파라스 아테나라고도 불립니다. 당신의 나라에서 아득히 서쪽에 있는 그리스의 신이에요."

누님은 아테나라고 이름을 알려줬다.

머리카락 색깔이 꽤 평범하구나.

……아, 그건 넘어가고.

대흑천 님과 다르게 이쪽은 상상과 전혀 다르다.

그야 커리어 우먼 스타일이니까 말이야.

안경을 쓰면 잘 어울리겠네.

스사노오 님과 나란히 서면…… 이하 생략.

아무튼 인사를 마친 뒤 집에 초대하기 위해 안내를 시작했다.

도중에 손님들은 아공의 경치 및 거리를 흥미진진하게 둘러보며 감탄하는 모습이었다.

이것저것 질문을 받아서 나와 토모에가 교대로 대답했는데 아공의 근본에 관한 부분은 역시 물어봐도 대답할 수가 없었다.

나와 토모에— 용과 계약해서 발생한 것 같습니다, 이렇게만 대답할 수 있었다.

"죄송합니다. 조금 갑작스러워서 대접할 준비를 다 마치지 못했습니다. 지금 서둘러서 진행 중이니……."

아무리 아공의 인원들을 총동원했어도 금방 식사와 연회 준비를 끝내는 건 무리다. 대화 나누며 천천히 왔다지만, 도착했을 때는 아직껏 다들 분주하게 돌아다니고 있었다.

일단은 회의 따위에 쓰는 가장 넓은 방에 안내해드렸다.

"에이, 신경 쓰지 말래도. 그나저나 제법 재미있는 도시를 만들었구나."

의자에 걸터앉으며 스사노오 님은 가벼운 분위기로 답했다.

"암. 게다가 이렇듯 연회를 준비하고자 마음을 써주는 것만으로도 우리는 기쁘구나."

"정말로요. 게다가 다들 열심히 일하고 있잖아요. 가만 바라봐도 기분이 좋아져요."

세 사람 모두 특별히 마음에 두지는 않는 모습이라서 안심했다.

"감사합니다. 그러면, 저기……. 오늘은 어떤 용건이 있어 오셨나요? 뭔가 이곳에서 하고 싶으신 게 있으시다면 가능한 한 준비하겠습니다만."

그냥 잠깐만 들렀다는 느낌의 대화에서 시작됐지만, 그게 전부는 아니라고 생각됐다.

"음? 형님에게 부탁을 받은 미스미 마코토가 신경 쓰였다는 게 가장 큰 이유인데?"

"달리 용건이 있는가 묻는다면 뭐, 사소한 일이 몇 가지는 있구나."

"나는 단순하게 이곳에 와보고 싶었을 뿐이에요. 실제 이 눈으로 보니 아공이란 정말 재미있고 흥미가 끊이질 않는 장소였어요. 동시에 그 아이에게는 잠시 비밀로 해야 할 곳이라는 생각도 들었지만요."

신님에게는 사소한 일이어도 사람에게는 중대사다.

이 세계의 여신이 한숨 잠들었다가 무슨 일이 벌어졌는지를 떠올리면 잘 이해된다. 그때 사건에서는 직접적인 원인이 아니라 최후의 방아쇠였다는 느낌은 좀 있지만.

"아직 시간이 더 걸릴 것 같아서요. 저기, 「사소한 일」이 무엇인지 가르쳐주시면 감사하겠습니다. 맞다, 혹시 아테나 님께서 바라신다면 아공을 안내해드릴까요?"

"나랑 대흑 영감은 너에게 선물을 가지고 왔다. 아테나는 그 바보 아가씨한테 살짝 매섭게 설교를 하고, 또 목줄을 좀."

모, 목줄?

"스사노오 공."

심상치 않은 의미의 단어가 들린 직후에 아테나 님이 예리한 눈동자로 스사노오 님을 한 번 흘겼다.

무, 무서워요.

"어, 어어. 알았어. 더는 말 안 할게."

스사노오 님까지 쩔쩔매다니, 상당한 무서움이다.

"우후후후. 아, 마코토 공. 안내 제안은 꼭 받아들이고 싶군요."

"그러면 여기 토모에를 안내자로 붙여드릴게요. 제가 가장 신뢰하는 사람 중 한 명이에요. 토모에, 이분께 아공을 두루두루 안내해줄래? 「그것」하고는 다르게 진짜 여신님이니까 진짜, 진짜로 정중하게 모셔."

"아, 알겠습니다. 그럼 아테나 님, 이쪽으로 오시죠."

나의 긴장감이 전해졌는지 토모에도 고분고분한 표정으로 아테나 님을 이끌었다.

아테나 님을 모시고 바깥으로 나가는 토모에의 등을 보다가 나는 충고가 필요하다는 데 생각이 미쳤다.

더 빨리 떠올렸다면 좋았을 텐데……. 어쩔 수 없지.

큰 목소리로 말하면 너무 실례니까 염화로 하자.

'그리고 토모에. 그분, 아마도 승부욕이 좀 강할 수도 있으니까 절대 경쟁이나 겨루기 쪽 발언은 꺼내지도 마. 알았지? 절대로 안 돼.'

'부, 분부대로.'

'군신으로도 공경을 받는 분이니까 미스티오 리자드가 있는 쪽부터 안내 부탁할게.'

'알겠습니다.'

이 정도면 됐다.

자, 그럼 나는 스사노오 님과 대흑천 님을…….

잠시 걸음을 멈추고 있던 아테나 님과 토모에가 다시 다리를 움직여 나아가는 것을 확인한 뒤 돌아섰다.

내 시야에는 스사노오 님과 대흑천 님의 생글생글 웃는 얼굴이 확 들어왔다.

그나저나 파괴신에다가 복의 신에다가 군신인가…….

뭔가 묘한 조합이구나. 특히 대흑천 님이.

그렇잖아, 복의 신이거든?

게다가 불교와 밀교, 신도에도 등장하는 다국적 신님이니까.

일설에는 오오쿠니누시노미코토(大国主命)와 동일시되는 경우도 있고, 아무튼 엄청 굉장한 신님이라는 것은 분명하다.

…….

마하…… 칼라…….

새, 새, 새, 생각났다아—!!

대흑천이면 힌두교의 시바잖아!!

파괴신이잖아!!

세계에서도 최고 수준의 일화가 가득 넘쳐나는, 농담 아니라 국가 정도야 한 호흡으로 모조리 날려버릴 수 있는 신님이라고!!

주로 스사노오 님을 향했던 얼굴 방향을 대흑천 님 쪽으로 바꾼다.

끼기긱, 삐걱거리는 소리가 들릴 만큼 딱딱한 동작이 되어버렸다.

두 분은 모두 생글생글 웃고 계시다.

"저기, 대흑천 님이시면. 시바 님, 맞으시죠?"

"오오, 그렇게 불러주는 곳도 있더구나. 일본인인 마코토 공에게는 대흑천이라는 이름이 훨씬 친숙할 터인데 꽤 견식이 있군?"

"미, 민망합니다아……."

말끝이 갈라진다.

오히려 일본인이어도 칠복신을 전부 말하지는 못해도 시바의 이름은 아는 사람이 더 많을 것 같은데요, 대흑천 님.

아마 복록수(福禄寿)와 수노인(壽老人)에서 막힐 것이라 생각된다.

"그나저나 마코토, 제법 날카로운 말을 하더군?"

스사노오 님이 이쪽으로 몸을 쓱 내밀며 입가를 히죽 비뚤었다.

"네?"

"승부욕이 강하니까 경쟁이나 겨루기 쪽 발언은 관두라며. 와하하하하하!!"

세상에에.

염화가, 다 새어 나갔다?

……그렇다면 설마, 아테나 님에게도!

"아테나 양의 설교가 제법 매섭다지만, 나쁜 마음이 있어서는 아닌지라 기꺼이 용서해줄 게다."

물론 대흑천 님께도 들렸다는 말이네.

어, 엄청난 소리를 떠들어버렸어…….

"참고로 말이다. 사람의 마음을 들여다보는 건 아주 쉬워. 뭐랄까, 그냥 보이거든. 그래도 안심해라. 아테나 아씨한테 방금 전 말은 안 들렸을 거야, 아마도. 네가 의외로 보안 쪽 숨기는 재주가 능숙하더라. 다만 나라든가 형님, 그리고 여기 영감 수준이 신이 상대면 아무래도 무리가 있지. 관심을 갖는 단계에서 사고를 통째로 읽게 되니까."

어어어어, 다시 말하자면, 염화는 물론 마음을 직접 들여다볼 수 있는 건가.

"일단 흥미를 가지면 자동이구나. 무심코 마술을 쓴 「텔레파시」…… 염화인가? 그런 게 아니더라도 저절로 보여버린단다. 나도 복록수와 수노인의 낮은 인지도는 걱정이 되고. 뭐, 마코토 공이라면 혹시 머지않아서 우리에게도 마음을 내보이지 않는 방법을 습득할 수도 있겠다만, 아직 멀었지."

우와아.

신님은 굉장하구나.

아공에도 훽 들어오고, 마음도 읽을 수 있고. 내가 살았던 세계의 신님은 정말 굉장하다.

"이것저것 실례했습니다."

아무튼 사과는 제대로 해 둔다.

"그것보다 말이야. 마코토, 최근에 너 죽을 뻔했던 적은 없었나?"

불쑥 스사노오 님이 질문했다.

"아, 아뇨?"

갑자기 무슨 말씀일까.

"그런가. 두통이 확 난다거나? 코피가 멎질 않는다거나?"

"……있었어요."

거기에는 짚이는 바가 있었다. 그 망할 벌레에게 힘을 받았을 때다.

그래도 죽을 뻔했다는 느낌은…….

—아차, 이렇게 생각만 해도 전해지겠구나.

"……오호라, 역시. 이곳에 온 김에 너한테 나도 무엇인가 힘을 줄 생각이었는데 말이야. 죽기 일보 직전까지 힘을 한가득 주입받은 것 같아서 무슨 일인가 싶었다고. 영감, 알아보겠어?"

…….

무서운 말을 들었다.

대흑천 님이 나를 빤히 살펴본다.

"그 아가씨, 이게 웬 바보짓인가. 아예 세계의 관리— 아마 다섯인가 여섯을 맡았을 텐데 모조리 압수해서 우리 브라흐마에게 전부 몰아줘야 하려는가. 현세에서 썩 유명하지는 않은 만큼 창조신 육성 강의에서는 스파르타 교사란다, 그 녀석."

대흑천 님이 묵직하게 한숨을 쉬었다. 아마 여신의 대책 없는 바보짓에 기가 막혔나 보다.

다행이야.

신님의 기준으로 봐도 걔는 못 써먹을 부류에 속했다.

"그래서? 마코토는 어떻게 된 거야?"

"빈사지경이구나. 오히려 용케 아직껏 살아남았어. 표면 장력이 가득 찬 느낌으로 간신히 버티고 있는 셈이군. 명색이 창조의 힘을 가진 여신이거늘, 어리석은 녀석 같으니. 그저 평범한 사람에게 어찌「언령의 극의」를 들이붓는단 말인가."

"언령의 극의요?"

혹시 이 세계의 말을 이해할 수 있게 된 능력을 말씀하시는 걸까?

극의라는 수식은 좀 멋있긴 한데.

그리고 역시나 나는 그냥 평범한 사람이구나.

아니, 대흑천 님 정도의 스케일로 사물을 보면 평범함의 틀을 벗어나는 게 무척 힘들지도 모르겠다.

"대강 설명하자면 속된 말로 깨달음 중의 하나란다. 요는 일체의 대상과 이야기를 나눌 수 있는 능력이지. 일부 위인밖에 갖지 못했던「레어」한 능력이니라."

"저는 여신에게 휴만과 대화할 수 있게 조치를 받았을 뿐 딱히 대단한 능려—."

아.

맨 처음 여신에게 받았던 게 분명 휴만이 아닌 대상과의 대화 능력이었다.

그리고 얼마 전 휴만하고도 대화할 수 있게 조치를 받았다.

그러니까 둘을 더하면 일체의 대상과…… 이렇게 되는 셈인가.

"오호라, 알겠구나. 그 아가씨, 샛길을 찾아내는 게 특기였으니 말이야. 분명「언령의 극의」에서 한 종류라도 이해를 제외하면 그것은 단지「이해」의 범주에 속하게 되지. 아주 뻔뻔한 수작이로다."

"그래서, 어때. 마코토는 괜찮은 건가?"

"자네가 힘을 부여하는 것은 포기하는 게 좋겠군. 안 그래도 마코토 공의 용량은 한계까지 신의 힘을 받아들인 상태일세. 분명 마코토 공은 마력의 최대량을 늘릴 수 있지 않았던가?"

“네. 그렇다더군요.”

“그럼 그것을 몇 차례 되풀이해보거라. 그럼 어떻게든 능력을 본인의 혼에 담아낼 수 있도록 손을 보태주마.”

“고, 고맙습니다. 그런데 마력량을 늘리는 행위에는 이곳 아공을 넓혀버리는 작용도 있는 것 같아서요, 요즘에는 자제했었는데 어쩌죠?”

“이 세계의 안위 문제라면 우리가 손수 여신의 눈이 닿지 못하도록 방비를 해 둘 테니까 걱정일랑 접어 두게나. 세계의 확대를 염려한다면 역시 신경을 쓸 필요가 없구나. 혹여 힘겨울 때는 우리가 또 와주도록 하마.”

세계가 넓어지는 게 별로 문제가 아닌 건가?

아니, 여신에게 발각될 가능성하고는 딱히 연결시켜서 생각을 못 했었는데 들키지 않게 손을 써주신다니 마음이 든든하네.

“그 바보 여신. 없어도 여러 사람들한테 민폐를 끼치는 녀석이군.”

스사노오 님은 어이없어하며 푸념했다.

맞습니다, 그 말씀에 동감입니다.

6

“크하하핫! 오호라, 그게 마족의 장군이나 되는 녀석이 이런 말로를 맞이하게 된 사연인가!”

스사노오 님이 거하게 너털웃음을 터뜨린다.

연회는 일단 마음이 들어 해주시는 것 같았다.

저분에게 목덜미를 붙잡혀서 축 매달려 있는 조그만 드래곤이 큰 목소리에 깜짝 놀라서 눈을 커다랗게 뜨고는 무슨 짓이냐고 스사노오 님을 바라보고 있다.

그렇습니다, 저게 마족의 장군 레프트 씨라는 사람의 구슬픈 최후입니다.

외모는 물론이고 정신도 유아 퇴행해서 아주 귀여운 새끼 드래곤이 되었다.

다만 귀여운 것은 겉모습뿐이라 조만간 마왕과 대화할 때 문제가 되는 고민거리에 불과하다.

어떻게 해야 할까, 정말로.

마족 장군이라는 말을 들었을 때 반사적으로 「돌려주고 와」라고 외칠 뻔했었지만, 잘 생각하면 이런 상태로 반환해도 무척 안 좋은 결과가 예상된다.

대체 왜 켈류네온 같은 변경의 깡촌에 네 사람밖에 없는 마족 장군 중 하나가 나타났던 거야.

내가 결의를 한 타이밍이 그렇게 처참했던 건가요.

그런 건가요.

"멋지게 힘을 먹혀버렸군……. 어딘가의 애완동물이라는 느낌이야."

"마코토 공의 입장에서는 별달리 좋은 일도 아닐 터인데, 너무 대놓고 웃음을 짓는 게 아닌가?"

대흑천 님은 내 마음을 알아주시는구나.

인자한데 어쩐지 무섭기도 하네, 이분은.

아까도 터무니없는 말을 꺼냈었고.

내가 「야타가라스는 태양의 화신이라는 말도 있던데요, 정말인가요?」라고 물어봤다.

일본에서는 아마 태양의 후광을 등에 지고 다닌다는 구전도 들었던 적이 있었고, 세 개의 다리에도 분명 태양과 관련된 이야기가 있었던 것 같아서…….

그 질문에 대한 대흑천 님의 답변은 이러했다.

하필 태양을 늘 짊어지고 다니면 탈 때 덥지 않겠나? 깜빡 꽉 쥐어서 부숴버릴 수도 있겠군.

스케일이 다르다.

태양을 꽉 쥐어 부숴버린다는 게 무슨 말이야.

그때 나는 상당히 미묘한 표정을 지었던 것 같다. 대흑천 님은 비유를 들어 설명해줬다.

담뱃불을 손으로 잡아서 끄는 느낌이란다, 라고.

점점 더 어떻게 반응해야 되나 알 수가 없어졌다.

"아무튼, 마코토 군은 어떤 방법을 쓸 계획인가요? 마냥 수중에 레프트를 놓아둘 순 없을 텐데요?"

아테나 님이 재미있어하며 묻는다.

성실한 인상의 여신님인데 술이 들어가자 쾌활해지는 분이셨다.

세 분 모두 일본주를 좋아하는지 아공산 일본주도 입맛에 맞는 것 같았다.

맛은 거의 다 재현이 되었다면서 스사노오 님도 맛있다고 인정해줬다.

그러자 토모에가 살짝 묘한 분위기로 기뻐했었지.

"……가능한 한 치료를 하고 시기를 봐서 마족의 영지에 놓아주자고 생각은 하고 있습니다."

"어이구, 어느 세월에! 이봐, 아테나! 넌 아무것도 선물을 안 가져왔지. 여기에서 일이나 좀 하고 가라!"

스사노오 님이 뭔가 억지를 부린다.

아니, 아테나 님뿐 아니라 스사노오 님한테도 대흑천 님한테가 뭔가를 해달라는 마음은 딱히 없거든요?

게다가 이곳을 벌레 여신이 알지 못하게 손을 써주겠다는 말씀만으로도 충분하고요.

—어라, 선물이란 게 뭐지?

스사노오 님과 대흑천 님에게 뭔가 받았던 기억은 없는데?

설마 야타가라스를 놓아두고 갈 작정은…… 에이, 아니겠지.

저렇게 큰 새는 아무래도 많이 곤란하잖아.

"내가?"

"암! 이 녀석의 몸을 적당히 돌려놔주고, 거 뭐냐, 한 달쯤 기억을 지워버리면 아무 문제도 없잖냐."

쉽게 말씀하시네.

시키도 당장 치료를 못 하기 때문에 장기전을 각오했었는데 혹시 신님이면 즉각 치료가 가능한 걸까?

"……술을 좀 마셨어도 그런 정도라면 식은 죽 먹기죠. 음음, 선물 대신이라면 마코토 군에게 절대복종하도록 제약과 함께 내 가호를 부여하는 것이 더 유용하겠군요."

그런 게 진짜 가능하구나…….

"멋지네. 해라, 해버려라~!!"

부채질하지 마!

……그게 아니라, 부채질하지 말아주세요.

그리고 마코토 군이라는 호칭은 간지러우니까 차라리 그냥 이름만 불러주세요, 아테나 님.

"이런, 이 친구들아. 이곳은 우리에게는 타향의 땅이잖은가? 그리 민폐를 끼쳐서야 그 아가씨와 별반 다를 게 없지 않겠나."

대흑천 님이 장난기 가득한 스사노오 님과 아테나 님을 나무란다.

"……확실히."

일순간 취하지 않은 멀쩡한 얼굴로 돌아온 아테나 님이 순순히 고개를 끄덕였다.

"스사노오의 말대로 몸을 돌려놓고 기억을 지운다면 문제는 없을 게다. 몸에 새겨진 공포는 조금 남을 수 있겠으나 그렇게까지 정성껏 지워줄 필요는 없을 테지. 스사노오, 취한 시늉을 하며 아테나 양을 부채질하지 말거라."

"……쳇. 재미있었을 텐데."

"저기, 스사노오 님. 저는 선물은 딱히……."

"그런가! 많이 기대되나 보구나, 마코토!! 안심해라, 분명히 너도 깜짝 놀라게 될 거다!!"

이러고도 안 취했다는 말이구나, 스사노오 님은!

그런 상태로 마냥 웃어넘길 수 없는 장난을 할 생각인 거야?!

모르는 사이에 죽을 뻔했었던 만큼 몸에 신님의 힘을 받아들이는…… 그런 선물은 좀 사양하고 싶은데요?!

그러나 결국 스사노오 님도 대흑천 님도 선물의 내용은 아무것도 가르쳐주지 않았다.

주빈이 술을 꿀꺽꿀꺽 마시는 신님들이었기 때문인지 그날 연회는 몹시도 들떠 올랐다.

행사와 음식을 즐겨주는 손님만큼 기쁜 게 없다.

결국 1등짜리 구경거리는 아테나 님의 마족군 장군 레프트 군을 사용하는 마술이었다.

아테나 님이 경쾌하게 「나아라~!」 말을 꺼내자 레프트 군은 인도 신화의 나가를 연상케 하는 위엄 넘치는 거체로 탈피했다.

엄청난 임팩트였다.

장내, 박수의 폭풍.

진짜 마술이라는 생각밖에 안 들었어.

겉모습은 돌아왔어도 정신은 퇴행한 채 변함이 없는 레프트 군이 이것저것 실수를 하는 모습도 주정뱅이들한테는 호평 같았다.

아테나 님 대만족.

스사노오 님이 나서서 대항한다.

애써 말리는 대흑천 님.

어째서인지 시작되는 가라오케 대회.

흐름을 무시한 채 날아다니는 파이.

……정말 굉장했지.

뭔가 나까지 술에 취해서 머리가 어질어질했고.

신님을 남겨 둔 채 먼저 방으로 돌아가는 한심한 꼴을 보여버렸다.

연회는 평소와는 무척 다른 분위기가 되었지만, 그럼에도 역시 명망있는 술꾼들에 의해 아침까지 이어졌다고 한다.

◇◆◇◆◇

자문한다.

몸에 전혀 힘이 안 들어가는 상황에서 자문한다.

흙이 차갑구나……. 이게 아니라.

나는 이것밖에 안 되냐고.

이 선택이 정말 옳았냐고.

…….

굳이 고민할 것도 없는 문제인가.

나는 이렇듯 땅에 드러누워 있다.

손가락 한 개도 못 움직이겠다.

이것밖에 안 된다.

그럼 아테나 님을 상대로 선택했던 게 잘못이었을까?

스사노오 님이나 대흑천 님을 선택하는 게 맞았다?

농담하지 마.

틀림없이 「이런 정도」로는 안 끝났을 테니까.

선택지가 아테나 님뿐이었어.

엘드워가 만들어준 나의 활 아즈사도, 이름을 붙이지 않은 투척 화살도 시선 저편에서 굴러다니고 있다.

파손되지는 않았다.

과연 대단하네. 초일류 장인이 만든 무기는 달라.

한심하구나.

나만 흐물흐물 녹초가 돼서 못 움직인다.

"마코토, 잠깐 아테나에게 지도 대련을 받아봐라."

연회의 다음 날, 식사를 마친 뒤 스사노오 님이 갑자기 꺼냈던 제안.

당연히 나는 제발 봐달라고 답했다.

상대가 여성 신님이었다는 게 이유였다.

"그럼 까딱 힘 잘못 들어가면 소멸 코스인데 나나 대흑 영감이 괜찮겠냐? 도전 정신이 멋지구나, 마코토."

스사노오 님이 진지한 얼굴로 묻기에 결국 아테나 님과 대련을 하게 되었다.

그리고 보다시피 이런 꼴이고.

다른 종자들도 대련 과정을 같이 봤는데 심지어 미오는 도중에 끼어들려고 하는 낌새가 있었지만, 관전을 하던 두 분께 꼼짝 못하게 붙들렸다.

그러고 보니 손가락 하나 못 움직일 정도의 피로 및 소모는 이 세계에 온 이후 한 번도 느꼈던 적이 없었구나.

이런 감각을 추구하며 얼마 전에는 조바심도 가졌었지만, 요즘은 별로 생각하지 않으려고 하고 있었다.

아직껏 나는 자신을 얼마나 몰아붙일 수 있는지 알지 못했던 것뿐이라는 건 이해가 됐으니까 그 부분은 큰 수확이라고 생각한다.

털썩 쓰러지기 전에 「감사합니다」라고 말은 나왔던 게 그나마 위안인가.

여신 아테나, 군신 아테나.

그 이름에 거짓이 없는 실력이었다.

무섭도록 강하다.

결국 나는 아테나 님의 진짜 실력도 끌어내지 못했던 걸까.

커리어 우먼 분위기의 차림새가 본래의 모습이라고도 진지하게 싸우기 위한 장비라고도 생각되지는 않았는데, 그런 아테나 님에게도 전혀 대항할 수가 없었다.

아마 진지하게 싸우려 하면 신상에 있는 모습처럼 히마티온? 그런 복장을 착용할 테니까.

외양에서 나온 방심이 내 마음에 있었던 것은 사실이고 하고, 벌레 여신에 대해 어쩐지 근거 없는 우월감을 갖기 시작했던 것도 사실이다.

그래도 최초의 일격으로 여성, 성별에서 비롯된 방심은 싹 사라졌다.

몸을 꿰뚫리는 지경까지는 안 갔지만, 마력체가 부서져서 꼴사납게 몸을 비틀며 들이닥치는 창을 피해야 했다.

신님이 상대이니까 맨 처음부터 전력 전개의 밀도로 마력체를 구축했었는데.

아테나 님은 할버드를 손에 들고서, 또한 잇따라 재블린을 소환하며 중거리에서 원거리로 간격을 둔 전투를 펼쳐 나갔다.

나도 이 세계에서 익힌 마술과 활, 마력체를 구사해서 응전.

마지막에는 일말의 마력 소비도 아끼지 않고 옷이랑 반지를 전부 벗어서 필중(必中)에 의지하는 힘의 응수로 끌고 갔다.

아테나 님은 아마도 굳이 내 전법을 받아줄 필요도 없었겠지만, 친절하게 정면 승부를 받아주셨다.

그래도 결과는 완패.

아까운 패배가 절대 아니라 완패였다.

그야 호흡은 살짝 흐트러졌다지만, 아테나 님은 먼지가 묻고 군데군데 찢어진 정장을 쓱싹 재구축한 뒤 아무렇지도 않게 스사노오 님과 대흑천 님과 이야기를 나누고 있다.

아직껏 못 움직이는 나와 너무나 차이가 난다.

나의 공격들 대부분이 아테나 님의 둥글고 큰 방패에 엇나가버렸다.

그 방패, 공중에 떠올랐을 때 형태를 바꾼다거나 가끔 복수로 분열까지 해서 진짜로 까다로웠다.

엉망진창이다, 반칙이다, 전투 중 몇 번이고 소리쳤지.

어쩐지 나와 대치했던 사람들의 마음이 조금이나마 이해가 되네.

몇 발인가 괜찮게 적중되기도 했는데 결국 전부 다 팔을 휘둘러 쳐내는 통에 아무튼 효과가 전혀 없었다.

"……어우, 좋았어. 마지막 우격다짐은 낙제인데 전체적으로 꽤 잘했다, 마코토. 솔직히 내 예상보다 훨씬 잘 버티더라. 도중까지는 괜한 참견이었나 생각이 들 만큼 말이야."

스사노오 님이다.

눈만 움직여서 목소리가 들린 방향을 보니 토모에와 다들 이쪽으로 달려오고 있었다.

관객이 종자들과 신님들뿐이라 다행이었네.

아공의 주민들 모두에게 보여주기에는 조금 한심한 꼴이니까.

하하, 이런 생각을 떠올릴 여유도 생겼구나.

"놀랍더구나. 그리 끈질기게 버틸 수 있다니 말이다. 너는 이제껏 경험했던 싸움에서 고전이 너무 적었던 만큼 맨 처음부터 방심한 채 밀리다가 끝날 듯해서 일순간 실망했었다만, 이 정도면 일단 안심이구나."

스사노오 님도 대흑천 님도 도깨비 같네.

나의 활 선생님에게 필적하는 엄격함이 느껴져.

"그러게요. 아무튼 건투였어요, 마코토 군. 자, 치료해줄게요."

취했을 때의 영향이 남아 아직껏 군을 붙여주는 아테나 님이 가장 다정하다.

"아뇨, 아테나 님. 치료는 괜찮아요. 이런 건 오랜만에 받는 느낌이라서요. 이대로 가만히, 부탁드릴게요."

저쪽에서 살았던 때는 연습에 몰두하며 자주 느꼈던 아무것도 할 수가 없는 심대한 피로.

이쪽에 오고 나서는 한 번도 느끼지 못했다.

내일은 오늘보다 더 앞으로 나아갈 수 있다고 자신을 믿기 위해서 필사적이었던 감각이다.

그러니까 조금 더 잠겨 있고 싶었다.

"마코토, 이것이 신이다. 실제 안 붙어보면 알 수가 없는 게 있었지?"

"……네."

"그 여신과 만에 하나 싸우게 되었을 때 오늘의 경험이 분명 필요할 거다."

"네."

스사노오 님과 다른 분들이 벌레 여신에게 구체적으로 무엇을 했는지는 어쩐지 먼저 물어볼 수가 없었다.

그래도, 적어도 퇴치는 하지 않은 것 같았다.

"그 녀석에게는 몇 가지의 제약, 세계에 대한 간섭 범위의 제한과 관리 세계 증가의 일시 정지 따위를 포함해서 제법 무거운 벌을 내렸다. 이것은 형님이 무사히 조기 부활을 할 것이라 가정하고 내린 잠정적인 처치이지만 말이다."

"츠쿠요미 님, 일찍 다 회복될 수도 있는 건가요. 정말 다행이네요."

만약 전부 나으신다면 살아 있는 동안에 한 번은 더 그분과 만나고 싶네.

"고맙다. 형님도 기뻐할 거야. 아무튼, 여러 처벌을 어기지 못하게 감시하는 의미로 그 녀석들에게는 **어떤 물건을** 장비시켰지."

"버릇을 고칠 때는 목줄이죠. 물론 너무 싫어했던 터라 초커로 바꿔줬지만요. 나는 끝까지 가시가 달린 목줄을 달아 놓자고 두 분께 말씀드렸는데 말이에요. 남성분들은 몇 살을 먹어도 여인에게는 약한 법이라."

아테나 님, 자비가 없구나아.

"의장(意匠)이야 이번 경우에는 제쳐 두기로 했을 뿐이란다. 뭐, 무슨 뜻으로 한 소리냐면 말이다. 우리가 그 여신을 이름으로 부르지 않는 것에도 아마 눈치는 챘을 터인데, 우리도 고것에게 일정한 정도의 배려는 꼭 베풀어줘야 하는 입장에 있단다. 그런 부분을 무시하면 고것과 똑같아져버리는 터라."

역시, 여신의 이름을 언급하지 않은 것은 의도적이었나.

대강 상상은 할 수 있었는데 요컨대 벌레 여신은 내가 알고 있는 신님일지도 모른다는 말이 되겠네.

후보는 몇 사람인가 떠오른다. 글쎄, 누구일까.

"고 녀석은 아직껏 신이라기에 모자람이 없는 힘을 가지고 있다. 본래는 더 이상 마코토 공에게 뭔가 간섭하지 못했겠지만, 그에 앞서는 약속이 있지. 여신은 마코토 공이 휴만과 명백하게 적대하는 상황이라면 마코토 공에게 직접 손을 쓸 수 있단다."

"……네."

"조금 더 우리가 빨리 도착했더라면 그 약속을 하기 전 일을 끝냈을 텐데 말이야. 다만 우리도 가만히 어쩔 수 없다고 물러날 생각은 아니거든. 직접 신과 싸워볼 경험을 쌓을 수 있게 거들어주는 정도는 해줘야지. 형님의 신력을 하사받은 너와 약아빠진 여신을 같이 놓으면 네가 훨씬 더 귀엽거든."

"가, 감사합니다."

"그래, 잘 들어라. 힘에 끌려다니지 마. 중간에 쿨한 전법은 괜찮았어. 그런 걸 숙달시켜야지. 마력의 증대를 무서워하지 마라. 활을 당겨. 넌 잘하고 있어. 아, 만약에 그때가 진짜로 오면 절대로 초커는 부수지 마라. 착용한 부위를 감안하면 웬만해서는 파손되지 않겠지만, 감시가 사라지면 그 바보는 수단을 가리지 않고 너를 없애려고 들 테니 말이야."

스사노오 님의 조언.

초커를 가만 놔두면 전투도 유리하게 이끌고 나갈 수 있다— 고마운 정보였다.

아마도 여신 본인은 풀지 못하는 구조겠지.

상황이 불리해졌을 때 본인이 풀 수 있다면 감시의 의미가 사라져버리니까.

"결코 부끄러운 대결은 아니었어요."

"아무렴."

아테나 님과 대흑천 님도 친절하게 고개를 끄덕여줬다.

하하, 조금 안심이 된다. 신님에게 칭찬을 받을 만한 대결은 됐었구나.

벌레 여신한테 꼼짝 못 하고 당하는 미래는 사절이니까.

그래도 이제…… 이 경험으로 나는 또 자신을 몰아붙일 수 있게 되었다.

이미지는 충분히 남아 있었다.

"그러면 우리는 슬슬 돌아가보마. 나중에 종자에게 잘 치료를 받도록 해라."

"마코토 공, 활은 반드시 매일같이 당기게나. 나와 스사노오의 선물을 어서 찾아내주고."

"아마도 더 이상 생명이 있는 동안에는 만나는 날은 없겠지만요, 언젠가 삶을 완수했을 때 마중을 나와줄게요."

세 분이 말을 남기는 동안 야타가라스가 지상 부근까지 날아서 내려왔다.

갑작스럽네.

왔을 때도 비슷했으니까 별로 놀라지는 않지만.

"감사합니다. 츠쿠요미 님께 안부 전해주세요. 당신께 받은 힘 덕에 어떻게든 살아왔다고요."

"……그래. 꼭 형님께 전해주마. 정말 즐거웠다. 그리고 야타가라스는 누님도 마음에 들어 하시는 녀석이라 네게 줄 수는 없구나. 누님은 그래 보여도 세상 드문 여자 태양신이자 주신이지. 화나게 하면 골칫거리거든."

누님……? 야타가라스……?

아, 아마테라스 님 말이구나.

사고가 전부 다 새어 나간다는 것을 알아도 별로 어떻게 할 수가 없네.

아테나 님과 대결했을 때도 대책이 없었지만, 그런 사정도 포함해서 내가 잘 싸웠다는 말씀이었을까.

뭐, 어때.

야타가라스 씨는 데리고 돌아가주셔야 안심이니까 더 할 말은 없다.

내게 손을 흔들어주시던 세 분의 모습이 사라졌다.

그와 동시에 나를 부르는 목소리.

"도련님!"

"도련님!"

"도련님!"

모두가 바로 곁까지 달려와줬다.

"치료는 안 해도 괜찮아. 미안, 고집부려서. 오늘은 이대로 여기에서 푹 쓰러져 있게 놔둬줘. 롯츠갈드에는, 대충…… 둘러대고."

줄곧 나를 잠으로 끌고 가려고 하는 피로에 저항했었지만, 신님들도 이제는 떠났고…….

후유.

급속도로 의식이 멀어진다.

모든 전부가 오랜만이었다.

제길.

언젠가 여신과 싸워야 하면……. 그때는 기필코 서서 녀석을 내려다봐주겠어.

아슬아슬한 승부는 싫다.

두고 봐, 너를……. 기필코, 압도해줄, 테니까…….

◇◆◇◆◇

"어디, 아테나 양, 아픈 곳은 어디인가요~?"

히죽거리는 표정의 스사노오가 아테나에게 슬슬 다가붙는다.

"성희롱이에요. 쿠시나다 님께 일러바치겠습니다."

"곧장 마누라한테 가는 거냐!!"

세 신들은 야타가라스에 타서 일본에 존재하는— 마코토가 본래 살았던 세계에 귀환하는 도중 마코토와 아테나의 대결을 돌이켜보며 이야깃거리로 삼았다.

"만담은 나중에들 하지. 그래, 아테나 아가씨. 실제 방어에 썼던 왼팔은 감각이 없을 테지?"

대흑천이 지적하자 아테나는 표정을 다잡았다.

"……아뇨, 오른쪽도요."

"중간에 마코토한테 꽤 바짝 몰렸었지? 그때는 언제 네가 제대로 된 장비를 소환하는지 보느라 우리는 히죽히죽 웃음이 멎질 않더라니까?"

"인간…… 아니죠, 그 아이가 조정한 휴만 상대로 그렇게 할 수는 없었죠."

아테나가 팔짱을 끼고 우뚝 일어나 선다.

"어디."

"꺄읏!!"

대흑천이 꼿꼿이 선 다리를 작은 망치로 가볍게 때리자 아테나는 허릿심이 쭉 빠져 주저앉았다.

과연 시바……가 아니라, 단순히 아테나의 오기였다.

"마코토의 마력체에서 발상을 얻어 자신의 마력으로 자신의 몸을 움직이던 것은 꽤 대단하더구나. 나 홀로 마리오네트였군."

"그렇게 마코토한테 흐름을 빼앗아 왔지. 나중에는 집중력이 떨어진 녀석이 무작정 공세를 이어 나가려다가 자멸에 가까운 큰 기술을 연발. 과연 아테나답다, 연륜이 있어."

"나는 아직 젊어요! 나이 운운하는 소리를 두 분께 듣고 싶지는 않습니다!!"

『와하하하하!!』

"뭐, 저런 실력이면 마코토 녀석, 여신과 붙어도 괜찮을 거야."

"십중팔구는 문제없겠더군. 아주 대단해."

"……실제, 자존심 하나로 버텼다는 것은 인정해요. 그 아이, 이미 인간으로서도 주어진 틀을 벗어나고 있잖아요."

"그래도 휴만이니까……. 그곳에는 순수한 인간이 둘이나 끼어들어가 있잖아. 이미 이야기했던 미래를 여신이 왜곡하는 데 유용했기 때문이겠지만, 인간과 마코토가 마주치면 큰일이 날 테지."

두 사람의 인간 용사와 마코토의 접촉에 우려를 표시하는 스사노오.

"망치와 정에 가깝겠군. 인간이 가능성을 조금이라도 자극당한다면 마코토는 그것을 나중에 강렬하게 때려 박아서 열어젖히지. 두 명의 인간에 의해 무수히 펼쳐지는 병행 세계의 처리는 아주 귀찮은 일이었어. 마코토가 가속시켰던 영향도 적잖이 있었을 터이나."

"그 처리의 마지막 뒷수습을 「선물」이라는 말로 마코토에게 떠넘길 작정이잖나, 영감. 귀찮았던 일거리의 보답인가?"

"허허허. 젊은 나이에 고생은 돈을 줘서라도 하는 게 좋잖나. 아가씨는 더 이상 만날 일도 없겠다 말했었다만, 과연 정말이려나. 나는 재회도 있을 것이라 보았네만."

"……내기할래?"

짓궂은 미소를 띠고 내기를 제안하는 스사노오에게 대흑천도 고개를 끄덕거려 보였다.

"아무렴. 아가씨는 안 만난다, 나는 만난다. 스사노오는 어느 쪽인가?"

"나는 만난다에. 고 녀석은 걸어 다니는 깜짝 상자라고. 추후 몇 가지는 불가능을 가능케 할 것 같다는 생각이 들어."

"잠깐만요, 나는 내기를 한다는 말 따위 한 마디도!"

"어이구, 뭐야. 아테나 님 정도 되는 분께서 자기 발언에 자신이 없는 겁니까? 아무 말이나 늘어놓아서야 어느 여신이랑 똑같은 게 아닌가요?"

아테나는 마음대로 대화를 진행하는 두 사람에게 항의하며 소리 높였지만, 스사노오에게 이런 말까지 들은 이상은 물러날 수 없었다.

"끄응."

"에이, 대단한 내기는 아니라니까. 그냥 놀이야, 놀이. 신경 쓰지 말라고!"

납득을 하지 못하겠다는 얼굴로 신음하는 아테나의 등을 스사노오가 퍽퍽 두드렸다.

"내기와는 별개로 둘 정도 묻고 싶은 게 있네만. 괜찮겠나? 아가씨."

"무엇인가요?"

"하나는 마코토의 힘일세. 츠쿠요미 공의 힘, 마코토의 내면에서 어떤 변화를 이루었던가?"

"그건……."

말을 머뭇거리는 아테나.

"숨기지 마라? 네가 거기에 흥미를 가져서 마코토를 살펴봤다는 것은 이미 다 파악했거든? 그런 이유로 네가 마코토를 상대할 수 있게 자리까지 마련해준 거야."

스사노오도 아테나의 견해를 듣고 싶어 했다.

"……빈틈없군요. 게다가 두 분 모두 이미 상상은 하고 계셨을 텐데요."

"역시 아공이라는 그 장소인가?"

"네. 공간을 다루는 자와 맺은 계약이 방아쇠였겠지만요, 대량의 신력을 소비해서 보잘것없는 공간을 세계 규모까지 넓힌 것 같아요. 본래 능력의 성장에 사용되었어야 할 요소의 대부분이 동원됐더군요. 어떤 의미로 마코토 군과 그 세계는 서로 연결되었다고 말할 수 있겠네요."

"그래, 형님의 힘을 현현시키면서 그 묘한 간섭 능력만 남았던 건가. 그게 진짜로 어중간한 능력이었잖아. 「계」라고 했나? 밋밋한 존재감만큼은 형님을 닮았더만."

"제아무리 오래된 신일지언정 월신(月神)의 힘이 창조에 기여한다는 것은 지극히 드문 사례잖은가. 어쩌면 사람과 신의 관계에 있는 새로운 가능성을 증명한 결과인지도 모르겠구나."

"아공이라는 장소가 유난히 일본풍이었던 것은 그 녀석의 향수병이 영향을 준 결과인가. 여신이 혹시 발견이라도 하면 귀찮은 일이 늘어날 뻔했군, 그나저나."

스사노오가 기막히다는 듯이 마코토의 세계를 떠올린다.

"그런 사정도 다소 영향을 끼쳤겠지요. 그쪽에는 간섭하지 못하게 꼼꼼히 대처를 해 두었으니까 다시 걱정할 일은 없을 거예요."

대흑천이 커다랗게 고개를 끄덕거렸다.

납득이 되었던 걸까.

"그럼 한 가지만 더. 마코토의 「필중」, 역시 까다롭던가?"

"……네. 몹시 성가시더군요. 게다가 전투에 몰입한 그 아이는 감정이 상당히 마비되었는지 아무 망설임이 없고 철저한 전투를 펼쳤잖아요. 몇 번이고 몇 번이고 집요하게 노리는 통에 결국은 팔이 안 올라가게 됐을 때는 솔직히 오싹했습니다. 지금 떠올려도 등골이 싸늘해지네요."

"이런이런. 그 아이가 개화할 재능은 활 다루는 솜씨 하나면 좋았을 텐데 말이다. 마코토에게도 그게 더 좋았을 테고. 이미 있는 필중이 활뿐 아니라 마술에도 응용되었잖은가."

대흑천은 쓱 눈에 힘을 주면서 스사노오를 돌아봤다. 그 얼굴에는 비난의 색이 약간이나마 섞여 있었다.

"어, 뭐야. 난 만약에 마코토가 신과 싸우게 돼도 어떻게든 살아 버티라고 조언했을 뿐이거든?"

"……그렇게 선이 지켜지기를 기원할 수밖에 없다는 게 아무래도 많이 답답하구나. 다음에 그 세계의 소식을 듣는 이유가 파괴 의뢰는 아니기를 바라도록 하마."

"그거야 나도 마찬가지지."

"저도요. 신이 관계되었기 때문에 멸망했던 세계도 슬프지만 다수가 존재하니까요."

갑작스럽게 마코토를 방문했던 세 명의 신.

그들이 남긴 선물과 만난 마코토가 부르짖는 것은 그리 머지않은 미래의 이야기이다.

7

“그렇게 됐나……. 분명히 전진이기는 한데 제대로 당했는걸.”

팔짱을 낀 여성이 험한 표정으로 북쪽을 바라보며 중얼거렸다.

스텔라 요새의 자리에서 북으로 수 킬로미터 나아간 적막한 초원에 텐트가 하나. 그 주위에는 방금 전 말을 꺼낸 여성을 포함하여 복수의 인영이 있었다.

“돌아가자. 겨울 행군의 난이도가 높기 때문만은 아니야. 적어도 올해 북으로 진군을 시작하는 것은 완전히 선택지에서 사라졌어.”

잠시간 눈 감고 조용히 상념에 잠겨 있었던 여성은 팔짱을 풀고 한숨을 한 번 쏟았다.

“역시 아무것도 없습니까?”

마술사풍의 남자가 뒤쪽에서 여성에게 말을 건넸다.

“우디. 응, 아마도. 북쪽으로 갈 때 방해라면 받게 되겠지만, 우리가 도움을 얻을 만한 사람이나 도시는 전혀 기대할 수 없을 거야. 거점을 지어 나가며 북진인가. 마족을 상대한다는 건 정말 여러모로 까다롭구나.”

그렇게 대답한 자는 오토나시 히비키— 리미아 왕국의 용사였다.

지금 이 황량한 초원에는 히비키와 같은 파티의 일행들, 아울러 호위를 맡은 기사가 몇 명 있을 뿐.

“언니, 그럼…….”

이어서 일본식 옷에 가까운 복장을 입은 조그마한 여자아이가 조심스럽게 입을 열었다.

히비키와 행동을 함께하는 로렐의 무녀, 치야다.

"랄바 공이 남겼던 말에 따르는 게 되겠네. 조금 더 나중이 되겠다는 생각이었는데 치야의 고향으로 돌아가야겠어."

"그렇구나……. 로렐은 오랜만이야. 다들 잘 지내려나. 사이리츠는 분명히 변함없겠지만."

히비키와 마찬가지로 복잡한 표정을 지었을지언정 다만 치야의 경우 태도를 애써 만들었을 뿐 고향(로렐)의 이름이 나오자마자 입가에 미소가 떠올랐다.

"자, 추워지기 전에 텐트로 들어가자, 치야. 우르로 돌아가서 이번에는 남쪽으로 갈 준비를 해야지."

히비키는 치야의 등을 밀어서 텐트로 돌아가도록 재촉했다.

밝은 분위기로 한 말이었으나 표정은 여전히 딱딱했고 눈도 웃음은 찾아볼 수 없었다.

'그날, 왕도가 침공을 당한 후. 랄바도 그 하얀 사람도 어느 틈인가 사라졌고, 대신 메시지만 남아 있었어. ―치야를 로렐로 귀성시키라고. 의도는 알 수 없지만 랄바의 말이라면 따라볼 가치는 있어. 도중에 학원 도시 롯츠갈드에도 들를 수 있고 말이야. 폐하와 요슈아 님이 주목하고 있는 쿠즈노하 상회도 거기에 있지. 미오 씨나 이제껏 끝내 못 만났던 라이도우라는 사람도 거기에 있으려나. 그냥 감이지만 랄바와 하얀 사람도 쿠즈노하 상회와 관계가 있을 것 같단 말이지…….'

히비키는 그날 왕도 우르에서 구사일생으로 살아남았다. 랄바라며 이름을 밝힌 리치와 그자의 주인인 듯한 하얀 갑옷을 입은 인물에게 구원을 받아.

둘 다 정말이지 말도 안 되는 사람들이었다고 기억에 남아 있었다.

꽤 힘을 키웠다고 자부하던 히비키를 가볍게 상회하는 그들의 이질적인 힘은 변경의 도시 츠이게에서 알게 된 쿠즈노하 상회의 인물들과 비슷했다.

'그리고 상세하게 알아낼 수가 없는 이룸 군의 죽음과 얽힌 진상도 롯츠갈드에 있어. 아직은 어린 치야를 한 번 로렐에 보내주자는 것은 나도 떠올렸던 생각이니까 겨울 동안에 다녀오는 건 나쁘지 않아. ……응, 결정했어. 폐하에게 부탁하자.'

길도 제대로 남아 있지 않은 황야를 한 번만 돌아본다.

"불살랐다는 수준이 아닌 초토화 작전. 계절도 똑같아, 동장군과 나폴레옹이네. 진짜 음습하다니까. 어휴, 이딴 게 게임이었으면 개발 회사가 뒤집어졌을 거야. 용사 상대로 갖고 올 작전이 아니란 말야."

소녀의 푸념은 바람과 함께 사라졌다.

겨울은 이미 가까웠다.

◇◆◇◆◇

마족의 본거지— 그곳은 휴만이 살아가는 곳과 거의 다를 바 없는 도시였다.

오래되었어도 견고한 성과 주위를 둘러싼 거주 지역으로 구성되어 있다.

이 시기에도 이미 눈이 깊숙이 쌓였기에 아침저녁의 시간이면 소리 없는 정적이 지배한다.

"……그런가, 레프트는 역시 자신이 그곳에 있던 이유를 모르는 건가."

성의 일실에서 마왕과 로나의 심각한 대화가 이어지고 있었다.

"넷. 일부 기억을 잃은 상태였습니다. 적어도 저희가 조사를 마친 범위에서는 정신 조작의 흔적은 없었습니다만. 켈류네온에서 도망쳐 나온 병사의 정보를 참고하면 마물에 의한 진군이 발생했다고 추측할 수 있겠습니다."

"그러한 곳을, 장군을 물리치면서까지 원하는 자가 있으리라는 생각도 들지 않는다만. 실상 연락은 되지 않고, 척후도 돌아오지 않고, 부근의 전이진은 전부 꼼꼼하게 파괴되었다라……."

입에서 독백이 새어 나온 뒤 마왕은 잠시 상념에 잠긴 채 입을 다물었다.

"로나, 뭔가 정보는 있나?"

"면목 없습니다. 저 역시 조사를 진행시켰습니다만, 아무것도. 상대의 접촉 시도도 일절 없었습니다."

"……휴만의 작전은 아닌 듯하나 두통거리로군. 계속해서 조사하도록, 다만 피해 상황에 따라 지시를 변경하겠다. 무익하게 병력의 목숨을 잃는 것은 용납되지 않으니까."

"분부대로."

"스텔라 요새 이북을 본 휴만 녀석들이 즉각 침공을 시작할 수는 없을 터. 리미아의 왕도, 그리토니아의 제도, 양쪽 다 피해가 심각하잖은가. 이오, 로나. 아주 잘해주었다."

"……아닙니다. 저희는 임무를 완수하지 못했습니다. 그러한 말씀을 듣기에는……."

마왕이 건넨 치하의 말을 듣고도 장군 이오가 민망해하며 제 거체를 움츠렸다.

왕과 측근의 자리에 있는 장군 둘 이외에 이 방에 있는 인원은 네 명. 모두가 젊고 별다른 발언도 없이 앉아 있었다. 단지 대화에 진지하게 귀를 기울일 따름이다.

"저 역시 마찬가지입니다. 저는 정보 수집을 명령받고도 켈류네온의 일건을 무엇 하나 파악하지 못했습니다. 엄벌에 처하는 것이 타당한 줄로 압니다."

장군 로나도 이오와 같은 생각인지 스스로의 실태를 반성하며 씁쓸하게 얼굴을 구겨뜨렸다.

거인족과 마족……. 종족은 달라도 표정은 같다. 왕에게 받은 명령을 완수하지 못한 분함을 내비치고 있었다.

"후우, 두 사람 모두 신경 쓰지 마라. 반성하는 건 괜찮으나 어서 떨치고 마음을 다잡아야지. 이오는 남방에서 연병을 맡아주게. 로나는 예의…… 쿠즈노하 상회와 회담 준비를 맡아주게나."

"맡겨주십시오."

"즉각 준비하겠습니다. 다행히 라이도우는 아직 저희와 만나는데 긍정적인 분위기였습니다."

"라이도우……. 롯츠갈드에서 온 보고를 들어본 바 이레귤러 같은 존재임은 틀림없는 듯한데……. 기대가 제법 되는구나.”

마왕이 웃는다.

이번 일건에서 라이도우 때문에 책략 하나가 좌초된 것과 다름없었지만, 마왕에게 그것을 신경 쓰는 기색은 전혀 없었다.

적어도 표면상은.

그리고 그 자리에서 한 사람 더, 라이도우의 이름에 강한 반응을 하는 인물이 있었다.

반응한 자는 동석해 있던 네 명 가운데 한 명이다.

“폐하, 저도 라이도우라는 인물과 만나보고 싶습니다.”

“사리인가. 무엇인가 느끼는 것이라도 있었나?”

“네. 신경이 쓰입니다. 로나가 올린 보고를 봤습니다만, 지극히 이질적인 상회라고 생각됩니다.”

사리라고 불린 소녀는 아직 풍모에 앳된 인상이 남은 마족이었다.

그러나 말투도 눈빛도 어른이 무색해지는 냉정함을 갖추고 있었기에 어딘가 언밸런스한 분위기를 만들어 낸다.

“흠, 무엇 때문에 이질적이라 생각했나?”

“쿠즈노하 상회……. 그들은 너무 안정되어 있습니다. 설립한 지 얼마 되지도 않았고 규모는 그리 크지도 않은데 조바심을 전혀 느낄 수 없습니다. 보통은 1년, 1년이 존망과 관련되는 시기인데도 불구하고 말입니다. 마치 모든 것을 스스로 조달하는 것처럼……. 즉 자급자족이 가능한 집단처럼.”

“자급자족? 상회와 잘 어울리는 말은 아니구나.”

“저도 그렇게 생각합니다. 애당초 그자들이 정말 「상회」가 맞는가, 의문마저 느끼고 있습니다. 따라서 저 또한 직접 라이도우라는 인물을 살펴보고 싶습니다."

"……허락하마. 달리 동석하고 싶은 자가 있다면 말하라. 짐의 아이인 만큼 라이도우도 거절은 아니할 테지."

장군 이외에 이곳에 있는 네 명은 마왕의 후계자 후보……. 마왕의 「아이」이다.

다만 모두 혈연이 있는 인물은 아니었다.

마족의 왕은 휴만과 선발하는 방법이 근본적으로 다르다.

왕가의 혈통으로 한정 짓지 않고 우수한 아이를 모아 왕에게 필요한 교육을 실시한다.

거듭 선별을 거쳐서 지금 남은 것이 이렇듯 네 명이었다.

막 발언한 사리는 막내이고 가장 연령이 낮다.

내정 및 외교의 자질은 다른 후보에게 뒤떨어지는 부분도 있지만, 소녀는 정보를 다루는 데 무척 뛰어났다.

마족의 장군 중 로나와 가까웠다.

회의가 끝난 후 로나가 사리에게 말을 건넸다.

"사리 님, 쿠즈노하 상회에 관심을 갖고 계십니까?"

"로나인가. 방금 전에도 폐하께 아뢰었다만, 네가 보고에 올린 라이도우에게 관심이 있다. 폐하는 추후 전쟁의 요소 중 하나로 그자를 보고 판단할 심산인 듯하나 나는 조금 다르군."

"전쟁과 관계가 없단 말씀이온지?"

"나는 마족의 미래에 공헌할 수 있는 존재인지 가늠을 할 목적으로 라이도우를 확인하고 싶다.”

“미래, 말씀입니까.”

“그렇다. 전쟁이 어떻게 결판이 나든 마족의 미래는 이어질 테니.”

“사리 님……. 외람되오나 전쟁에 패배하면 미래도 사라질 것입니다.”

“나는 그렇게 생각하지 않는다. 아니, 분명 각오를 갖고 전쟁에 승리하려는 자세는 올바르다. 다만 다른 견해를 가진 인물이 있는 건 보험이 될 테지.”

“……장군으로서 부대를 맡은 입장인지라 동의할 수는 없습니다만 또 다른 관점이라는 것은 알겠습니다.”

“너는 그러면 된다. 이미 깨달았을 터이나 나는 마왕의 자리에는 딱히 집착이 없어서 말이다. 따라서 이런 생각도 갖고 있는 것이라 생각해다오.”

대화가 어른과 아이가 할 만한 내용이 아니었다.

사리가 특수한 교육을 받은 것은 누구의 눈으로 봐도 명백했다.

“결코 사리 님께서 다른 분들보다 모자란다는 생각은 들지 않습니다만, 어째서 벌써부터 이렇듯 소극적인 생각을 갖고 계시는 겁니까?”

“내정이라면 로세 오라버니, 외교라면 셈 오라버니, 군사라면 루시아 언니가 있기 때문이다. 나는 로세 오라버니가 차기 마왕이 되고, 다른 모두가 보좌를 맡는 것이 최선이라고 생각한다. 누가 마왕으로 선택되든 간에 분쟁하지 않고 저러한 형태를 취할 수 있도록 주선하는 것이 나의 역할이라고 판단하고 있지. 어지간한 불상사가 일어나지 않는 한은 말이다."

"……."

어린 신체에 어울리지 않는 달관한 사고에 압도되어 로나는 무의식중에 다리를 멈춰버렸다.

"그리 복잡한 표정을 짓지 마라, 로나. 나는 사실은 네 이야기를 듣는 게 가장 즐겁다. 오늘도 강의를 잘 부탁하지. 쿠즈노하 상회의 속보여도 상관없다."

소녀는 멈춰 선 로나를 놓아둔 채 척척 앞으로 나아갔다.

로나는 그 확신에 찬 걸음을 잠시 지켜보다가 이윽고 무엇인가를 떨쳐 내려는 듯이 머리를 옆으로 흔들고 다시 걸음을 움직였다.

쿠즈노하 상회와 마족의 회담은 머지않았다.

마코토는 대강 인사나 할 생각이지만, 결코 단출한 만남이 될 리 없었다.

예상치 못한 신의 조력으로 마족군 장군 레프트의 일건을 해결한 마코토. 다만 그 정도는 조짐에 불과하다는 사실을 아직 깨닫지 못했을 것이다.

천천히, 다만 확실하게, 용사와 마족의 발소리는 쿠즈노하 상회에 가까워지고 있었다.

EXTRA 에피소드
약육강식

고기구이라면 잘 팔리지 않으려나.

불현듯 그런 생각이 머리에 떠올랐다.

지금 내 눈앞에는 탁자에 팔꿈치를 짚고 고개 숙인 채 기도하듯 두 손을 깍지 낀 중년의 남성이 한 명.

이곳에는 나와 저 남자밖에 없다.

영업 시간이 아닌 때의 음식점의 홀이니까 사람이 없는 것은 당연하다고도 말할 수 있다.

한편 주방 쪽에는 야간 영업을 위해 재료를 준비하는 요리사들 몇 명의 기척이 느껴졌다.

눈앞에서 고개 숙이고 있는 이 사람이 이곳의 점주이다.

이 사람은 중요한 상담이 있다 말하며 몹시 심각한 표정으로 내게 다가왔었다.

가게가 쉬는 날에 만나면 될 텐데. 다만 이렇게 말하기에는 이 세계에서 가게의 휴일 자체가 극도로 적다.

근면해서 그런 것이 아니라 그저 노동 환경이 열악하기 때문이라서 무척 각박한 일이다.

불의의 사태가 일어나지 않는 한 어느 가게도 한 해에 며칠밖에 휴일이 없는 이러한 운영이 버젓이 통용되고 있다.

"고기구이라면 어떨까?"

방금 전 떠올렸던 생각을 입 밖에 꺼내봤다.

"……고기구이? 라이도우 씨, 분명 우리 가게는 고기를 굽는 게 본업이기는 합니다만."

거하게 한숨 쉬고는 고개 숙였던 주인장이 얼굴을 들어 올렸다.

분명 이곳은 고깃집이다.

진짜 깔끔하게 고깃집이고 상호도 「니쿠야(肉屋)[#2]」인 데다가 제공하는 메뉴도 8할— 아니, 9할은 고기 관련이었다.

그리고 이곳은 내가 츠이게라는 도시에 와서 맨 처음 음식으로 감동했던 가게이기도 하다.

거대한 뼈에 붙은 고기, 통칭 「만화 고기」.

……설마 현실에서 먹게 될 줄은.

응, 지금 돌이켜봐도 멋진 감동이었어.

그 이후 가끔씩 들러서 맛을 즐기고 있다.

그러면서 가게 주인장과 대강 안면을 익혔던 까닭에 이렇게 불쑥 상담을 요청받고도 말을 들어볼 마음이 들었다.

요즘 쿠즈노하 상회의 이름이 점점 유명해지는 이유도 있어 자꾸만 말을 붙이거나 회담을 요청하는 경우가 늘어난 이후, 낯선 사람이 약속도 없이 무작정 찾아오면 대화를 받아주지 않고 돌려보냈었거든.

상담 내용은 몹시 간단하다.

요즘 들어서 가게의 매상이 우하향 곡선인 터라 가게의 주인 본인이 이것저것 대책을 강구해봤지만, 전혀 회복의 조짐이 없고 침

#2 니쿠야 니쿠야(肉屋)는 일본어로 고깃집, 푸줏간 등을 뜻한다.

체만 이어졌다고 한다.

츠이게라는 도시 자체는 날이 갈수록 더 활기를 띠면서 신규 음식점도 쭉쭉 숫자가 늘어나는데 옛날부터 있었던 고깃집은 일방적으로 고객을 잃는 상황.

음식점 주인들의 모임에서도 고참이라는 지위를 겸허히 내려놓고 유행을 타는 가게에다가 조언을 구하는 등 노력을 거듭해도 전혀 개선되지 않았다.

그래서 훌륭하게 성황의 파도에 올라탄 쿠즈노하 상회의 대표라면 무엇인가 멋진 아이디어를 가지고 있지 않겠냐는 생각을 떠올린 것 같다.

아닌가? 그냥 지푸라기를 잡는 느낌으로 이렇게 된 이상 쿠즈노하의 대표라고 괜찮으니까 일단 이야기를 들어다오— 이런 상황이었을까.

처음에는 분야가 다른 쿠즈노하 상회에 상담을 요청하는 데 많이 주저했을 게 분명하겠다.

물론 이 부분은 주인장의 말투 및 태도에서 내가 느꼈던 인상이다.

주인장의 이야기에도 나왔는데 최근 츠이게에서는 어떤 업계도 고참과 신규의 사이에서 대립이 일어나고 있다.

전통 대 유행— 이렇게 이해하기 쉬운 구도도 있고, 더욱 뿌리가 깊은 문제를 감당하게 되는 경우도 있다.

음식 관계의 업계에서는 전자의 골이 있는 것 같고.

고깃집처럼 옛날부터 이 도시에 있었던 가게는 모험가를 대상으로 한 식사가 메인이라서 보통 밤에만 영업을 하고, 무언가 축제나 행사가 있는 날은 낮에도 문을 열 때가 있는 영업을 한다.

내가 왔을 무렵에는 츠이게에서 점심 식사를 제공하는 가게가 전체의 절반 이하였지만, 지금은 점심을 메인으로 하는 가게도 꽤 많아졌다.

어딘가에서 조언을 받아서 고깃집도 지금은 점심 영업을 시작했고, 여성 대상이나 상인 및 가족을 노린 화려한 메뉴를 새로 늘렸다고 했다.

다만 결국은 손님이 계속 줄어들었다던가.

어떤 대책도 완전히 나쁜 생각은 아니었다.

다만 어떤 대책도 츠이게의 옛날 스타일은 아니다. 명백하게 신규 개점파의 수법이었다.

츠이게에서도 상당히 오래된 축에 속하는 고깃집이 굳이 신참의 가게에 머리를 숙여가며 조언을 구하려면 상당한 용기가 필요했을 것이란 건 쉽게 상상이 됐다.

존경한다.

그런데 말야…….

고참 가게의 점유율을 최대한 갉아먹고 싶은 입장에 있는 신규 점포의 주인들이 고깃집을 위해 진지한 조언을 할까?

눈 감으면 코 베어 먹을 지금의 츠이게에서?

기대하기 어렵다.

점심이나 화려한 메뉴도 막 흉내만 내는 게 아니라 이 가게 나름의 특색을 만들지 못한다면 매상 향상으로 연결되지는 않았을 테고.

나는 언제나 같은 음식만 주문했기 때문에 별로 신경을 쓰지 않았었지만, 듣고 보니까 최근 이 가게의 메뉴에서 고기류가 줄고 기묘한 신메뉴가 몇몇 등장했던 것 같다.

새삼스럽게 탁자 위쪽에 놓인 메뉴를 손에 들고 쓱쓱 살펴봤다.

……응. 카오스야.

디저트 종류로 자주 이름을 들었던 향초로 반죽한 면 요리에 바게트— 이쪽은 그나마 괜찮다. 걸작인 것은 쭉 이어지는 잼과 고기의 합체 메뉴. 단짠의 조합에 인생을 바친 게 아닐까 생각되는 수준이다.

메뉴의 이름만큼은 귀여운 주제에 등장하는 접시는 볼륨 초중시.

보너스로 고깃집인데도 디저트 메뉴가 몇 페이지나 된다.

이건 그 뭐냐……. 벽에 손 짚고 전진하는 기본 탈출법으로는 빠져나갈 수 없는 특수한 미로에서 길을 헤매는 느낌이다.

나 같은 사람한테 상담을 하고 싶어지는 마음도 이해된다.

그리고 나도 반성해야겠지.

단골 가게에서 언제나 같은 메뉴밖에 주문을 안 했던 탓에 상담을 요청받을 때까지 이런 위기에 빠진 줄 전혀 깨닫지 못한 셈이니까.

평소에도 이런저런 문제에 더 열심히 시선을 주는 노력이 필요하다.

아무튼, 방금 전 나의 발상은 이런 사연이었다.

고기구이다.

재미있겠네.

좋아, 웬일로 아이디어가 휙휙 떠오른다.

정답이 과연 맞을지는 물론 알 수 없지만, 이 가게가 본래 가지고 있는 강점과 상성도 딱 맞아떨어진다는 생각이 들었다.

요식업은 전문이 아니라지만, 이번 상담에서 최고의 결과를 이끌어 낼 수 있다면 것은 상인으로서 좋은 경험이 될 테니까.

응, 의욕도 제법 높아지는데.

일정은 빠듯하다.

할 일은 나날이 늘어만 간다.

그래도 해보고 싶어.

"라이도우 씨?"

내가 제법 긴 시간을 생각에 잠겨 있었던 터라 주인장은 걱정하며 말을 건넸다.

"아, 네. 설명이 부족했네요. 제 고향에서 먹는 살짝 특이한 고기구이가 있어서요. 이 가게에서도 내놓을 수 있지 않을까 생각했거든요."

"특이한 고기구이입니까. 그러나 고기 가지고는……. 저도 요리사들도 초기에 고집했던 것은 당연히 고기였습니다. 사실 양념도 종류도 온갖 방법을 동원했습니다만, 유행이라는 파도의 앞에 버티지를 못하고……. 큭……."

주인장은 분해서 말을 잇지 못했다.

"그 결과, 손님이 자꾸자꾸 줄어들었군요."

"예. 도대체 무슨 잘못을 한 건지, 어떻게 해야 되는지……. 체면도 내버린 채 같이 오래도록 가게를 운영한 동업자들의 비웃음도 감수하며 유행하는 가게에 닥치는 대로 조언을 구하러 다니기까지 했건만!"

쿵, 탁자를 내리치는 큰 소리가 홀에 울려 퍼진다.

주인장은 원통해하며 이를 악물고 있다.

"제 대에서…… 게다가 유례없이 도시가 성장을 하는 이 시기에 가게를 접는다는 게……. 안 됩니다, 안 되고말고요!!"

대대로 가게를 이은 고집인가.

몇 대째인지는 알지 못하지만, 이 주인장은 사치나 부리다가 선조에게 이어받은 재산을 다 써버리는 몹쓸 망나니는 아니었구나.

그런 사람이 주인이라면 이 가게는 벌써 옛날에 망했겠지.

소재, 관광, 잡화에 보석 장식품……. 지금 츠이게에는 상당히 혹독한 경쟁에 몰린 업계가 많으니까.

그런 점에서는 그야말로 요식업계도 꼭 그런 상황이다.

"비전문가의 생각이기는 한데요, 손님이 자꾸 줄어든 건 아마도 이곳의 변화가 마음에 들지 않았기 때문이라는 이유도 있었을 거예요."

"변화가 마음에 들지, 않았다고요?"

내 말을 듣고 주인장은 의외라는 표정을 지었다.

"예를 들어서 말인데요, 저라면 항상 주문하는 만화 고기가 없어진다면 이곳에는 더 이상 오지 않을 것 같거든요."

"만화 고기……? 아, 그거 말입니까. 누가 처음에 말을 꺼냈는지 몰라도 요즘 만화 고기 몇 개라며 주문하는 손님도 늘어났습니다. 제대로 된 이름이 따로 있는데 어떻게 된 일인지……."

죄송해요……. 아마도 저 때문이에요.

고개를 갸웃거리는 주인장을 앞에 둔 채 나는 마음속으로만 머리를 숙였다.

"결국 이곳 인기의 근본은 고기잖아요. 샐러드나 디저트의 팬 중에 오는 사람은 소수파예요. 이 부분은 틀림없습니다."

"뭐, 유감스럽게도 그렇겠지요."

"그거 말인데요. 그냥 짐작인데 딱히 「유감」스러운 게 아니에요."

"유감스럽지 않다……? 무슨 뜻입니까?"

"고기라면 여기가 제일이라고 생각하는 사람이 이미 일정 수 있다는 것……. 이게 오래된 가게의, 고깃집이 가질 수 있는 강점 아닐까요?"

"우리 가게의 강점……."

"그런데 디저트에 힘을 쏟겠다고 고기 메뉴를 줄었죠. 손님 중에는 자신의 단골 메뉴가 사라져서 고깃집에 발길을 끊은 사람도 분명 있었겠죠. 손님 줄었다는 것은 바꿔서 말하자면 늘어난 메뉴를 기뻐했던 사람 이상으로 줄어든 메뉴 때문에 가게를 떠난 사람이 많았다는 뜻이잖아요."

어울리지 않게 열변을 쏟고 말았다.

"분명히 맞는 말씀인 것 같습니다. 저는 손님이 줄어든 이유는 어딘가 다른 가게에 빼앗겼기 때문이라고 일단 단정부터 짓고 무작정 신규 개점한 가게의 간판 메뉴를 기반으로 우리 가게의 맛을 더하는 새로운 메뉴를 만들어야 한다, 그렇게 요리사들을 닦달만 했으니까요."

……그, 그건 그것대로 꽤 살벌한 신규 뭉개기 방법 같기도 하다.

엉뚱한 길로 빠지지만 않았다면 압도적으로 업계 최고가 되지 않았을까.

그렇다면 이런 엉뚱한 길을 가르쳐준 사람이 근처에 있었던 건가?

예를 들어서 표면적으로는 친절하게 고깃집에 디저트 및 점심 영업을 권한 사람이라든가?

……무서워라.

"그러니까 결국은 고기가 맞다고 생각해요. 고깃집은 끝까지 고기에 고집을 갖고 고기 요리라면 어떤 신규 점포가 등장하든 떡하니 버티고 서서 맞받아치는 거죠. 어떨까요?"

"이상적인 이야기입니다만……. 이미 파이를 빼앗긴 지금 그러한 방식을 쓰기에는 다 늦어버린 게 아니겠습니까?"

"아직 완전히 늦진 않았어요. 다만 제 아이디어를 듣기 전에 몇 가지을 약속해주시죠. 일단 디저트 노선은 버릴 것, 다음으로 당분간 점심 영업은 없애고 밤의 본 영업에만 집중할 것. 마지막, 새로 노선을 정해 나아가는 동안은 다른 의견에 귀를 기울이지 말 것. 약속할 수 있겠어요? 제 예측으로는 상당히 승률이 높은 도박이 되기는 할 텐데요, 마지막 결단은 주인장께서 내려주셔야죠."

주인장은 중얼중얼 혼잣말을 꺼내며 고민하기 시작했다.

"상당히 승률이 높다……? 전문 분야도 다른……. 아니, 어쨌건 실적을 보면 이 사람의 예측은 더할 나위가 없는 성공을 이끌어 냈지. 그러나 지금 매상으로 점심 영업까지 관두면 몇 개월이나 가게가 버틸지……. 게다가 디저트를 주문하는 손님도 분명히 있잖아. 하지만 손님 수 감소는 외면할 수 없는 사실. 그럼 지금의 내게 차선의 대책은 있나? 쿠즈노하 상회의 대표나 되는 사람이 상당히 승률이 높다는 말까지 했는데, 거기에 버금가는 대책이……."

어라?

그렇게까지 막 장담을 하려는 말이 아니라 굳이 말하자면 단순한 기세였는데.

혹시 쿠즈노하 상회의 대표라는 입장으로 발언하면 제법 괜찮은 신뢰성이 있는 듯 받아들여지는 건가?

게다가, 지금 고깃집에 도움을 주면 자동적으로 고깃집을 망하게 만들려고 도움 안 되는 지혜를 보탠 사람들과 대립하겠다는 표시가 될 수도 있겠구나…….

눈앞에서 주인장이 고민에 잠긴 모습을 보고 나 역시 이것저것 가능성을 상상한다.

……뭐, 어떻게든 되겠지.

도움 대신에 악의가 묻은 지혜 운운도 지금 시점에서는 나의 상상에 불과하니까. 실제는 단순히 이 가게에서 헛발질이나 하다가 맞이하게 된 자멸에 불과했을 가능성도 있고.

덧붙여서 고깃집이 없어질 때의 디메리트를 생각해보면 대부분의 음식점에서 출입 금지를 당하는 것이 차라리 낫다.

나로서는 만화 고기가 가장 맛있는 이 가게가 망하길 바라지 않아.

응, 오케이.

본인은 고깃집 마개조를 목표로 전력을 다할 작정이라오.

"……라이도우 씨."

"네."

"모쪼록 잘 부탁드리겠습니다."

자리에서 일어선 주인장이 깊숙이 머리 숙이며 말했다.

계약은 성립됐다.

◇◆◇ 라이언 니쿠야 ◆◇◆

과거에 이곳은 츠이게에서 모험가가 루키라고 불리는 시기를 넘어서면 당연한 듯 축하 연회를 여는 가게였다.

이후에 중견 이상의 실력을 갖춘 모험가가 되면 서서히 거리를 두는 경향은 있었다지만, 변함없이 쭉 사랑해주는 단골도 많았기에 도시의 전통 있는 가게로 자리 잡은 곳이었다.

나는 이곳에서 태어났고, 손님들이 선물 대신에 들려주는 모험담을 듣고 자랐고, 또한 이윽고 당연하게 가게를 이어받았다.

니쿠야 16대 점주, 라이언 니쿠야.

그것이 나의 이름이다.

10대째가 장난기 많은 사람이었다던데, 이 가게와 가문은 일련탁생(一蓮托生)의 운명이라며 본래는 제로스였던 성씨를 니쿠야로 바꿨다.

아버지는 10대째 선조를 가리켜 머리에서 나사가 싹 날아가버린 괴짜라며 분노를 쏟아 냈었다. 다만 탁월한 고기 지식을 보유했을 뿐 아니라 니쿠야라는 이름을 부동의 명물로 만든 천재 요리사로도 알려졌던 10대를 나는 존경하고 있다.

성씨 변경도 아주 잘했다는 생각이 드는 데다가 아버지가 험담

삼아서 늘어놓는 일화는 내게 영웅담에 가까운 감동을 가져다줬다.

당시 영주를 요리로 감동시켜서 그 포상으로 성씨의 변경을 인정받았다니…….

굉장하다.

몇 번을 떠올려도 등줄기가 떨리는 이야기다.

그러나 그 영예로운 니쿠야가 나의 대에서 심각한 위기를 맞이했다.

도시는 드물게 호경기를 맞이하여 오래도록 이곳에서 살아온 나마저도 눈을 의심하게 되는 발전을 이루어 내고 있었다.

음식점이 잇따라 문을 열면서 가게의 숫자는 자꾸자꾸 늘어났다.

물론 가게가 기대할 수 있는 사람의 유입도 전례가 없을 만큼 많았다.

그럼에도 불구하고 고깃집에서는 서서히 손님의 발이 멀어지기만 했다. 그리고 그 흐름은 잠깐의 문제가 아닌 지금에 이르기까지 이어졌다.

나 역시 강구할 만한 수단은 모두 동원했다.

요리도 개선했다. 가격 역시도 폭리를 탐하는 식의 책정은 하지 않았다.

체면도 평판도 버린 채 유행하는 가게를 찾아 시식하며 이야기를 듣고, 손님층을 관찰하고, 우리 고깃집에 손님이 다시 돌아올 수 있도록 전력으로 메뉴를 개발시켰다.

결과는 암담했다.

퍼 담은 물이 손바닥에서 조금씩 새어 나가는 것처럼 경영 악화가 멈추지 않았다.

그러던 중 나는 단골 한 명이 당대에 이름을 날리고 있는 쿠즈노하 상회의 대표라는 사실을 깨달았다.

종업원에게 확인하니 아무래도 상회를 열기 전부터 이곳에 자주 찾아와줬던 것 같았다.

분명 렘브란트 상회의 주선 덕택에 몹시 후대를 받고 있다는 말을 들었던 기억이 난다.

게다가 상회에서는 요리라고 할 만한 종류는 아니지만, 식품도 몇몇 취급한다던가.

만물상이 취급하는 식료품.

솔직히 말하자면 처음에는 별 흥미가 없었다.

행렬이 만들어질 만큼 호평이라는 소문을 듣고도 잠깐 신기해서 손님이 몰렸을 뿐 금방 싫증을 낼 테니 오래갈 리 없다고 생각했었다.

그런데 결과는 어떠한가.

그들은 지금도 끊임없이 행렬을 유지하며 온갖 인기를 독차지하고 있다.

내가 정찰을 갔던 다른 음식점 점주들의 입에서도 쿠즈노하라는 이름은 자주 나왔다.

정말이지 자신에게 진력이 난다.

나는 기껏해야 고기를 보는 안목밖에 재주가 없다.

요리 자체는 요리사에게 맡길뿐더러 최근 개발을 시킨 디저트는 완전히 문외한이다.

나름 노력을 기울였던 경영 역시도 인기가 있는 가게를 분석조차 하지 못했다.

더는 내버릴 체면도 자존심도 없었던 나는 쿠즈노하 상회의 가게에서 내놓는 식품 관련 상품을 책임지고 관리한다는 미오라는 간부 여성과 어떻게든 접촉을 할 방법이 있나 모색했다.

모험가 및 상인 녀석들과 맺어 둔 연줄을 활용해서 면회를 신청했지만 결국 좌절됐다.

실의의 구렁텅이에 빠졌지만 렘브란트 상회가 주최한 정례회에 참석 후 돌아가는 도중 상회의 대표인 라이도우를 오랜만에 발견하고 모험에 나섰다.

이대로는 애써 버티다 망할 뿐.

사람들 눈도 있는 상황에서 적을 많이 둔 저 사람과 접촉하는 것이 어떠한 의미를 갖는지도 지금 와서는 아무 상관이 없었다.

항상 각지를 바삐 뛰어다니는 사람인 만큼 다음에 만날 기회가 언제일지도 알 수가 없다.

고깃집이 망하게 둘 수는 없다― 그 일념만으로 말을 건넸다.

가게의 단골손님이었다는 인연 덕택에 상대는 내 얼굴을 알고 있었나 보다.

곧바로 반쯤 끌어오다시피 가게로 초대한 뒤 상담을 요청했다.

당초 목적은 이렇게 연줄을 만들어 미오라는 여성의 지혜를 빌리려는 계획이었다.

라이도우라는 상인 본인의 능력에 대해서는 물음표를 띄우는 인물도 많다.

상회를 성공으로 인도한 것은 주위의 우수한 인재, 또한 특수한 물품을 들여오는 루트 및 희소한 종족과의 양호한 관계가 뒷받침 되었기 때문이라는 인식이 주류였기 때문이었다.

상회의 평판과는 대조적으로 정작 이자에 대해서는 혹독한 평판 뿐이고, 심지어는 패트릭 씨의 남창이라는 소문까지 나도는 판국이다.

—그러나 이 사람이 정답이었다. 이 사람이야말로 나를, 니쿠야를 구원해주리라.

소문은 믿을 만한 게 못 된다.

머리로는 잘 알면서도 거기에 놀아났던 나 자신이 부끄러웠다.

애당초 그런 수준의 상회를 경영하는 대표이자 주변에 걸출한 인재가 모여든다는 사실 자체가 라이도우의 무능설을 부정해주었는데도.

그날 라이도우 씨는 나에게 자기 고향에서 먹는 고기구이를 제안했다.

고기로 손님의 마음을 붙잡지 못하기 되었기에 더더욱 갖은 개혁을 시도했었는데 고기로 돌아가라니……. 무슨 소리를 하는 것인가. 일순간 실망의 감정이 머릿속을 스쳤던 것은 부정할 수 없다.

그러나 그때 라이도우 씨가 자신만만하게 입을 열었다.

「상당히 승률이 높은 도박」이라고.

연전연승. 전통이 있는 가게든 타 업종이든, 말만 앞서는 게 아니라 손님 숫자와 매상으로 모든 것을 압도하고 있는 잘나가는 상회의 대표가 직접 한 말이다.

또한 이 아이디어를 제공하며 함께 제시했던 조건의 내용에도 마음이 떨렸다.

고생해서 준비했던 만회를 위한 수……. 디저트 및 점심 영업을 그만두라고 한다.

다만 거기에는 제대로 된 의미가 있었다.

그는 곧이어 꼼꼼하게 설명해줬다.

그리고 또 하나, 다른 녀석들의 말에는 귀를 기울이지 않을— 아니, 휘둘리지 말 것.

아마도 나의 가장 큰 패인이었다.

내가 잠시 고민을 털어놓았을 뿐인데 분명 거기까지 다 꿰뚫어 본 것이다.

이런 사람이 무능하다고? 정말 터무니없는 오해다.

운만이 아니다, 인맥만이 아니다. 이 사람에게는 무엇인가가 있다.

어차피 대표는 장식품 노릇이나 하는 상회라며 깔본 녀석들이 쿠즈노하 상회와 승부를 겨룰 수 있었겠는가.

지금이라면 절감할 수 있다.

"그럼 계약은 완료네요."

"아, 잠깐만요. 아직 라이도우 씨에게 드릴 보수를 결정하지 않았습니다만."

이때까지 이 사람은 아이디어 비용이라든가 계약금이라든가 아무튼 돈 이야기는 일절 꺼내지도 않았다.

얼마를 뜯어먹으려는 심산인가 전율이 느껴졌다.

그런데…….

"보수요? 딱히 상회에서 하는 일도 아니고요, 저도 즐거울 것 같거든요. 대충 알아서 챙겨주세요."

"아, 알아서 챙겨달라고요?"

"네. 성공하면 마음에서 우러나온 금액으로 얼마든 상관없어요. 아무튼 고향에서 먹는 스타일의 고기구이라서 말이죠……."

"……."

이자의 태도는 이익 추구와는 대극에 있다. 도저히 상인이 가질 사고방식이 아니었다.

실패하면 보수는 필요 없음을 넌지시 알린 뒤 또한 성공해도 금액은 이쪽에서 결정하면 된다고— 진심으로 꺼내는 말이 저것이다. 이 과하게 젊고 성공한 사람은.

그러면 동화 한 장이어도 불평을 않겠다는 말인가.

다만 목구멍까지 나왔던 내 말은 라이도우 씨의 고기구이 혁명 구상 앞에서 산산이 부서졌다.

"내일 아쉬운 대로 시제품을 가져올 텐데요, 물건이 중요한 게 아니라 조리의 마무리를 손님에게 맡기는 게 비결이라서……."

"무슨, 말씀을, 대체?! 손님한테요?!"

"이 메뉴에서는 기본적으로 얇게 썬 고기를 날로 접시에 담아 제공해요. 그걸 손님들 자리에서 손님 본인이 굽고, 불 조절도 포함해서 좋아하는 단계로 먹을 수 있다는 게 이 고기구이 스타일이거든요."

"저기 말입니다, 분명 참신한 아이디어라는 생각은 듭니다. 다만 고기에 따라서는 굽는 정도를 경험이 없는 손님에게 덜컥 맡겼다간 위험해지는 경우도 많습니다."

그렇다. 손님에게 고기를 굽는 역할이 넘어갔을 때 문제는 단순하게 미식과 부드러움을 담보할 수 없다는 것이 전부는 아니다. 어느 정도로 불에 익혀야 안전하냐는 식생활의 근본과 관련된다.

"그러니까 기본적으로 제공하는 고기는 얇게 썰어서 불이 잘 들게 할 거예요. 게다가 소고기…… 아니지. 으음……. 이쪽에서는 일각수였나 그 아종의 고기면 레어로도 맛있게 먹을 수 있고요, 반대로 돼지…… 텅 고트나 루시아 오크 같은 건 바짝 구워야 할 필요가 있죠. 그 부분은 가게 메뉴에 주의 사항을 잘 적어주면 돼요. 물론 종업원들도 고기를 제공할 때 한마디 덧붙여야겠죠."

이렇듯 이야기를 들어보면 이 사람은 상식 이상으로 고기에 관한 지식을 갖고 있는 듯했다.

게다가 얇게 썰어서 불이 잘 드는 형태로 제공하자는 것은 좋은 생각인지도 모르겠다.

설명을 철저하게 해서 도입 단계만 넘어가면 신상품으로 쓸 만할 것인가…….

고기구이— 실제는 단순하게 신상품의 등장으로 끝나지 않게 된다만, 그때의 나는 아직 이 혁명을 새로운 메뉴의 제안 정도로밖에 생각하지 못했다.

"과연……."

"직접 구워서 먹는 게 독특한 즐거움이 있거든요. 친구들끼리 시끌벅적 떠들 자리에 어울리기도 하고요. 니쿠야에서 갖고 있는 강점을 엄청나게 잘 활용할 수 있을 겁니다. 무엇보다도 살짝 대책을 마련하면 다른 가게에서 간단히 흉내를 낼 수 없는 메리트가 있어요.”

직접 구워서 먹는 즐거움이라……. 나는 느낌이 잘 오지 않았다.

고기에도, 또한 고기를 조리하는 풍경에도 너무 과하게 익숙해졌기 때문이다.

분명 내게는 손님의 시선이라는 것이 부족했다.

다만 그것은 어쨌든 간에 라이도우 씨가 말했던 마지막 한마디가 자꾸 마음에 걸렸다.

명백하게 이상한 말이었으니까.

“분명 재미있을 것 같습니다만, 흉내 내는 건 간단하지 않겠습니까? 고기를 구울 설비는 우리 가게에서 도입하면 어디든 비슷한 물건을 만들 수 있는 데다가 고기를 썰어 제공하는 게 전부라면 심지어 아무 포장마차에서든 가능하겠지요.”

조금 무례한 질문이었는데 상대는 기분이 안 좋아지기는커녕 즐거워하며 고개를 끄덕였다.

“후후후. 그렇게 생각하시나요. 응, 응. 그러면 다음 이야기는 내일 하죠. 완전한 형태는 아니겠지만 직접 해보자고요. 라이언 씨 쪽에서는 특별히 준비할 필요는 없습니다. 오늘과 같은 시간에 다시 문을 열어놔주세요.”

“네, 네엣. 알겠습니다. 잘 부탁드립니다.”

약간의 불안은 거두지 못했다만, 라이도우 씨의 눈에 망설임은 없었다.

그뿐 아니라 오히려 자신감이 가득했다.

반신반의였던 나마저도 불현듯 믿고 의지하자는 생각이 들었을 만큼.

다음 날, 약속한 대로 큰 꾸러미를 손에 든 라이도우 씨가 우리 가게에 왔다.

준비는 필요 없다는 말을 들었지만, 기본적인 방식을 미리 들었기에 요리사에게 미리 몇 종류의 고기를 썰어 놓도록 지시했다.

“오오, 벌써 고기가 준비되어 있네요! ……응, 역시 예상했던 대로야. 그럼 이쪽도 어서 준비를…….”

탁자 중앙에 쿵 꾸러미를 놓은 라이도우 씨는 쭉 꺼내다 둔 고기를 빤히 보다가 만족스럽게 고개를 끄덕였다.

천 꾸러미가 풀리고 내용물이 모습을 드러낸다.

항아리 비슷한 모양의 용기이고 안에는 숯이 들어 있었다. 라이도우 씨는 숯에 불을 붙인 뒤 석쇠 비슷한 물건을 용기 위쪽에 얹었다.

오호라, 저 철망으로 고기를 굽는 것인가.

슬슬 전체 그림이 보이는구나.

생각보다 훨씬 더 간단하다.

“이제 아셨을 텐데 이 철망의 위에 고개를 올려 구워서 먹는 거예요. 뭐, 서둘러야 해서 오늘 갖고 온 물건은 급조품이지만요, 실제 판매를 하면 탁자에 쏙 들어가는 형태로 만드는 게 이상적이겠죠. 그을음이 묻어도 곧장 철망을 교체할 수 있으니까 관리도 편리해요.”

"흐음."

"연기 문제라면 천장에 대규모 배기 설비를 설치하기보다도 현대의 발명품인 무연 로스터― 아, 이름은 아무래도 상관없나. 으음, 아니. 아무튼 말이죠, 이게 만약에 괜찮다는 생각이 드시거든 말씀만 해주시면 저희 쪽에서 쓸 만한 제품을 만들어서 판매할 수도 있으니까 오늘은 아직 신경을 쓰지 않아도 될 겁니다. 연기 대책은 가능하니까 걱정하지 마세요."

"네, 네에."

"그럼 구워볼까요."

라이도우 씨는 철망에 솔로 기름을 살짝 바른 뒤 본인이 같이 가져온 소형 집게로 고기를 능숙하게 얹기 시작했다.

이런 사이즈의 집게라면 손님 자리에 상비시켜도 방해가 되진 않겠군.

나도 따라서 고기를 쭉 늘어놓았다.

오호라……. 고기를 철망 위쪽에 얹어서 단지 구워지기를 기다리는 게 전부인데도 어째서인지 스스로 요리를 하는 기분이 들지 않는가.

그리고 얇게 썬다는 포인트가 충분히 제 역할을 해주고 있다.

내가 상상했던 것보다 훨씬 기다리는 시간이 짧다.

이런 정도라면 이야깃거리가 아주 많지 않아도 무료할 틈은 없겠군. 고기가 구워지는 모습을 지켜보는 사이에 곧 먹을 수 있는 상태가 된다.

"이제, 적당한 때에 쏙 뒤집는다."

"아앗, 라이도우 씨! 그 고기는 조금 더 기다려야!"

라이도우 씨가 덜 구워진 고기에 손을 가져가기에 무심코 제지를 하고 말았다.

"—이렇게, 손님끼리도 말을 주고받을 수 있겠죠?"

"오오, 확실히. 가족과 친구가 같이 식사하면 더 재미있겠군요."

흠.

지금 나는 일 때문에 라이도우 씨와 마주하고 있지만, 상대가 친구나 아내나 아이였다면?

문득 어떠한 이벤트가 머리에 떠올랐다.

안뜰에서 이따금 여는 홈 파티의 바비큐.

물론 본래는 호스트의 입장에서 초대한 손님에게 고기 굽기를 거들어달라고 할 수는 없다.

다만 굽는 장소를 식탁으로 만들어서 다 같이 철망을 두고 앉아서 고기를 굽는다면— 그것을 일이 아니라 즐거움으로 생각해본다면…….

된다.

게다가 점내에서 제공 가능하니까 날씨에 좌우되는 일도 없잖은가.

라이도우 씨의 고향에서 즐겨 먹는다는 고기구이의 심오함을 이제야 나는 깨달을 수 있었다.

"다 구운 고기는 이렇게 자기 접시에 담아서 곧장 먹는다."

라이도우 씨는 본인이 직접 「장만한」 고기에 소금을 한 꼬집 뿌려서 맛있게 입을 오물거렸다.

"당연히 항상 막 구운 고기를 먹을 수 있는 셈입니다. 이것은 심플하면서도 무척 굉장하군요."

"고기의 양념 말인데요, 제공하는 단계에서 밑간을 하는 것도 좋고요. 미리 가게에서 몇 가지 양념장을 준비해서 손님이 직접 선택할 수 있게 제공하는 방법도 있어요."

"그런가……. 썰기만 하는 게 아니라 밑간이라는 일거리가 또 있었군. 게다가 고기에 맞는 양념장이라면 최고 수준으로 준비할 수 있습니다!"

"고기 자체를 소금 간이랑 양념장의 맛에 따라서 나눠 놓고, 또 손님들 자리에 양념장을 몇 종류 갖다 놓죠. 그렇게 하면 메뉴의 수 이상으로 맛의 다양함이 확 넓어지니까 손님께 더한 만족을 줄 수 있을 겁니다."

"처, 천재입니까, 라이도우 씨는!"

결코 호들갑이 아닌 절찬의 말이 입을 뚫고 나왔다.

"아뇨 아뇨 아뇨! 처음에 먼저 말씀드렸던 대로 이 방식은 제 고향에 이미 널리 알려진 식사법이거든요. 저는 똑같이 여기에 들여올 수 있게 도움을 드렸을 뿐이고요."

"아니, 그렇다 해도……."

"아무튼요, 그렇게 메뉴 수 이상으로 손님을 만족시킨다는 것을 전제로 해서 의논할 문제가 있는데 말이죠……."

"예?"

라이도우 씨의 표정이 살짝 흐려지는 듯 보였다.

"처음에는 이 가게가 제공하는 육류 중에서 가장 고객들에게 친숙한 고기만 구이용으로 제공하는 게 무난해요. 라이언 씨가 말씀하셨던 대로 덜 익은 고기를 먹었다가 몸에 탈이 날 위험은 완전히 다 막진 못하거든요. 이곳의 손님으로 중심이 될 모험가라면 그런 위험을 잘 아는 사람도 많을 테니까 별걱정은 없겠지만요……."

"그, 그렇겠지요."

"아무리 설명해도 저질러버리는 사람은 있는 법이잖아요. 아직 빨간데도 먹어버려라~ 하고 부추긴다거나요. 철저하게 주의를 환기시켜서 거듭거듭 설명한 다음, 손님의 자기 책임으로 두고 불만은 접수하지 않는 방법도 있지만, 평판 관리를 중요하게 하는 게 일단은 최고이기도 하고요."

"옳은 말씀이십니다."

제아무리 정성껏 설명하더라도 굽는 과정을 손님에게 맡기는 이상 반드시 따라붙는 문제다.

"그러니까 주인장과 직원들의 풍부한 고기 지식을 활용해서 고기구이에 적합한 고기를 세 종류나 네 종류로 선별한 다음 메뉴를 작성하는 게 처음의 한 수로는 최적이지 싶네요."

"라이도우 씨, 굉장합니다. 제가 말입니다, 해낼 수 있을 것 같습니다. 아뇨, 이 방식은 틀림없이 유행하리라 장담할 수 있습니다! ……다만."

"뭔가요?"

"석쇠의 구조도, 고기의 선별도, 막상 가게에 늘어놓은 다음엔 역시 대번에 도둑을 맞아버릴 듯싶습니다. 그 부분이 아무래도 좀 걱정되는군요. 라이도우 씨가 다른 가게에서는 흉내를 내지 못하리라 말씀하셨던 근거를 가르쳐주실 수 있겠습니까?"

제아무리 획기적인 메뉴도 유사 상품이 대량으로 나와버린다면 오래가지는 못한다.

다만 라이도우 씨는 태연하게 나의 걱정을 받아넘겼다.

"아, 별거 아니에요."

"별거 아니라고요?!"

"아하하. 지금 막 먹은 고기들 말인데요, 소금만 뿌려도 엄청 맛있었거든요. 고기마다 다른 식감과 풍미를 즐길 수 있었습니다."

"그 말씀은…… 네, 감사합니다."

고기의 맛을 칭찬해준다는 것은 기쁘다만, 도대체 이 사람은 무슨 말을 하려는 걸까.

"저는 얼마 전에야 알았는데요. 예를 들어서 막 도축한 일각수의 고기를 작게 썰어서 당일 밤에 구워 먹으면 이것과 같은 맛이 날까요?"

"안 납니다. 기본적으로 짐승 고기는 도축한 뒤 얼마간 숙성 기간을 두지 않으면 충분한 맛이 나오지가 않는 법입니다. 일각수라면……. 뭐, 제 경험을 말씀드리자면 1주일 정도는 나중에 먹지 않으면 딱딱하고 힘줄이 당기는 터라 제대로 먹을 수가 없더군요."

"그렇겠죠. 다만 오늘 먹게 된 일각수는 진짜 맛있었어요. 그건 여기가 니쿠야이기 때문입니다. 맞죠?"

"저는 고기를 보는 안목과 관리밖에 재주가 없는지라 그 부분만큼은 철저하게 공부를 계속하고 있습니다. 물론 일각수의 숙성 분야도 일선에서 통용될 만한 지식은 보유했다고 자부합니다. 정석을 따른 숙성보다 더 괜찮은 맛을 보장할 수 있지요."

"네, 그렇겠죠. 절대 간단하게 흉내 내지는 못할 장인의 기술이니까요."

"음?!"

—장인의 기술.

막상 이러한 말을 들으려니 살짝 민망한 감정이 앞섰지만, 분명 고기의 숙상은 내가 잘 갈고닦았고 또한 앞으로도 쭉 연마해 나갈 장인의 기술임이 분명했다.

자신에게도 타인에게도 두루 자랑할 수 있는 유일한 스킬이기도 하다.

"그리고 혹시 깨달으셨나요? 고기의 종류, 부위에 따라 써는 방식 및 두께가 각각 다르잖아요. 전부 다 똑같은 두께로 잘라 놓은 게 아니에요."

"요리사들도 저희 가게에서 오래도록 고기를 만져왔으니까요. 철망에 구워서 먹을 테니까 얇게 썰어달라고 먹는 방법을 알려주니 최적의 모양으로 잘라서……. 그랬던 건가."

"이 가게의 감각으로 말하면 이 접시는 그냥 썬 고기를 늘어놓은 게 전부일 수도 있겠지만요, 절대로 그런 게 아니에요. 저는 크기에 대해 언급하는 걸 깜빡 잊었었는데 꼼꼼하게 한입 크기에 맞춰 조각조각 썰어주셨잖아요. 여기 직원분들은 모두 우수하시네요."

"……."

우리 가게의, 니쿠야의 강점.

이런…… 이런 당연한 사실마저도 나는 보지 못했던 건가.

"걱정 마세요. 절대로 쉽게 흉내는 못 낼걸요. 고기 숙성도 써는 방식도, 제공하는 고기의 종류도 부위도, 밑간도 양념장도 전부 다 니쿠야 이상으로 능숙한 곳은 없잖아요? 아니면, 다른 가게도 설마 똑같을까요?"

"심술궂은 말씀을 하십니다. 예, 기존의 가게에도 신규 가게에도, 어떤 가게에도 지지 않습니다. 우리 가게가 최고죠. 고기만큼은 절대 양보하지 않습니다. 음……? 다만 라이도우 씨, 당신은 「살짝 대책을 마련하면」 흉내를 내지 못하리라 말씀하셨지요. 우리 가게만큼 고기에 정통한 곳이 이 도시에 없는 이상은 오히려 절대 흉내가 불가능한 것 아닙니까?"

이 사람은 나의 수중에 있었던 무기를 다시 떠올리게 해줬다.

게다가 그뿐 아니라 가게를 지키기 위한 방패까지 가르쳐줬다.

"그럼요. 세계 어딘가에는 비슷한 경지의 맹자가 존재할지도 모르겠습니다만, 굳이 츠이게에서 이곳과 경쟁하며 영업을 할 바에야 다른 나라에 가게를 내는 게 편하겠죠."

"그러면 저기, 대책이 굳이 필요한 이유는 무엇입니까?"

"이 가게의 종업원이라면 가능하니까요. 즉 인재 빼돌리기라는 문제입니다."

"아!!"

"그러니까 대책이 필요한 거죠. 적어도 이 가게의 중추에 있는 사람들은 라이언 씨와 비슷할 만큼 이 고깃집을 좋아하는 마음을 가져줘야 합니다. 그렇게 되면 중요한 직원이 빠져나가는 불상사는 미연에 막을 수 있게 되겠죠."

"가능…… 가능합니까? 그런 게."

"조건과 환경에 따라서는, 아마도요. 맨 처음 선별을 거치거나 설득을 하는 등의 필요는 있겠지만요. 저 같은 사람한테까지 상담을 하러 올 정도였다면 무척 절박하셨을 텐데 이왕에 확 사비를 들이시죠."

"……어, 으음. 그 말씀은, 제가 말입니까?"

"당연히요. 노동 조건도 이번에 싹 고치는 게 어떨까요? 제일 먼저 인건비를 깎아 직원이 빠듯한 처지에 놓인다면 금방 티가 나잖아요. 그게 나쁜 수라고 생각하거든요. 인재가 바로 보물이에요, 라이언 씨."

라이도우 씨가 말하자 무섭도록 설득력이 있는 주장이었다.

인재가 바로 보물인가.

분명 사람은 있는 게 당연하다는 생각만 가져온지라 이익이 줄면 제일 먼저 급료 삭감과 해고로 버텼었다.

그래서 무엇인가가 개선되었는가 자문하면 막상 아무런 효과가 없었더랬지.

그렇다면 그것도 잘못이었다는 말인가.

가장 지출이 큰 부분을 절약해서 손님에게는 조금이라도 좋은 고기를 좋은 상태로 제공하는 데 오랜 세월 노력했었다만…….

사람에게 돈을 아끼지 말라는 것이 라이도우 씨의 방침이었나.

―나도 이번 기회에 본을 받도록 할까.

고기구이 혁명에 대해 들었을 때 이미 충격을 받았던 나는 이 사람의 이어지는 발언에 진지하게 귀를 기울이기로 했다.

그 놀라운 개혁안은 라이도우 씨의 이 말에서 시작되었다.

"라이언 씨의 가장 큰 소망은 돈벌이가 아니라 더 많은 사람에게 이 가게의, 고기의 훌륭한 맛을 널리 알려주고 사랑받는 데 있잖아요?"

◇◆◇◆◇

츠이게의 전통 있는 음식점 중 하나, 니쿠야.

최근 매상의 침체 때문에 우책과 악수를 남발하며 많은 동업자에게 냉소와 모멸을 받아왔던 가게지만, 그들의 기행은 결국 동정심을 불러오기까지 했다.

결국 니쿠야도 폐점인가.

그런 소문이 요식업계에 흘러 다니기 시작했으니.

그 계기가 된 황당무계한 기행— 츠이게 굴지의 실력자 렘브란트 상회의 대표를 맡은 패트릭의 귀에 들어온 것은 이러한 내용이었다.

"니쿠야의 당대가 이미 해고했던 종업원에게 머리를 숙이며 다니고 있다?"

"예. 신뢰할 만한 정보입니다."

패트릭이 가장 믿음을 주는 집사이자 측근이기도 한 모리스는 기막히다는 표정으로 되묻는 주인의 말에 힘주어 고개를 끄덕이며 답했다.

"……결국에는. 그곳은 이러니저러니 해도 살아남을 줄 생각했건마는 살짝 예측이 어긋났는가."

"다만……."

"뭔가?"

"최근 그자의 주위에서 라이도우라는 이름을 드문드문 듣게 되었습니다."

"……훗. 그런 사연이었나. 라이도우 공인가. 맞아, 학원 도시의 사건 이후에 가끔 츠이게에 돌아온다는 말을 들었지."

"뒷수습을 위해 움직이시겠습니까?"

뒷수습.

모리스의 방금 말에는 두 가지 의미가 포함되었다.

하나는 니쿠야에, 또 다른 하나는 패트릭에게 있어 몹시도 소중한 은인이자 항상 주목하고 있는 상인이기도 한 라이도우에게 도움을 줄 것인가. 이러한 의미였다.

당연히 모리스는 고개를 끄덕거리는 주인을 상정한 뒤 이미 몇 가지 대책을 마련해서 준비 중이었다.

다만 예상과 몹시 다른 대답을 듣게 되었다.

"……아니. 잠시만 상황을 보도록 하지. 그자는 얼마 전 정례회 때 만난 게 마지막이다만……. 글쎄, 기대를 가져볼까. 라이도우 공의 지금과 이곳 츠이게에서 버텨온 전통 있는 가게의 저력을 잠시나마 더 지켜보고 싶어졌다네."

"……괜찮으시겠습니까?"

"그래, 이렇게 처리해주게. 라이도우 공이 하는 일이잖은가. 사태가 잘 진척되어 마무리되면 내게도 웃는 얼굴로 보고를 하러 와 주겠지."

"알겠습니다. 그럼 주시하는 데서 보류하겠습니다."

자신의 개혁이 어느 틈인가 패트릭 렘브란트의 흥미까지 끌었을 줄은 꿈에도 모른 채 라이언 니쿠야에 의한 혁명 준비는 착착 진행되었다.

◇◆◇◆◇

고깃집의 홀 3분의 1가량이 개장이라는 명목하에 두꺼운 천막으로 뒤덮인 지 열흘이 지나갔다.

일백 정도의 자리를 열흘이나 못 쓰게 된 개장이다.

나와 라이언 씨의 입장에서는 고기구이용 탁자의 도입을 위한 개장이었지만, 동업자 및 일부 손님들은 폐점의 사전 준비라고 잘못된 추측을 하는 분위기였다.

실제 하루 중 피크 시간대에도 홀 절반을 채우는 것이 고작이었을 지경까지 손님의 수가 떨어졌으니까 저런 생각을 해도 어쩔 수 없겠다.

그런 실정을 직접 목격하고 라이언 씨는 눈물을 글썽거렸지만 전부 오늘까지다.

내가 제안했던 대로 주인장은 현대인의 기준에 꽤 가까운 노동 조건을 받아들였다. 이 세계의 상식으로는 생각할 수 없는 좋은 조건이다.

물론 일하는 사람 입장의 이야기이고, 경영자— 즉 라이언 씨가 보았을 때는 피를 토할 고용 조건이었다.

그래도 주인장은 정말 손님이 늘어서 가게가 숨을 되찾을 수 있길 바란다며 각오를 다지며 승낙했다. 지금 고깃집의 노동 조건은 쿠즈노하 상회보다도 좋은 대우라고도 말할 수 있는 상태까지 올라갔다.

우리 경우는 가게를 쉬어도 다들 각각의 종족에서 진행하는 자주 훈련이나 합동 훈련에 참가한다며 아무튼 쉬질 않으니까 말이야.

노동 시간을 주휴 2일 수준으로 설정해봐도 실제는 에도 시대의 고용살이 비슷하게 휴식을 취할 뿐이거든.

뭐, 우리 쪽 사정은 넘어가고.

고깃집의 노동 기준에서 라이언 씨가 고집을 부려 추가했던 것은 두 가지였다.

하나는 배반에 대한 강력한 제재.

나는 좀 아리송하다는 생각인데 따지고 보면 내가 말을 꺼냈던 직원 빼돌리기에 대한 경종이 원인이었다. 라이언 씨는 그 가능성을 무척 두려워했다.

넌지시 배반하면 이 도시에서 살지 못하게 만들어주마, 정도의 공갈 비슷하게 받아들여야 할 내용이었다.

다른 하나는 진급과 추후의 노동 조건에 대해.

방금 전 내용이 채찍이면 이쪽은 사탕이다.

지금도 다른 가게에서는 절대 기대할 수 없는 후대인데 그마저도 최저한의 조건으로 생각한다는 것, 앞으로 가게의 발전에 따라 진급의 가능성이 농후하다는 것과 장인들에게는 다른 도시로 떠나 독립할 때 지원해주는 프로그램도 검토하고 있다는 등의 사안이

고지되었다.

그리고 바야흐로 지금, 개점 전 홀에 종업원이 전원 소집되어 집회가 열리고 있다.

최근 들어서 영업 악화에 따라 해고되었던 종업원도 도시에 남아 있었던 사람은 새로운 조건으로 재고용을 제안하여 가게로 돌아와주도록 라이언 씨가 몸소 찾아다니며 머리를 숙이고 왔다.

이미 도시를 떠나버린 사람들도 행방을 수소문해서 가끔 방문한다고 들었다.

본래 해고의 경위라고 할까, 내보내는 방법이랄까. 그런 게 이 세계의 기준으로 봐도 나쁘지 않았었는지 이미 새로운 일에서 보람을 찾은 몇 명 이외에는 라이언 씨의 사죄와 제안을 받아들여서 가게에 돌아와줬다.

돌아오지 않는 선택을 한 사람들에게도 정당한 퇴직금을 — 명목일 뿐 실은 입막음 비용 — 전달하여 고깃집의 정보는 일절 누설하지 않는 약속을 받아 냈다던가.

……퇴직금 같은 제도가 이 세계에는 거의 없으니까.

그 사람들한테는 하늘에서 돈이 떨어진 듯한 기분이었을지도 모르겠다.

"그러면 오늘 영업부터 드디어 신메뉴「고기구이」를 개시합니다. 연수는 만전이며 여러분의 지식도 충분한 수준으로 올라왔습니다. 첫날의 손님 다수는 초대한 분들입니다만, 그냥 찾아와주시는 손님이어도 빈자리가 있다면 적극 고기구이를 추천해주십시오. 잘 부탁합니다!"

라이언 씨의 맺음말에 이어서 종업원들은 주인장의 의욕 이상으로 열기가 담긴 대답을 했다.

그렇다. 이제 연수는 완전히 종료.

오늘은 초대 손님과 맞이하는 고기구이의 도입 첫날이다.

초대객은 렘브란트 씨처럼 진정한 의미로 초대하는 손님뿐 아니라 화제 만들기를 위해서 떠들어줄 사람— 솔직하게 말하자면 바람잡이가 섞여 있었지만, 모두 다 처음으로 고기구이를 맛봐줄 손님이라는 것은 틀림없다.

내가 말을 붙였던 모험가 토아의 파티도 그중 하나였다.

최근 토아의 활약은 그야말로 황야의 최전선에서 싸우는 일류 모험가다웠고, 토아와 동료들의 파티에 동경심을 갖는 모험가도 제법 있었다.

이 경우는 바람잡이라는 말이 아니라 광고 도우미라고 표현하는 게 적당하려나.

덧붙이면 렘브란트 씨를 부른 사람도 나다.

쾌히 승낙해줘서 다행이다.

렘브란트 씨의 이름을 꺼낸 순간에 라이언 씨가 엄청나게 긴장했었는데 괜찮을까.

개장 부분을 덮어 놓았던 막이 치워졌다. 개점을 앞두고 최종 체크가 진행된다.

소집된 직원들은 모두 오늘부터 개시할 고기구기에 대해 공부를 이미 마쳤고, 실제 체험까지 해봤다.

결과는 물론 대호평.

홀 담당자와 주방 담당자, 양쪽 다 새로운 스타일의 고기 요리에 자신감을 가져주었다.

무엇보다 지금 이곳에는 오늘 근무할 예정이 아닌 휴무 직원들도 함께 모여 있었다.

점포의 규모를 감안해도 상당히 많다.

이 인원수를 보면 라이언 씨가 진심으로 일주일에 이틀의 휴일을 준비했다는 것을 모두가 인식할 테지.

아마도 주인장도 이런 목적을 갖고 일부러 전원을 불러 모았을 거야.

이번 건에서 주인장은 인건비를 중심으로 상당한 사비를 소모했다.

만에 하나라도 문제는 없을 거라 생각하지만, 혹시 장사가 안 되면 고깃집은 진짜 위험해진다. 재기 불능으로 몰릴 수 있었다.

그래도 아직 내장 관계의 부위라든가 신기한 고기라는 비장의 무기도 있고 예비 전력은 충분했다.

분명히 잘될 거야.

그런 미묘한 불안과 이제까지 고깃집에서 겪은 고생을 다시 떠올리는 동안에 집회가 끝났다.

곧 개점이다.

나는 특별히 할 일이 없으니까 구석에서 가게의 상황을 관찰하며 내가 주도해서 초대한 몇 명의 손님이 오면 라이언 씨와 함께 인사를 다닐 계획이었다.

"라이도우 씨, 드디어 여기까지 끌고 왔습니다. 오늘 우리 가게는 츠이게의 고기, 그 천하를 잡을 겁니다!"

라이언 씨가 콧김을 세게 뿜으며 말했다.

아, 맞다.

요즘 들어서 라이언 씨는「고기의 왕」을 목표로 나아가겠다며 의욕이 가득하다.

연수 중 장인 정신을 가끔 자극해줬더니 어느 틈인가 주인장과 요리사 몇 명의 기합이 엄청나게 쭉쭉 올라가버렸다.

아공에서 토모에라든가 미오가 주민 여러분을 훈련하는 와중에 쏟아 내는 말을 참고해서 가볍고 부드러운 걸 골라 분발할 수 있게 들려줬을 뿐인데 제법 효과가 좋았나 보다.

이미 진지하게 분점을 목표로 세워 눈빛이 바뀐 요리사도 있다.

"좋은 자세예요. 저는 홀의 한쪽에서 상황을 지켜볼 테니까 저와 관계된 손님이 오시면 불러주세요. 숫자가 아주 많지는 않아도 역시 인사는 직접 해야겠죠."

"라이도우 씨가 불러주신 분이라면 숫자의 문제가 아닌 지위부터가 엄청난 터라 같이 계셔주시지 않으면 제가 난처합니다. 반드시 알려드릴 테니 안심하십시오."

라이언 씨는 표정을 바짝 다잡으며 장담한 뒤 종업원들의 지휘를 위해 돌아갔다.

얼마 뒤 가게가 문을 열었다.

평소와 같은 탁자를 향해 다가가는 손님이 드문드문 입점하는 한편, 오늘 리뉴얼 오픈에 초대받은 손님이 다른 입구에서 내점하기 시작한다.

오, 고기구이 제1호 손님인가.

리미아 왕도에서 전투를 벌인 뒤 기분 전환을 할 생각으로 제법 시간을 할애해서 몰두했었던 만큼 오늘의 결과는 나도 꽤 신경 쓰인다.

이제 시간이 좀 더 지나면 대국을 순회하게 될지도 모르는 상황이니까 더더욱.

종업원에게 안내를 받은 초대객이 고기구이용 탁자 앞쪽에 앉았다.

그러고 보니 저 탁자, 생각보다도 제작에 많은 공이 들었다.

풍로 비슷한 물건을 그냥 탁자에 끼워 넣기만 하면 되는 게 아니었다.

탁자의 맨 위쪽 널빤지 중심부를 원형으로 파내서 거기에다가 풍로와 철망을 끼워 넣는 형태로 설정, 살짝 깊이를 줘서 바깥의 둘레 부분에 연기를 빨아들이는 구멍도 설치했다.

빨아들인 연기는 탁자의 다리 부분에서 지면을 타고 이동한 뒤 가게 바깥으로 배출되는 대규모 설비로 마무리됐다.

일본에 있던 고기구이 식당에서 먹었을 때는 신경을 아예 안 썼는데 무연 로스터라는 게 제법 굉장한 물건이었더라.

간단하게 생각했었던 만큼 시범 단계에서는 엘드워 여러분에게 많은 노고를 끼쳐버렸다.

물론 당사자들도 즐거워하며 맡아준 분위기였으니까 다행이지만.

아공에서도 고기구이를 먹을 수 있게 들여놓겠습니다, 하고 웃는 얼굴로 복귀하던 모습이 인상에 남아 있다. 조만간 우리 집에 고기구이용 탁자가 생기는 건 확실하겠네.

토아가 가게에 오는 시간은 좀 나중이라고 미리 듣기도 했고, 그 녀석들은 눈에 띄니까 피크를 피한 시간에 오도록 말해 두었다.

렘브란트 씨는 1년 내내 바쁜 몸이니까 과연 언제쯤 와주려나 전혀 짐작이 안 된다.

한동안은 손님의 반응을 가만히 관찰하며…… 응?

뭐지?

라이언 씨가 안색이 확 바뀌어서 이쪽으로 온다.

달리는 듯한 속도인데 틀림없이 걷고 있어……. 은근슬쩍 굉장한 접객 기술을 갖고 있었구나, 주인장.

에리스가 가끔 입에 담았던 접객의 비기 운운이 혹시 진짜로 업계에 있었던 걸까.

"라이도우어씨이이잉!!"

발음까지 수상쩍어졌고.

어딘가의 중국계 이름 같잖아요.

제대로 패닉에 빠진 상태인데, 그럼에도 손님의 시선을 끌지 않도록 주의를 기울이니까 달리 말하면 냉정 패닉 상태다.

"저기, 트러블이라도?"

"아뇨! 렘브란트 부부와 집사 모리스 씨, 그리고 교분이 있는 상회의 일행분들이 여섯 명이나 내점해주셨습니다!"

어어?!

빨랏. 아직 가게를 연 지 30분도 안 지났는데.

라이언 씨의 시선 저편에는 확실히 렘브란트 씨와 사모님, 그리고 회합에서 몇 번인가 만난 적 있는 상회의 대표자가 세 명.

집사 모리스 씨는 뭔가 종업원을 불러 세워서 대화 나누고 있다.

렘브란트 씨, 일이 산처럼 쌓여 있다고 호쾌하게 웃었었는데.

전부 끝내고 온 걸까.

다 끝냈겠지…….

저 사람은 초인 상인의 모범이다. 진짜 부러워.

"그러면 미리 준비해 둔 특별석으로 안내한 뒤 저희도 인사를 하러 가시죠."

"라이도우 씨는 요만큼도 긴장을 안 하는 얼굴이군요. 역시 거물입니다."

"일행분들은 얼굴을 아는 정도인데 렘브란트 씨 부부와 따님하고는 친하게 지내는 사이이기도 하고요, 오늘도 두 분과 만나서 이야기를 나누다 왔거든요. 의지할 수 있는 분이라고 생각합니다만, 그렇게까지 긴장하거나 무서워할 필요는 없지 않을까요?"

"……아무래도 좀, 저의 입장에서는 구름 위에 있는 분이라서. 아무튼 접객은 잘 부탁드리겠습니다."

"라이언 씨도 이 도시에서 10대를 넘게 이어온 가게의 주인이시니까 너무 저자세로 나가지는 않아도……."

이렇게 쓴웃음과 함께 말을 나누며 렘브란트 씨의 자리로.

"오셨습니까, 두 분! 오늘 개장을 축하합니다! 재미있는 고기 요리를 즐길 수 있다고 들어서 말입니다, 어쩌다 보니 예정에 없던 지인분들도 데려오게 되었습니다. 미안하군요."

생글거리며 말을 건넨 사람은 렘브란트 씨. 모리스 씨도 일어나서 꾸벅 인사했다.

"종업원분들이 유연하고 기분 좋게 응대해주시더군요. 감사합니다."

나도 지금 이때까지 사모님과 모리스 씨까지 세 분이 오는 줄 생각했었다.

다만 탁자도 의자도 6인분의 준비는 문제없이 갖춰져 있다.

예정 인원을 감안하면 조금 호들갑이었겠지만, 라이언 씨가 세 개의 로스터를 장비한 큰 탁자 자리를 확보해 둔 덕분이었다.

이런 게 좋은 방향으로 맞아떨어졌다는 것은 길조라고 생각한다.

"니쿠야의 점주, 라이언이라고 합니다. 오늘 이렇듯 바쁘신 와중에 내점해주셔서 진심으로 감사합니다. 본점에서 자신을 갖고 추천드리는 새로운 고기 요리를 아무쪼록 마음껏 즐겨주십시오."

무사히 인사의 말을 읊은 라이언 씨가 요리의 설명 및 주의 사항으로 이어 나가자 도중에 렘브란트 씨를 포함해서 모든 손님의 눈이 놀라움을 머금은 채로 로스터에 쏠렸다.

그건 그렇고 사모님의 복장이 굉장하구나.

렘브란트 씨 일행의 차림새는 업무 복장의 연장선이라는 느낌인데 반해 빈틈없는 정장이다.

아니, 특별히 화려하다는 말은 아니야.

쪽빛처럼 짙은 청색 계열로 마감을 한 차분한 복장이다.

만에 하나 음식이 묻어도 별로 눈에 들어오지 않을 짙은 색. 하얀옷이면 아무래도 고기구이에는 잘 안 맞는다고 말할 수밖에 없겠지만, 이런 차림이면 안심이 된다.

그러면서도 가슴께의 목걸이라든가 묶어 올린 머리카락이 화려함을 연출해주고 있다.

으음, 어른이구나.

결코 요란하지는 않은데 여성으로서 엄청 매력적이랄까, 자신을 돋보이는 방법을 잘 알고 있다.

피부를 노출만 하면 되는 게 아니거든.

그리고 저 옷, 틀림없이 비싸.

공부가 된다.

……여장의 공부라는 의미가 아니야. 그런 취향은 없어.

너무 뚫어져라 쳐다볼 생각은 아니었는데 내 시선을 알아차렸는지 사모님이 빙긋 미소를 지어줬다.

아, 반갑습니다……. 이게 아니라.

안 되지, 안 되지. 이렇게 넋 놓고 쳐다보면 안 되잖아.

손님이 손수 고기를 굽는 방식에 놀라며 렘브란트 씨와 손님들은 고기를 철망 위쪽에 늘어놓기 시작했다.

지금은 딱히 굽는 방식이 어려운 메뉴는 아니다. 대강 본인이 다 구워졌다 생각할 때쯤 먹어버려도 괜찮은 고기뿐이었다.

울트라 전문가처럼 굽지 않아도 최고의 숙성을 마친 고기를 즐길 수 있는 셈이다.

"맛있군! 이미 밑간을 해 놓은 건가. 게다가 소금과 양념장도……. 네 종류. 으으음, 고기를 이렇게 제공한다는 것은 맹점이었군. 정말 대단해."

렘브란트 씨는 이런저런 조합을 시험하면서 한 조각 한 조각을 쓱쓱 먹었다.

“보통 철망으로 구우면 고기가 달라붙어서 난처합니다만, 기름을 발랐을 뿐 아니라 철망에 뭔가 연구를 한 것 같군요. 어쩐지 잘 눌어붙지도 않는 느낌을 받습니다.”

모리스 씨는 철망에 눈을 돌리며 이미 마음에 드는 양념장을 찾아냈는지 살짝 편향된 셀렉트로 고기를 먹는다.

“연기를 빨아들여주는 것도 무척 반가운 설비네요. 물론 한 줄기도 남김없이 제거하지는 못할 테지만, 시야가 무척 깨끗하고 눈이 아프지도 않은걸요. 이런 방식이면 기름이 많은 부분도 안심하고 구울 수 있겠어요. 한 조각이 너무 크지 않다는 것도 여성으로서는 고맙네요.”

사모님은 의외로 갈비 계열의 기름이 많은 고기를 중심으로 즐기며 가끔 산뜻한 맛의 고기로 입가심하고 있다.

렘브란트 씨가 데리고 온 세 명의 상인도 차례차례 찬사를 입에 담았다.

고기를 자르는 방식이며 크기도 마음에 들어 하고 있었다.

“……소문을 듣자 하니까 이 가게는 지난 세월과 전통이 아쉽게도 폐점의 위기라는 말이 많았던지라 조금 불안이 있었는데 결국 기우였군요. 과연 패트릭 님의 현안이군요. 이런 참신한 스타일을 모색해서 준비를 진행했다는 것을 한발 먼저 꿰뚫어 보신 겁니까.”

“정말 놀랐습니다. 유행을 좇아가지 않는, 외양에 의지하지 않는 고기의 참맛. 이것이야말로 니쿠야의 원점. 드디어 깨달으셨군요. 분명 수많은 이 가게의 팬이 쭉 고대해왔던 메뉴입니다, 주인장. 저 역시 기쁩니다."

"거래를 진행할 때 이용할 가게가 한 군데 늘었군요. 패트릭 씨, 오늘 제안에 진정 감사드립니다. 그리고 라이언 씨, 훌륭합니다. 분명 유행할 겁니다. 게다가 절대 일회성으로 끝날 리 없어요. 니쿠야의— 아니, 이 도시의 명물이 될 만한 힘을 가지고 있습니다."

같이 온 상인들 모두에게도 호평이었다.

특히 한 명은 이 가게를 이미 잘 아는 말투였으니까 최근의 변화가 유감스러웠던 옛 단골손님이었는지도 모르겠다.

그리고 모두의 입에서 공통되어 나왔던 말은 「맛있다」 이외에도 또 하나.

저마다 「즐겁다」라고 말해주었다.

내가 듣고 싶었던 말이다.

즐겁고 맛있으니까 고기구이는 굉장하다.

그 부분을 알아준다면 나에게는 이미 성공이었다.

"그래, 이것이 이번 쿠즈노하 매직— 아니, 마개장(魔改装)인가. 변함없이 굉장한 아이템을 갖고 계셨군, 라이도우 공은."

상인 사이의 담소가 잠시 멈추게 된 타이밍에 렘브란트 씨가 나에게 말을 건넸다.

마개장.

누가 갖다가 붙인 거야.

"아니에요, 애당초 니쿠야라는 가게 수준의 전문적인 고기 지식이 없으면 이렇게 일을 벌이지도 못했을걸요. 게다가 이번에는 쿠즈노하 상회가 아니라 제가 개인적으로 도움을 드렸을 뿐이라서요."

"……자네가 개인적으로 조언을 한 건가."

"그것도 고향의 요리 가게에서 아이디어를 살짝 알려드렸을 뿐이에요. 뭐, 저도 이 가게의 단골이니까 조금 힘이 되어주고 싶었거든요. 이런 걸 쿠즈노하 매직이라고 말하기에는 평소 열심히 노력해주는 가게 사람들에게 미안하죠. 아하하하."

"변함없구나, 자네는. 그러나 이래서 좋은 거야. 이래야 라이도우 공이 아니겠는가. 고기구이라. 고깃집의 고기구이. 이름도 간단해서 좋군. 앞으로도 자주 방문해야겠어. 물론 홍보도 맡겨주게나. 그나저나 라이도우 공의 추천은 무엇인가?"

"감사합니다!!"

오, 렘브란트 씨에게 합격을 받았나 보다.

라이언 씨가 머리 숙이며 렘브란트 씨에게 답례를 늘어놓는 동안에 나는 머릿속으로 추천할 음식을 찾아봤다.

그걸로 할까.

"그러게요. 물론 고기는 전부 다 추천이라 골라낼 수가 없으니까 저는 버섯을, 이 표고버섯을 추천할게요. 그리고 이거, 야채 카미하 찜도 괜찮겠네요."

카미하 찜이라는 것은 커다랗고 튼튼한 카미하 나무의 잎을 쓴 포일 찜 비슷한 음식이다. 이 잎사귀는 쓸데없는 풋내가 없고 열에도 강해서 알루미늄 포일의 대용품이 된다.

"어머, 맛있겠네요. 그랬군요, 고기뿐 아니라 야채도 있었네요, 여기."

사모님이 야채에 반응했다.

뭐, 고기의 임팩트가 너무 강해서 이렇게 되는 거네.

가게 이름도 고깃집이고.

초대한 사람의 탁자에는 야채를 듬뿍 담아서 서비스로 먼저 제공하는 것도 괜찮겠구나 싶네.

나중에 라이언 씨에게 제안하자.

"오호, 버섯에 야채인가. 표고버섯이라는 말은 들어본 적이 없다만, 직접 구워서 먹는 종류인가?"

"네, 저희 쪽에서 공급하는 버섯이라 반쯤 영업이 되어버리는데요. 자신은 있습니다. 버섯을 못 먹는 분이 아니라면 꼭 한 번은 시식을 해보세요."

"그럼 그것을 6인분 부탁하지."

"네, 금방 가져다드리겠습니다."

렘브란트 씨의 시선이 움직이자 미리 대기하고 있던 종업원이 재빨리 주문받은 음식을 가지러 갔다.

의욕이 가득하다. 반응이 빨라.

"이왕에 온 김에 야채 카미하 찜이라는 요리도 사람 수대로 가져다주게."

"알겠습니다."

버섯을 못 먹는 사람은 없었구나.

구운 표고버섯은 물론 맛있지만, 풍미가 좀 강해서 원래 버섯을 못 먹는 사람에게는 아무래도 권하기가 어렵잖아.

"으음, 카미하 찜이라면 모험가들이 야영할 때 자주 먹는다는 음식 중 비슷한 찜이 있었다고 기억을 합니다만."

모리스 씨가 기억을 더듬는 표정으로 저 이름을 입에 담았다.

정답이다.

이름을 거기에서 따왔다. 쉽게 준비할 수 있는 카미하의 나뭇잎으로 식자재를 감싸서 불에 익히기만 하면 되는 간단한 메뉴라서 제대로 된 요리 기구를 들고 다닐 수 없는 모험가들에게도 인기였다.

"그 말씀이 맞아요. 이곳 츠이게는 많은 모험가가 모이는 도시. 그러니까 하나 정도는 그 사람들을 참고로 메뉴를 만들 수 없을까 고민하다가 제가 고집을 좀 부렸습니다."

"딱히 누군가가 권리를 갖고 있지도 않으니까 말입니다. 잘 다듬어서 「고깃집풍」의 메뉴에 올려놓는 것도 재미있군요."

"네, 이것도 자신작이에요. 야영 때는 식자재 및 조미료를 원하는 대로 골라서 쓰지 못하니까 일부러 육류를 내용물에서 빼고, 고깃집에서 야채만 특제 소스를 넣어 찐 일품으로 만들어 냈죠."

"고기를 뺐단 말입니까! 대담한 시도군요. 확실히 석쇠 위쪽에 카미하로 식자재를 감싸 올려놓으면 찜 요리도 가능하지요. 구운 야채도 찐 야채도 가능하다는 게 아주 절묘합니다. 저 모리스, 감복했습니다."

"감사합니다. 이건 비밀인데요, 여기에 와 계시는 여러분께만 특별히 가르쳐드리겠습니다. 이 스타일이 궤도에 잘 올라가면 다음은 해산물도 들여올까 생각 중이에요."

"세상에……!"

고기뿐 아니라.

구운 야채에 찐 야채. 그리고 시푸드까지.

이 수는 폭넓은 손님의 위를 붙잡기 위한 계획이라고 살짝만 말을 흘린다.

아이디어를 도둑맞을 위험성은 제로가 아니지만, 지금 이곳에 있는 렘브란트 씨와 사모님과 집사를 제외하고 다른 세 사람에게서 새어 나갈 수밖에 없다.

렘브란트 씨가 동석한 자리에서 나온 이야기니까 절대로 간단한 일이 아니겠지만.

그런고로 별로 누설의 걱정은 하지 않는다.

"자, 라이도우 공이 이렇게 더욱 즐거운 이야기도 들려주셨고, 슬슬 우리들끼리 편하게 즐기도록 할까. 보는 바대로 성황이니까 마냥 두 사람을 독점해서야 다른 사람들에게 미안하지."

잎 꾸러미 틈으로 김이 나오기 시작하고 큼지막한 버섯이 접시에 담겨 나왔을 때 렘브란트 씨가 인사는 충분하다는 의미의 말을 꺼내줬다.

라이언 씨와 함께 꾸벅 인사한 뒤 자리를 뜬다.

입구의 문이 열렸을 때 토아의 파티가 예정보다 많은 인원을 데리고 찾아온 것이 보였다. 게다가 토모에와 미오도 바깥에서 이미 대기하는 중임을 알 수 있었다.

토아……. 초대에 응해 찾아와준 것은 기쁜데, 어째서 연락도 없이 사람 숫자를 늘린 거야. 자리가 없으면 어떡하려고.

그리고 토모에와 미오도 혼잡한 피크 타임은 피하도록 당부했는데 손님이 가장 불어날 시간인 지금 바깥에 있다.

설마 줄곧 저기에서 기다릴 작정인가.

아무러면 내가 고기구이의 향(냄새뿐 아니라)이 가득 찬 이곳에서 줄곧 바깥에다가 세워 둔다는 도깨비 같은 짓을 할까 봐.

아예 토아와 같은 자리에— 아니, 별로 안 좋겠구나.

이번에 저 종자 두 사람에게는 켈류네온에서 별개 행동을 맡도록 번거로운 명령도 했었잖아.

어쩔 수 없네. 아까 전 야채의 제안을 하는 겸사겸사 잠깐 라이언 씨에게 자리를 마련할 수 없을까 부탁해볼까.

"죄송해요, 라이언 씨. 사실 저희 쪽 인원 두 명이 예정보다 빨리 와버려서요. 어딘가 작은 탁자라도 괜찮으니까 빈 곳은 없을까요?"

"두 분이면……. 토모에 님과 미오 님입니까?!"

"네. 바깥에서 기다리고 있어요. 그리고 곁눈질로 힐끔 보였는데요, 토아도 꽤 사람을 많이 데리고 왔더라고요. 난처한 녀석들이기는 한데 대응을 부탁드려도 될까요?"

"물론이죠, 자리는 미리 확보했습니다! 초대받은 사람은 곱절 이상의 일행을 데리고 와주시는 것이 상대에 대한 축하의 관례이니까요. 전혀 문제없습니다."

……진짜냐.

직접 초대를 받은 사람들 말고 더 잔뜩 데려와야 상대가 기뻐하니까?

으으음, 대강 아는 줄 알았는데 알지 못했던 츠이게의 관례가 또 하나.

머리에 넣어 두자.

렘브란트 씨 일행의 탁자가 큼지막했던 이유도 이런 방문을 예상했기 때문이었나.

“그리고 인사 순회 말인데요, 저는 토아와 토모에, 미오 쪽을 먼저 마칠 테니까 라이언 씨는 그동안 다른 초대객분들을 부탁드립니다.”

“네, 렘브란트 씨께서 일찍 마무리를 지어주신 덕에 문제없습니다. 다행히 자유석도 차기 시작했고 말이죠. 남은 자리는 각자 돌아보도록 하십시다. 그럼 나중에 다시.”

“네.”

라이언 씨와 헤어져서 나는 이미 자리를 잡고 앉아 있었던 토아 파티 +α(알파)가 있는 곳으로.

토아는 최근에 정보 교환을 하고 있다는 5인조의 파티와 함께 찾아와줬다. 먼저 고기구이의 스타일을 설명한 뒤 몇몇 추천 메뉴를 소개했다.

벌써부터 토아의 여동생 리논이 고기구이 담당을 자처하고 나서는지라 무심코 쓴웃음을 짓고 말았다.

초대면인 사람들과 자기소개를 마친 뒤 인사 대신에 최근 모험가의 동향이며 황야의 탐색에 대해 정보를 교환했다. 고기구이 메뉴는 모험가에게도 상당히 좋은 느낌이었는지 야영을 떠올리게 하주면서도 제대로 된 식당의 요리로 완성시켰다며 칭찬을 말을 해주었다.

일단 가게의 홍보를 부탁한 다음 토모에와 미오도 오늘 밤 온다고 짧게 가르쳐주고 토아 일행의 자리를 뒤로했다.

라이언 씨는 그동안 몇 건의 인사를 마친 듯했다.

더 짧은 시간에, 다만 손님에게는 안 좋은 느낌을 주지 않는 싹싹한 인사가 가능하면 도움이 많이 되는구나.

오늘 밤 하루뿐이라 참고하기에 조금 모자라겠지만, 라이언 씨의 행동거지를 가능한 한 꼼꼼하게 봐 둬야겠다.

이제 다음은 토모에와 미오다.

쿠즈노하 상회에서는 일단 두 사람만을 리뉴얼 오픈에 초대했다.

이쪽의 관습에 대해 내가 몰랐던 만큼 당연히 달랑 두 사람만 내점.

뭐, 저 녀석들은 가족이니까 딱히 상관은 없겠네.

어라. 두 사람 모두 처음으로 보는 복장을 입고 왔구나.

토모에는 남성 취향의 서양식 정장 차림. 남장을 한 미인이라는 노선은 안 바뀌었네.

미오는…… 서양풍이기는 한데 뭐랄까, 메이지 시대풍의 드레스?

내가 보기에는 레트로 감성이 있는 일본과 서양의 복합 드레스로 차려입었다.

두 사람에게는 염화로도 이만 들어오라고 말을 전했다.

그랬더니 직후에는 벌써 정면까지 와 있더라고요.

에스퍼 버금가는 직감이다.

"도련님께서 가게에 초대해주는 날은 좀처럼 없는지라 살짝 복장에 힘을 들였습니다."

"이런 옷은 거의 안 입으니까요, 어쩐지 진정이 되질 않네요. 이상하진 않나요? 도련님."

"아주 잘 어울려."

"그렇죠! 가끔은 서양의 옷도 괜찮겠다고 생각을 했답니다, 후후후후."

서양식 옷은 어쨌든 간에 설마 토모에가 정장을 입을 줄은 상상도 못했거든.

"저요, 마치 아주 옛날부터 익숙하게 입은 옷이라는 생각이 들어요."

……미오, 되게 좋아하는구나.

"오늘 메인은 고기의 전문가가 전력을 다해 준비한 고기구이야. 집에서 구워 먹을 때와는 또 다른 시점과 식감이 있지. 토모에는 미오 몫까지 뺏어 먹다가 싸우지 말 것. 고기가 사라지지는 않으니까. 미오는 연구만 하지 말고 맛있게 먹자. 알았지?"

"그리고 그 자리에는 물론 도련님도 같이 앉아주시겠지요?"

"그렇겠죠?"

"그래, 쭉 한자리에 붙어 있을 순 없지만, 가능한 한은. 역시 다 같이 연회를 여는 자리와 별개로 두 사람에게는 제대로 답례의 말을 하고 싶었거든. 이번에 정말 고마웠어, 둘 모두."

"……이미 오늘의 고기는 최고라고 결정됐군요."

"지고의 조미료가 더해졌는걸요, 당연하죠."

아하하…….

고기도 잘 맛봐야 된다, 너희들.

어쩐지 찡한 분위기를 연출하는 토모에와 미오를 앉힌 뒤 나도 착석했다.

아까 토아에게 두 사람의 말을 전해줬으니까 아마도 인사를 하러 올 것 같은데, 뭐, 둘 모두 기분이 좋으니까 문제없겠지.

"우오오! 맛있군, 역시 표고버섯은 철망 구이가 좋아! 그리고 고기! 어떤가, 이 감미로운 향과 농후한 맛은! 설비와 야채를 수주하기 위한 도움인 줄 생각했거늘 아주 굉장한 결과군요, 도련님! 볼 때와 겪을 때 크게 차이가 난다는 것은 그야말로 이런 경우를 두고 하는 말이군요!"

토모에는 「고기구이 따위 결국은 실내 바비큐 아닙니까?」라고 말했으면서 이런 반응이다.

이 녀석의 먹지도 않고 심통부터 부리는 단계가 끝났으니까 아공에도 단번에 고기구이가 보급되지 않으려나.

"이렇게 숙성을 하는 방법이 있었다니……. 그리고 살점 하나의 두께, 크기……. 고기의 부위마다 맛을 최대한으로 살리기 위해 철저하게 계산을 마쳤구나. 미리 준비해준 양념장도 절묘하고. 양념장의 맛으로 대충 먹게 만드는 고기는 얼마든지 있습니다만, 이 고기는 격이 달라요. 이런 지경으로 고기에 경의를 표시할 수 있는 가게였다니……. 놓치고 지나쳤던 것이 실수였습니다. 어째서 이런 가게가 과일 잼과 일각수 고기의 아이스 파르페라는 식자재에 대한 모독과 다름없는 메뉴를 내어놓았던 걸까요. 너무 이상한데요."

미오는 니쿠야의 흑역사를 다 알고 있었구나. 과연 군것질과 압박 수련의 여왕답다.

어쨌든 간에 호평이라 다행이야.

어느 틈인가 고깃집의 고기구이 코너는 만석.

일반석도 자리가 없어 기다리는 사람들로 성황이다.

첫 개시는 최고구나.

오랜만에 겪는 분주함.

폐점 후 라이언 씨가 보여줬던 최고의 웃음이 이날 영업의 모든 것을 대변해줬다.

◇◆◇◆◇

츠이게를 찾는 모험가라면 한 번은 이야기를 들었을 전통 있는 가게의 이름.

니쿠야.

오랜 세월 이 도시에서 사랑받아온 이 가게에 도래했던 폐점의 위기는 이미 떠나갔다.

어디에서 착상을 얻은 결과인가, 일설을 따르자면 모험가들의 잡담을 듣다 떠올린 발상이었다는 말도 있는데 정확하지는 않다.

그러나 니쿠야의 16대째 라이언이 개시한 「고기구이」라는 새로운 스타일은 한때의 유행이 아닌 분명한 명물이 되어 이 도시에 뿌리내렸다.

아울러 풍부한 고기 지식을 무기로 니쿠야는 줄곧 당당하게 요식업계에서 앞장서 달려 나가고 있다.

모험가 출신 손님뿐 아니라 일반인도 상인도 친구와 연인과 가족과 함께 자주자주 이 가게를 드나들었다.

해가 떨어질 때면, 여느 날처럼 홀의 문이 거리를 향해 열린다.

차례차례 가게로 빨려 들어가는 손님들 줄을 점원들의 활기찬 목소리가 맞이해준다.

츠이게의 명물을 하나 만들어 낸 가게는 오늘 밤도 끊이지 않는 떠들썩함을 안에 담고서 영업하고 있다.

다만 부활 이전과 다른 점을 꼽아보자면 이 가게에서 일하는 종업원들 중 아인이 섞여 있다는 부분일 테다.

또한 어느 메뉴의 이름이 정식으로 「만화 고기」라고 바뀌었다는 것 정도인가.

그러한 두 가지를 제외하면 종래의 고기 요리들도 변함없이 무엇 하나도 달라지지 않았다.

그렇다. 가끔 그 만화 고기를 아주 좋아하는 변변찮은 청년이 식사를 하러 방문하는 것도 이제까지와 달라지지 않는다.

니쿠야는 츠이게에 제 이름을 떨쳐 나간다.

달이 이끄는 이세계 여행 10

1판 1쇄 발행 2021년 2월 10일
1판 4쇄 발행 2022년 4월 8일

지은이_ Kei Azumi
일러스트_ Mitsuaki Matsumoto
옮긴이_ 김성래

발행인_ 신현호
편집장_ 김승신
편집진행_ 권세라 · 최혁수 · 김경민 · 최정민
편집디자인_ 양우연
관리 · 영업_ 김민원

펴낸곳_ (주)디앤씨미디어
등록_ 2002년 4월 25일 제20-260호
주소_ 서울시 구로구 디지털로 26길 111 JnK디지털타워 503호
전화_ 02-333-2513(대표)
팩시밀리_ 02-333-2514
이메일_ lnovellove@naver.com
L노벨 공식 카페_ http://cafe.naver.com/lnovel11

ISBN 979-11-278-5847-6 04830
ISBN 979-11-278-4112-6 (세트)

값 9,500원

역시 내 청춘 러브코메디는 잘못됐다. 앤솔로지 1~4권

와타리 와타루 외 지음 | 박정원 옮김

청춘 군상 소설의 금자탑「역내청」, 대망의 완결!
지난 9년간의 궤적과 애니메이션 3기 방영을 축하하며 앤솔로지 4권을 연속 출간!!
본작「올스타즈」는 역내청을 주제로 한 자유 창작 단편과 일러스트를 모은 책으로,
잇시키 이로하, 히라츠카 시즈카, 카와사키 사키, 토츠카 사이카, 하야마 하야토 등의
이야기를 이시카와 히로시, 오 쟈쿠손, 카와기시 오우교, 사카이다 요시타카,
사가라 소우, 텐신 무카이 등 초호화 작가진이 집필!
또한 인기 일러스트레이터 우카미, U35, 에나미 카츠미,
에렛토, 나나세 메루치, 모모코의 대인기 일러스트레이터와
와타리 와타루, 퐁칸⑧ 콤비도 참여!

전작 미공개 단편으로 구성된 주옥같은 작품집!